鏡之雙城

上

滄月 著

Kadokawa Fantastic Novels DX

第一章　雪中字

颶風吹起亂雪，紛揚瀰漫了半天，掩住方當正午的日頭。暴雪之外的天依舊是湛藍的，天風呼嘯，蒼鷹盤旋著。

從半空中俯視，帕孟高原蒼黃渾厚。慕士塔格雪山在連綿的巨大冰峰中，宛如銀冠上一連串明珠中最璀璨的一粒，閃閃發光。而那些光，就是此刻乍起、瀰漫山中的暴雪。

然而，蒼鷹的目力再好，也看不到暴雪下方山腰處那如蟻般蠕動的黑點。

慕士塔格崢嶸嶙峋，高處籠罩在冰冷的陰雲中。在這個連蒼鷹都盤旋著無法下落棲息的雪山半山腰，居然有一隊衣衫襤褸的人緩緩跋涉而上。

風暴一起，四周一片白茫茫，連東南西北都分辨不出。半山腰裡，一行被困住的旅人只好立定腳跟，拖著腳步聚集到一起，圍成一圈共同抵禦颶風，緩緩挪動著，尋求一個遮蔽的庇護處。高山上的空氣本就稀薄，風起時更是迫得人無法呼吸，刺骨的寒冷讓原本穿得就單薄的旅人瑟瑟發抖。

這群長途跋涉的旅人已經疲憊到了極點，臉上一律是可怖的青紫色，衣衫襤褸，手肘上、膝蓋上的衣衫破處，露出已經凍得發白的肌膚。被尖利冰雪劃傷的地方根本流不出血，只凍成了黑紫色，翻捲開來，宛如小孩張開的小嘴，異常可怖。

筋疲力盡的旅人還沒有找到避風之處，風暴已經席捲而來。淒厲的呼嘯聲中，四周一片恐怖的白，彷彿有隻看不見的巨手攫住了這群衣衫襤褸的旅人，要將他們從峭壁上拉扯下來。

風呼嘯的間隙裡，只聽到幾聲慘呼，隊伍中體力不支的人無法站立，紛紛如同紙片般被捲起，向著雪山壁立的萬仞深淵中落下。

「大家小心！小心！」隊伍中有個嘶啞的聲音叫了起來，穿透風暴送到各人耳邊。「相互拉著身邊的人，站穩了！大風很快就會過去！」

他站在隊伍裡，朝著聲音傳來的方向轉過臉去，但什麼都看不見。

「快拉住！小心被……」耳邊忽然聽到有人說話，然後一隻粗糙的手伸過來，不由分說地拉住他的手。風呼嘯著把那個同行者下面的話抹去，然而那隻手卻是牢牢地握住他的手，用力得發疼，一樣冷得如同冰雪。

他甚至懶得轉頭看看身側是誰，臉上掠過一絲不耐煩的表情，下意識抽回手去。

就在剎那間，最猛烈的一波風轉瞬呼嘯著壓頂而來。身邊到處都是驚呼，每個人都站不穩，連連倒退。被夾在隊伍中，他也不得不跟著大家退了幾步，卻同時用力掙開了那個同伴的手，眉間閃過嫌惡的神色。

「哎呀！」風呼嘯著掠過，耳邊傳來了近在咫尺的驚叫聲，赫然是那個漢子的聲音。他還來不及回頭，感覺那隻被甩脫的手在瞬間加速離開他的手，順著劇烈的狂風而去。

「呀！救命！救……」那個人用盡了全力驚呼，聲音卻迅速隨風遠去。

他只是站在風雪中，動也沒動，聽著那個聲音游絲般斷在風雪裡，然後有些嫌惡地用雪將右手擦了擦、拍乾淨，重新放在懷裡，毫不動容地站在人群中。所有人都在慌亂恐懼地掙扎，抱成一團。漫天漫地紛捲的鵝毛大雪中，沒有人注意到這個在颶風中傲然孑立的人。

風終於在一陣狂嘯後離去，紛揚半天的雪也漸漸落下，視線重新清晰起來。然而山腰的那一行人，轉瞬已經去了大半。

到了山腰便是如此，只怕能活著到達天闕的，不會再有幾個了吧？他心裡驀然微微冷笑了一聲，卻是隨著眾人的腳步繼續蠕動著前進，找了一個避風的所在，停下歇息。

他用枯枝在雪地上畫著，先是畫了一個圈，然後停一下，在圓心點了一下。風雪捲了進來，撲到臉上。他閉著眼睛，手在點下去的一剎那有些微的顫抖。

是那裡……就是那裡吧？終於要回去那個地方了。

閉上眼的瞬間，他又看到那一襲白衣如同流星一樣，從眼前直墜下去，越來越遠、越來越遠……然而，奇異的是墜落之人的臉反而越來越清晰地浮現出來，離他越來越近、越來越近。蒼白的臉上仰著，眼睛毫無生氣地看著他，手指伸出來幾乎要觸摸到他的臉。

如同枯萎花瓣的嘴唇微微翕合，喚他：「蘇摩。」

「啪！」手下的枯枝驀然折斷，他睜開眼睛，然而深碧色的瞳孔裡也是茫然空洞。他拉了拉風帽，將露出的髮絲塞回帽兜裡去。

風在呼嘯，然而敲擊火石的聲音還是不斷傳入耳中，速度越來越急，伴隨著喃喃的咒罵聲。冒著大雪點火，半天還點不著，負責生火的鐵鍋李已經極度不耐煩，大吼：「喂，誰過來幫一把？見鬼！」

坐在他旁邊的一行人裡沒有一個人出聲。這裡已經是慕士塔格雪山的半山腰，長途跋涉剛剛結束，大家都累得彷彿全身散架。停下休息後，按照內部的分工，生火、挑乾糧，各自完成了分內的活兒，一群衣衫襤褸、饑寒交迫的流民立即找地方躺下休息，等著開飯，哪裡有餘力管旁人的閒事？

「一群殺不盡的窮鬼。餓死你們！」鐵鍋李「呸」了一聲，咒罵著，繼續不懈地敲擊火石。

他也沒有出聲，只是坐在山陰一個微凹的雪窟裡，攏起手，將蘇諾小小的身子抱在懷裡。這一路下來，阿諾身上已經冷得像冰塊。他小心地將它護在胸口，閉著眼睛，聽耳畔風雪的呼嘯聲倏忽來去，感覺因為長時間的跋涉，腳上彷彿有刀子在割。

走兩個月了，應該快到天闕了吧？多少年了……沒有想到還有回來的一天，而且居然是和這一群逃難的中州流民一起來。

臉上有刺痛的感覺，呼嘯的風雪彷彿刀子割開他的臉。

「大叔，你看看是不是火絨濕了？我帶了火鐮，你看好不好使？」風雪裡，忽然響起一個少女清脆的聲音，雪地上有簌簌的腳步聲。

嚓！一聲脆響，忽然間風雪裡有熱流湧起，火舌微微舔著枯枝。

「嘿呀，果然還是火鐮好使！小丫頭，謝謝妳！」鐵鍋李如釋重負，大大喘了口氣，笑聲從風裡傳來。

從荊州破城以來，往西走的這一路上，這一群為了逃難而聚在一起的烏合之眾越來越多人，但由於組成分子複雜，所以雖然結伴趕路，但大夥總是自顧自的，只有這個少女熱心又活潑，獲得流民們很多好感。

「不用謝，做了飯還不是大家一起吃。翻過了這座雪山，應該快要到天闕了吧？大家再辛苦幾天就好。」少女朗笑道，聲音雖然疲憊，卻依然有朝氣，讓七歪八倒的流民們都精神一振。簌簌踩著雪，一步一挪，少女又往這邊走了回來。

可笑……這些人也妄想著要去雲荒嗎？

『地之所載，六合之間，四海之內，有仙洲曰雲荒。照之以日月，經之以星辰，紀之以四時，要之以太歲，神靈所生，其物異形，或夭或壽，唯聖人能通其道。』

《六合書大荒西經》裡這一段話，寥寥數十字勾勒出一處世外仙境。如同蓬萊方丈一般，雲荒便成了多少年來中州人夢寐以求的仙境。和那些煙波渺茫信難求的碧落三山相比，雲荒的傳說是古老相傳、有憑有據，甚至有珠寶商號稱去過那個地方，帶回來讓中州人目眩神迷的寶物，像是鮫綃明珠、黃晶碧玉，成色之純、光彩之璀璨，絕非人間所有。

於是，雲荒宛如桃花源般存在，獲無數人相信。然而，《大荒西經》中只略微提到它位在中土大陸西方，從西域雪山有小徑通過狹長地帶可至。那條小徑傳說起於雲夢之澤，終點在慕士塔格雪山間某處。

就憑著這樣縹緲虛無的傳言，從來都不間斷地有人長途跋涉而來，尋遍慕士塔格雪山每一條小徑。中州人古時就有「尋得桃源好避秦」的傳說，到了中州戰亂紛飛、群雄逐鹿的時候，這樣無路可走而尋找桃源躲避災禍的流民便更多了。

但是這些面帶菜色的饑民，怎麼不想想自己在中州都活不下去，又如何能抵達天闕呢？

他正想著，簌簌的腳步聲忽然在他面前停住，那個少女應該在他面前站定了，卻沒有說話。傀儡師的手指抓緊了蘇諾，沒有抬眼看她，也沒有開口，只是自顧自低頭出神。

「我能坐這兒嗎？」那個少女問，然而不等他回答就坐了過來。

嘴角略微有不耐煩的表情閃過，他終於開口，聲音生澀。「男女授受不親吧？」

「不怕，我不是漢人。」少女說著，已經坐到他身側，大剌剌地說：「我是苗人，才不理會那一套。」

「苗人？」他有些驚詫，因為對方的漢語說得流利。

「嗯，我住在瀾滄江旁邊，最近那裡也開始打仗了，只好逃出來。」少女嘆了口氣，撿起一根枯枝在雪地上畫來畫去。「寨子都燒了，早就無家可歸。」

他有些疲憊地「哦」了一聲，微微搖頭。中州這一場大戰亂已經持續二十多年，無數人流離失所，看來如今烽火已經蔓延到南疆。難怪這一群人，都這樣急著逃離中州去往雲荒。

「我叫那笙，大家都叫我『阿笙』。」少女的聲音在耳畔響起，熱情明快。「你呢？一路上都不見你說話，你叫什麼名字？」

「蘇摩。」他抱著懷中的蘇諾淡淡回一句。

「蘇摩？不像漢人的姓名啊……你是哪一族的？」那笙有些詫異，一口氣報出了她知道的所有國度的名稱，然而背靠雪窟坐著的男子一直沒有點頭，眼睛低垂，沒有表情。

受到了冷遇，那笙卻沒有挪開的意思，只是盯著他。對於這位同行的年輕男子，她已經留意了許久。

雖然是流離中，和身邊所有難民一樣蓬頭垢面，但是這個年輕傀儡師的英俊依然令人驚嘆。他的臉部線條俐落俊美，五官幾乎無懈可擊。對於這樣俊美得令人側目的青年，即使是在困頓交加的流亡途中，也足以引起熱情少女的關注。

「呀，你的木偶做得真好，就像活的一樣呢。」沒話找話，那笙看到他一直抱在懷中的蘇諾，伸手便想去摸。「你是傀儡師嗎？」

啪！傀儡小人兒的手忽然抬起來，拍開她的手。

「別動我弟弟。」蘇摩依然沒有看她，說了一句，將傀儡抱在懷裡。

小人兒的手緩緩放下，那笙看見一條幾乎看不見的透明絲線連著人偶的手關節，絲線的另一端繫在青年的右手中指指環上。蘇摩的手一半露在袍子外面，十指修長，手指上全部戴著奇異的戒指，每枚戒指上都繫了一條細線，線的另一端消失在人偶的關節上。

那個人偶不過兩尺高，臉龐俊美非凡，垂髫藍髮，穿著奇異的非胡非漢服飾，和主人襤褸的樣子相比卻是整潔光鮮。看起來，蘇摩一直將自己的道具保護得很好。

「你弟弟？」那笙怔了一下，忍不住笑起來。「真有意思……果然很像你。」

然而笑著笑著，少女的臉色慢慢蒼白起來，直直看著蘇摩懷中的人偶。那笙用牙齒咬住了下唇，才沒有脫口驚呼出來——天啊，太像了……那樣相似的程度，簡直是做到了纖毫畢現，甚至人偶的一根手指、一處肌膚，都和眼前的蘇摩一模一樣。

不知道是錯覺，還是蘇摩在袖中的手指動了的緣故，那笙忽然看到那個不過兩尺高的小偶人轉過頭，對著她微微笑了一下。

那樣詭異的笑容，令人心裡一驚。

「它笑了！」那笙再也忍不住，脫口尖叫：「它在笑！」

「是妳眼花了。」蘇摩還是沒有抬頭看她，只是淡淡地回答，然後將那個名叫蘇諾的小偶人抱在懷裡，將戴了風帽的頭側過去，不說話也不再看她。

呼嘯著的風將雪從外面捲進來，彷彿要將淺淺雪窟裡的兩人冰凍。雪地裡除了風聲，只有枯枝畢畢剝剝的燃燒聲，食物的香氣已經瀰漫開來。

「或許……或許是太餓了吧？頭暈眼花的。」寂靜中，那笙認輸了。她抬起頭，看著眼前抱著人偶的傀儡師，最後，彷彿終於想起什麼可以打破眼前這樣尷尬的狀態，苗人少女興奮地提議：「蘇摩，我幫你算命好嗎？」看著對方略微有些驚愕的表情，她笑了笑，有些自豪。「我算命可是很準的，從小我就靠這個賺錢吃飯。跑到楚地的時候，那些人都說我是最好的女巫呢。算命扶乩、看相占夢，我樣樣都行！」

「那妳準備怎麼算？」彷彿微微有了一點興趣，蘇摩開口問。

那笙把凍僵的手放在嘴邊呵了一下，笑道：「就扶乩吧。」

兩根枯枝被綁在一起，一橫一直，成「丁」字形。

那笙伸出凍得通紅的左右手，用兩手食指的尖端輕輕托著橫木兩端，讓垂直的枝條末端輕輕接觸雪地，閉上眼睛，口唇翕動，輕輕念起長而繁複的咒語。

少女念咒的聲音極輕，然而一直漠然坐在雪窟內的蘇摩驀然一驚，閃電般地扭頭看向她，懷中的偶人也倏地和他一同轉頭。

這個咒語居然頗為耳熟，似在哪裡聽過。看來這個苗人少女竟然真的有幾分本事，並不是個神婆騙子。

「雪山的神靈已經被我請來了……蘇摩，你想知道什麼？」念完咒語後，那笙卻沒有睜開眼。蘇摩轉頭看著她，空茫的眼神彷彿穿過她的軀體，落在不知何處。他臉上的表情瞬間變得有些奇怪，許久才道：「過去。現在。未來。」

「這樣太籠統了啊，怎麼算呢？」那笙有些不滿，不得不提醒他：「不能說詳細一點嗎？比如你想知道什麼時候能到雲荒，什麼時候能……能遇到意中人之類的。」說到最後，她的臉龐微微熱了一下，卻聽到他冷淡地說：「怎麼，妳算不出來？那就算了。」

「不！我當然能算出來！」那笙連忙挺起胸膛，再度默誦一段咒語。苗人少女單薄的身子在大風中瑟瑟發抖，卻虔誠地閉著眼。用左右食指托著的乩筆凌空懸在雪上，只有末端輕輕接觸著雪地，她喃喃道：「雪山神女啊，請賜予力量，在雪地上寫下妳的諭示吧！告訴我眼前這個人的過去、現在和未來。」

彷彿有無形的力量托著那笙的手，又彷彿是風吹著那根垂地的枯枝，乩筆「唰唰」地在雪地上移動，寫下一排排潦草的符號。

移動，移動，移動。

換到第三行的時候，乩筆忽然停住了。風雪還是一樣呼嘯，然而那一根細小的枯枝居然一動不動。

「好了。」那笙長長舒了一口氣，但居然還是閉著眼睛，沒有睜開，對他說：「你看看，這就是你的過去、現在和未來。」

蘇摩的眼睛看著她的方向，許久才淡淡道：「妳念給我聽。」

那笙搖搖頭，仍是閉著眼睛說：「我從來不看自己寫的預言。我不能看，就像我不能算出自己的命運一樣。你快看，看完了我就抹掉。」

蘇摩的嘴角忽然有一個轉瞬即逝的笑意，冷嘲道：「妳難道沒算出來我是一個瞎子？偉大的筆仙。」

聽到這句話，那笙大吃一驚，脫口反問：「什麼？」

「我說我是一個瞎子。妳很吃驚嗎？」蘇摩淡淡道，一邊將身子靠著雪窟壁直起，一邊向著少女俯身過來，用手覆上寫著預言的雪地。「不過，我雖然不能『看』，卻還是可以『讀』。」

他的手指修長，蒼白得幾乎和白雪同色。五個手指上都戴著特製的奇異指環，指環上連著傀儡的細線，在雪地上已經看不出來。他的手指摸到第一行字，停頓下來。

忽然間，他嘴角諷刺的笑容消失了。

風雪很大，柴火的那一點熱氣瀰漫在空氣裡，沒有吹到人身上就已經變冷。他的手指不受控制地在雪上顫抖著，空茫的眼睛定定盯著那幾個字，驀然閃出鋒利的光。年輕的盲人傀儡師急急俯身過來，手指摸索向第二句預言。他的嘴角不知不覺中緊抿成一線，一直蒼白的俊美臉龐上泛起奇異的嫣紅。

第二句預言，令蘇摩的呼吸急促起來，手指有些痙攣地壓著雪地，彷彿無法相信一般愣了片刻，空茫的眼睛裡有奇異的表情。

「看完了嗎？」閉著眼睛等了很久，耳邊聽到蘇摩急促的呼吸，卻不見他的評語，那笙終於忍不住出聲問。

彷彿被驚醒，傀儡師的手一顫，顫抖著探向最後一句扶乩預言。然而，只是一個失神，荒山上狂亂的風雪已經捲來，將最後一句寫在雪上的預言抹去。

「是什麼？是什麼？最後一句是什麼？」蘇摩的手急急地在雪地上四處摸索，然而無論如何都找不到第三句，一時間，這個奇怪的傀儡師急切地叫出聲：「妳快再寫一遍！再寫一遍！我沒有看見！」

聽到這樣大變的語氣，那笙一驚，睜開了眼睛。蘇摩在風雪中抬起頭，看著她，眼神空空蕩蕩。「快再寫一遍！」

他的眸子居然是湛碧色的，宛如最深邃的海洋。那樣詭異的神色讓那笙不禁害怕起來，不由自主退了開去，顫聲道：「不行！我寫不出來了……對同一個人，一年內只能扶乩一次。」

「我沒有看到第三句。」蘇摩睜著空茫的眼睛，看著風雪遍布的天空，喃喃自語。許久，他有些奇異地笑了起來說：「也許這是天意，不讓我看到所謂的『未來』？或者對我而言，根本沒有那種東西？」

「啊……那麼前兩句，我寫得準不準啊？」那笙還是按捺不住好奇心，在風雪中瑟縮著探頭詢問。蘇摩沒有說話，手指在雪地上慢慢握緊，握了一把荒山白雪，低著頭，嘴角忽然有了一個轉瞬即逝的詭異笑容。

「開飯了！開飯了！」正在這時，遠處鐵鍋李用木柴敲著鍋底，大聲嚷嚷。

那些七倒八歪地躺在雪山避風處的流民聞聲陡然躍起，每個人拿了一個破碗，爭先恐後地朝著火堆跑過去，一路上相互推搡著，毫不客氣。

那笙「哎呀」了一聲，也顧不得等他回答，連忙從雪地上爬起來，從懷裡拿出一口小碗，一邊跌跌撞撞地跑了過去，一邊對他連聲招呼：「快！快啊！快去搶！不然又沒的吃了！」

他卻不動，只是坐在雪地上，手指無意識地摸索著已經零落的雪地。

那上面，曾經有的兩句話已經被他一手抹去了。

「如果妳不是閉著眼睛，如果妳看到了兩句中的任何一句——我就殺了妳。」

許久，一句聲音極低極低的話語，從傀儡師的嘴角滑落。

蘇摩沒有和那群流民一起蜂擁著去火堆邊，只是一個人靠在雪窟裡，將蘇諾放在懷裡，俯下身去摸索著解開了綁腿，用力揉搓痛得快要裂開的雙腿，最後終於站了起來，走到雪地上跺著腳，想讓血脈活動起來。

火堆旁傳來大家爭奪食物的喧鬧聲，間或有鐵鍋李為了制止哄搶而發出的厲喝，鬧哄哄地傳來，伴隨著風雪裡隱約的熱氣。已經是黃昏了，入夜的風更加寒冷。在這裡休息一夜後，天亮這群流民便要再度繼續他們的跋涉。

傀儡師的眼睛卻是空茫地看著雪地，彷彿那三行字還在那裡。忽然他笑了起來，對著懷裡的人偶輕輕自語般說話：「阿諾，來，活動一下吧。」

「啪」的一聲輕響，他懷中兩尺高的偶人跌了出來，然而有引線牽著，沒有跌到雪地上，淩空一個翻身，便輕輕落到地面。然後，那個小偶人就像真人一樣踢踢腿、伸伸手，居然在雪地上打起滾。

蘇摩的手掩在懷中，只能看見十指微微牽動，然而因為映著雪地，引線一根都看不見。風雪捲來，吹起傀儡師的深藍色長髮，明明看不見，蘇摩卻一直看著雪地上翻滾笑鬧的小偶人，神色專注。

火堆邊上，剛剛如獲至寶地捧著小半碗野菜麵糊糊的少女看到這邊，忽然有一種目眩神迷的感覺。

那實在是一個奇異的男子，肩膀很寬、四肢修長、身材挺拔。然而再看他風帽下的臉，雖然風塵僕僕卻依然俊美無比，輪廓清秀得近乎女氣，讓身為女子的那笙都深感自愧不如。這樣矛盾卻奇妙的組合，讓這個自稱蘇摩的盲人傀儡師散發出難以言喻的妖異魅力。

這是個怎樣的人呢？精通占卜預言的少女總能感到他身上有一種說不出的奇異力量。即使在逃難途中，年輕的苗人少女依舊不由自主地被他吸引，一步一步地靠了過去。

「你要不要吃點東西？等天亮就要翻過山了，不吃哪裡有力氣。」那笙的聲音裡毫無中州女子的羞澀，爽朗而熱情，並有一股熱氣絲絲縷縷觸及了他的肌膚——那是從火堆旁爭搶得來的食物吧？那樣一個小丫頭，為了能搶到一碗食物果腹，不知費了多大的力氣。

那些流民為了一杓半杓的差別，尚自和鐵鍋李爭奪、怒斥不休，這個女孩卻將自己的那一份食物慷慨送給他。

傀儡師收了線，十指只是微微一揚，那個名叫阿諾的小偶人便在雪地上一個鯉魚翻身，「啪」地跳起來，落入主人懷中。蘇摩嘴角往上彎了一下，似乎有一個難得的笑意，沒有說話但是伸出了手。熱情如火的苗人少女連忙將手中破舊的陶碗捧過去，放在他手中。傀儡師的手指冰冷。

「還熱著呢，快些吃，風那麼大，很快就要涼了。」看見對方沒有拒絕，那笙的眼裡滿是歡喜。然而蘇摩只是將陶碗靜靜捧在手裡，一分一分感覺著碗裡食物傳過來的熱度，絲毫沒有用餐的意圖。

風雪很大，轉眼碗裡的東西已經結成冰坨子。傀儡師笑笑，不說話，卻將食物原封不動地還給那笙，轉頭走了開去。

苗人少女愣了半天，這個人難道不吃東西，只需要取暖嗎？那笙伸出手指，戳了戳凍得堅硬的麵糊，嘆了口氣——看來只能去火邊重新熱一下自己吃了。

剛轉過身的時候，忽然間風裡傳來奇異的「噗啦啦」聲響，彷彿有什麼巨大的翅膀拍動，攪起了滿天飛雪，風吹得人睜不開眼睛。那笙手裡的碗「啪」的一聲掉落，她下意識捂住了臉，被大風吹得連退三步。

「天呀！快看，那是什麼？那是什麼？」大風裡，傳來了同行流民的驚呼，驚懼交加。「有什麼東西從山那邊過來了！」

那笙透過指縫，看向昏暗且飛滿雪的天空，忽然也是脫口驚呼。只見一隻巨大的黑色翅膀，從雪山背後升起來，撲簌簌地飛過來，掠過山頂與天空交際的地方。然而，那樣巨大的鳥兒，卻始終在山的那一邊飛著，只有翅膀露出山巔。

黑色的翅膀遮掩飛雪後的天光，撲扇著引起激烈的旋風，攪得積雪飛揚，如同崩潰一般從山巔滑下來，白色的巨浪呼嘯著直奔山腰這一群休息的旅人。

那笙看呆了，和所有流民一樣怔怔站著，揚頭看著那一排滾滾而來的雪浪，目瞪口呆，一時間竟忘了躲避，耳邊忽然聽到一聲輕嘆：「是比翼鳥……翻過雪山，天闕就到了。」

天闕？少女一怔，回過頭去看著那個傀儡師，驚喜道：「你說天闕快到了？真的？那就是說，我們……我們快要到雲荒了，是不是？」

傳說中，天闕位於雲荒東南，是隔開中州大陸的屏障。如果旅人平安到達天闕，便可以算是到達了傳說之地。

「首先來到的是黑鳥……看來真是凶兆啊。」蘇摩沒有回答她的話，只是靜靜聽著風裡翅膀巨大的拍動聲，低低判斷。

他的預言瞬間被證實。

被大鳥翅膀捲起的旋風摧動，雪山頂上的積雪呼啦啦全崩了下來，如同白色的滔天巨浪，滾滾捲向半山腰裡那群怔怔發呆的流民。坐在山勢最高處的那幾個人來不及站起，轉瞬被淹沒在雪浪中，只有青白色的手在雪面上掙扎幾下，便毫無蹤影。

「雪崩了！」那群嚇呆了的人忽然聽到一聲巨喝，把他們驚醒。「快逃！快逃！雪崩了！」

伴隨著大喝聲的是「砰砰」的金屬敲擊聲，原來是在眾人驚呆時，鐵鍋李第一個反應過來，一把將隨身的寶貝鐵鍋從火堆上操起，也不管尚自滾熱，便撿了一根柴枝用力敲著鍋底，同時厲聲大喝。

「哎呀！」那笙也被驚起，回頭看到轉瞬間那駭人的雪浪已經撲面而來，臉色剎那間蒼白。在那樣可怕的自然力量面前，自稱通靈的少女也一時嚇得手足僵硬，想拔腿逃開，雙腳卻軟了一樣不聽使喚。

幾十丈高的雪浪如同天幕般兜頭撲下，淹沒了所有。

天闕的遠處，是雲荒的中心——鏡湖。

湖面宛如一面巨大的鏡子，倒映著黑沉沉的夜幕，以及湖中的城市。湖中心那座孤城拔地而起，氣勢磅礴，夜色中看來，竟然重重疊疊一直堆到了九重。

城市正中，一座龐大的白塔高聳入雲，壁立千仞，飛鳥難上。

高塔頂上的風分外猛烈，吹得衣袂獵獵舞動。白塔底層的基座占地十頃，塔身一路上來有柔和的收分，但即使如此，到了塔頂上依舊有兩頃的廣大面積。

這樣大的地方，其實只有寥寥幾座建築：神廟、觀星台、祭壇。

觀星台上，夜涼如水。風起，女子拉緊了素衣，手中的算籌一下子掉落在地上。她身邊是一位年老的黑衣女人，她彷彿聽到了風裡什麼不祥的聲音，在觀星台上顫巍巍地轉過身，望向東南。

那裡，彷彿有一片黑色的浮雲遮蔽星夜。

「比翼鳥驚起，又有人到達天闕了。」老婦人嘆了口氣，喃喃自語：「雪山上又要多幾具僵冷的屍體。那些蠢笨的流民，真的是不顧一切嗎？」

「天狼星色變赤紅！」驀然間，身邊那個沉默的少女出聲，抬頭看著黑夜裡的星辰，手指遙點，聲音有些發顫。「巫姑大人，有個不祥的人來了！」

「聖女，你說誰來了？不祥的人嗎？」老婦人混濁的眼睛變得雪亮。「聖女，請妳推算那人的具體情況，以便讓巫彭派人早日除去這個不祥。」

東邊天際，有一片如星非星、如雲非雲的薄霧籠罩著天闕。

「那是歸邪。」少女看著天象慢慢回答：「有歸國者回國。」

「請聖女示下。」巫姑俯下身去。「是那個歸國者帶來了不祥嗎？」

「我算不出。」片刻的沉默後，看著天狼星的少女低下頭來回答：「我算不出那個人是誰……但是天象預示，危險和不祥在靠近雲荒大陸。天狼、破軍、昭明將依次亮起，風雲飛捲、雲荒動盪。」

巫姑怔住，抬頭看著神廟裡這位至高無上的聖女。這世上，難道有連焰聖女都無法推算的人嗎？

那麼，那個歸國者，又會是怎樣的災禍之星啊……

鏡湖的最北端，連接著雲荒北部的蒼梧之淵。

無數的雙翼輕輕掠過霧氣，駿馬的四蹄無聲落到地上。長著雙翼的駿馬神俊非凡，有著長長緞子般的鬃毛，奔跑起來飄曳如夢。馬肋下的雙翅薄如蟬翼，每一匹馬高而平的額心上都有一點白色的星芒。

奇異的是，馬背上的騎士一色黑衣，袍子一角在風中飛揚，每個人臉上都戴了頭盔和面具，將整張臉遮起。面具後的眼睛都是暗淡無光，宛如兩個黑洞。

剛巡視了一遍領地，一藍一白兩位騎士帶領騎著天馬的軍團從天空落到地面，準備從九嶷開啟的門戶返回無色城。然而落到地面時，帶隊前行的兩名騎士勒住了馬。

「白瓔，妳看到天狼星了嗎？有什麼大變故要發生了。」左首是一位藍衣的騎士，他仰起頭看著中天那一顆最孤獨也最明亮的星辰，皺了皺眉頭說：「得快回去稟告大司命。」

天狼星已經變成暗赤色，寂寞地放著冷光，似乎暗示蒼穹下將要流出的無數鮮血。無論在他們空桑國人還是如今的統治者滄流冰族看來，天狼都是災星，當天狼星出現的時候，就會有大災難降臨人間。

「你先回去，藍夏。」並騎的是一位女騎士，白色的紗衣在夜風中揚起，語聲溫柔卻堅定。「天狼現於東方，我得去天闕那邊詢問一下魅婀女神。」

「小心。」女騎士的地位似乎還在他之上，藍夏雖然有些擔憂，卻不能阻攔，只是囑咐了一句：「太子妃請小心，那些冰夷見妳落單，說不定會……」

「不必擔心，我帶了光劍。」白衣女騎士微微一笑，手抬起，手腕只是一轉，錚然一聲，手指間居然騰起一道大約三尺長的白光來。她迅速轉動手腕，那道白光瞬忽無定，宛如雪亮的利劍，挽起一串劍花，半空的流霜和落葉陡然被攪得粉碎。女子微笑著回首說道：「有天馬和光劍，除非十巫親自出動，否則，就算征天軍團也攔不住我。」

「是。」藍夏在馬背上對著白瓔彎下腰去，把手放在隨身佩劍的劍鍔上，致戰士間的敬禮。「身為劍聖一門當世的弟子，太子妃的能力我不敢質疑。」

白瓔手指一轉，「哢」的一聲輕響，那道白光忽然湮滅在她手指間。白衣女騎士將小小的劍柄收起來，再度看了看天上的星象，眉間的疑慮和殺氣越來越重，點頭對同伴道：「我去去就回，你先帶隊回去。」

「天亮前請務必回城。」藍夏不再說什麼，拉轉了馬頭。「不然，皇太子和諸王都會擔憂的。」

「好。」白瓔頷首道：「你去吧。」

天馬重新展開翅膀，騰空而起，帶領其餘黑衣戰士飛向空中。那些天馬和戰士都是死寂無聲的，無數雙翅膀飛翔，轉瞬消失在湖面蒼茫的水汽裡。

「蘇摩，蘇摩……記住，要忘記。」

那個聲音……那個聲音，又在他夢裡響起來了。

宛如吟唱，縹緲而溫柔，拂面而來，將他層層疊疊地包裹，如同厚實的繭一般密不透風。他在睡夢中只覺得窒息，拚命地伸出手，想撕開束縛住他的厚繭，然而，他彷彿被夢魘住了，只是徒勞無功地掙扎。

那個聲音繼續飄近了，慢慢靠近耳畔。

「沉睡的蘇摩，為什麼你在哭？你為何而去，又為何而返？你回來尋找什麼？你心底依然殘留的又是什麼?告訴我,你想要的到底是什麼呢?」

那張臉近在咫尺,湊近他的頰邊,沉靜而溫柔地看著睡夢中的他,輕聲詢問。那張蒼白的臉,白得沒有一絲血色,眉心有一點十字星狀的嫣紅印記,更加襯得眼前的臉蒼白寡淡,彷彿是一個可以一口氣吹散的幽靈。

然而,那個白紙般的人俯視著他,嘆息著,眼裡的情緒奇異。終於,彷彿終究受不了莫名的誘惑,那個人俯下身子,用嘴唇輕輕觸碰他的臉頰。

那個吻,是溫柔而清涼的,如同春日的雨水、夏夜的長風。

「我想要妳。」那個瞬間,彷彿咒語被解除,心底的狂熱和欲望如同利劍出鞘。他忽然從夢裡睜開眼,在對方驚覺掙扎之前,毫不猶豫地伸臂將她攫住,啞聲回答:「我想要妳……」

猝不及防被捉住的那人慌亂地掙扎,然而越是掙扎他就擁得越緊,激烈的掙扎中,他輕易地抓住對方的手臂,轉瞬壓到地上,冰冷的嘴唇吻上那個人眉心的紅痕。

就如他一百多年前曾經做過的那樣。

「你要幹什麼?你瘋了?放開我!放開我!」身下的人又驚又急,然而雙手被扣住,絲毫不能動彈,只能破口大罵:「蘇摩!沒……沒想到你是這樣的一個人!臭淫賊!快放開我!」

那……怎麼是那個丫頭的聲音？

聲音入耳，他驀然一陣恍惚，神志忽然回到身體中。在他遲疑的一剎那，壓在身下的人迅速抽出被扣住的手臂，一個耳光乾脆俐落地落到他臉上，徹底將他打醒。

「你、你……你這個壞蛋！」少女氣急敗壞地坐起來，急急抓緊被撕開的前襟退到一旁，臉上驚懼交加，語氣中已帶了三分哭音。暴風雪過後，她醒來發現這個人在一旁昏睡，忍不住湊近去看看他是否受了傷，不料卻得到這樣的對待。

傀儡師的身子僵硬在風雪中，也不為自己的行為辯解，只是默然低下頭去。

旁邊的地上躺著那個叫阿諾的小偶人，方才的掙扎中，傀儡掉了出來，四仰八叉地躺在雪地上，本來只是微笑的嘴，不知何時轉成咧嘴大笑的表情，仰躺在雪地上，無聲詭異地張口大笑。

「呀！」再度清晰地看到傀儡這樣可怖的變化，那笙再也忍不住尖聲大叫起來，退縮著靠到山壁上，一手指著偶人。「它在笑！它在笑！它又笑了！」

「阿諾。」蘇摩終於出聲了，眼睛雖然看不見，卻彷彿知道傀儡掉落的方位，對著雪地輕聲說話。「不要淘氣了，回來。」

接著，也不見他手指如何活動，雪地上仰躺的偶人彷彿被無形的引線牽著，不情不願地一躍而起，準確落入傀儡師冰冷的懷抱。

「你又淘氣了。」傀儡師低下頭去，撫摩小偶人的頭髮，臉上忽然有冷厲的光一閃而過。「剛才是你嗎？是你玩的把戲，在我夢裡造出了幻境？你這個壞孩子。」

傀儡師的手快得驚人，瞬間「啪啪」兩聲輕響，木偶便已經不動。那笙目瞪口呆地看著蘇摩的手指間掉落的數截東西，竟是偶人的雙手和雙腳。

「給我安分點，阿諾。」轉瞬間便卸掉心愛偶人的手腳，傀儡師一直平靜空茫的眼裡有可怕的殺氣，低低對著懷裡那個叫蘇諾的偶人說話。話音剛落，他抬起手，很用力地捏合了傀儡大笑張開的嘴，似乎把一聲慘叫關了回去。

「冒犯了。」蘇摩對著自己的木偶說了一番莫名其妙的話後，終於有空轉過頭來，對著驚懼退避的苗人少女淡淡頷首，算是道歉。

那笙見他看過來，心中湧現再也忍不住的恐懼，貼著山壁往旁邊挪開了幾尺。就算她一開始如何天真地迷戀過這個俊美的盲人傀儡師，現在她也已經發現這個叫做蘇摩的俊美無儔男子，遠非她原先的想像。他的眼睛深不見底，舉止也絲毫不像普通人，他……他應該是一個非常可怕的人吧？

那個瞬間，少女打了個寒顫，然而她摸索著想站起身來遠離這個人時，手指猛然碰到雪下的什麼東西。她下意識地低頭看去，瞬間爆發出駭人的驚叫。

「死人！死人！」那笙一下子跳起來，遠遠離開那一面山壁，撲過去拉緊了傀儡師的袖子，顫抖的手指直指方才坐過的雪地，竟忘了眼前這個人看不到東西。那裡，薄薄的雪因為她方才的摸索而散掉一些，一張青白僵冷的臉便暴露在天光下，嘴唇微微張開，彷彿對天吶喊。

她方才那一摸，便是碰到張開的嘴巴中冰冷的牙齒。

「這座山到處都是死人，不稀奇。」儘管那笙在旁邊又叫又抖，蘇摩的臉色卻是絲毫不動，淡淡說道：「過了慕士塔格雪山就是天闕——多少年來，為了到達雲荒，這裡成了你們中州人的墳場。」

「對了……鐵鍋李呢？孫老二、顧大娘他們呢？」那笙念頭一轉，又想起方才還在一起烤火的同伴，然而四顧只有一片白雪皚皚，那一大群人居然一個都不在了。她跳了起來，驚呼：「他們，他們難道……」

「他們應該在這下面。」蘇摩笑了笑，似乎回憶了一下方位，走過去用腳尖踢開一處厚厚的積雪。雪簌簌而下，雪下一隻青紫色的手冒出來，保持著痛苦的僵冷姿勢指向天空，似乎想奮力掙扎著從雪崩中逃脫，卻終究被活生生埋葬。

「天啊，那是……那是孫老二的手！」看到手背上那一道刀疤，那笙驚叫起來。

「他們……他們都死了？剛才……剛才的雪崩，他們都沒逃掉嗎？」

「比翼鳥在百里之外就可以察覺外人的到來而驚起。如果朱鳥飛來，那麼旅人平安無事；如果是黑鳥飛來，便是一場雪葬。」蘇摩的腳繼續踢掉那些積雪，雪下十幾隻手露了出來，姿態奇異地扭曲著，不停觸碰他的足尖，他的語氣卻冷酷。「他們的運氣可遠遠不如妳好。」

那笙看著那些雪地中活活凍死窒息的同伴，觸目驚心，下意識轉過頭去不忍看，許久才細聲問了一句：「剛才，是你……是你在暴風雪裡救了我？」

然而，她剛一轉頭，就看到答案。

——那雪崩掀起的滔天巨浪依然在她頭頂，洶湧欲撲。

她的驚叫剛要出口，忽然發現那一波撲向她的雪浪，居然在瞬間被凝結住了。宛如萬匹駿馬從山巔奔騰而下，然而其中一匹追上她要踩死她的怒馬，卻在一瞬間被莫名的力量定住在半空，凝固成冰雕。

那……那是什麼樣的力量！是這個人做的嗎？

她眼裡露出不可思議的神情，轉頭看向一旁那個奇異的傀儡師。然而蘇摩已經轉過頭去，並沒有正面回答她的問題，只是淡淡道：「一飯之恩而已。」

蘇摩沒有再理睬她，只是自顧自地往上再走了幾步，便到達山頂。他久久站立，彷彿感受著風裡傳來的熟悉氣息，沉默不語。當他離開後，那笙看著雪野中遍布的屍體，不由得瑟縮一下，想走到那個如今唯一的同伴身旁，卻又對他有莫名的畏懼，一時間踟躕起來。

長夜和暴雪都已經過去，天色微微透亮。

蘇摩站在慕士塔格雪山山頂，蒼鷹在頭頂盤旋，他忽然抬起手指，將一直戴著的風帽拉下，微微一搖，一頭奇異的深藍色長髮垂落下來，襯著他蒼白的臉，宛如沉睡在最深海底裡的人。

天風吹起傀儡師柔軟的長髮，他閉上眼睛，面向西方站了很久，忽然抬起手，指著腳下土地上的某一處，似乎是自言自語一般，微微笑了起來。

「雲荒，我回來了。」

第二章　冰下屍

那笙努力在齊膝深的雪地裡跋涉，跨出最後的雪坎，和蘇摩並肩站著。

絕頂之上的風是猛烈的，吹得她睜不開眼睛。然而，當她站定後，順著他的手看向腳下的大地，陡然間不由自主地脫口驚呼。

太陽還沒有升起，但是晨曦的微光已經籠罩大地。站在萬仞絕頂之上，俯瞰腳下的土地，神祕的新大陸在黎明中露出真容，呈現奇異而美麗的色彩：白色、青色、藍色、紫色、黑色、砂色交錯著，宛如一張縱橫編織成的巨大毯子，鋪向天的盡頭。大陸的中心有巨大的湖泊，綿延萬里，在晨曦裡，宛如被天神撒上了零散的珍珠，發出璀璨的光芒。

那便是中州人多少代以來眾口相傳的雲荒大地嗎？

「那就是雲荒？那就是雲荒？」那笙驚喜交加地叫了起來，多少個日夜的勞累都煙消雲散。她揉揉眼睛，確信眼前看到的不是幻境後，忍不住拍著手跳腳，大笑起來。「蘇摩！蘇摩！那就是雲荒嗎？我們……我們終於到了！」

傀儡師聽著她在一旁大叫大笑，眼裡卻閃過微弱的冷嘲。雲荒，哪裡是那些中州人傳說中的桃源？這個苗人少女，委實高興得太早……

然而，他只道：「要過了前面的天闕，才算是真正到了雲荒。」

「天闕？」那笙怔了怔，想起古老傳說中，在慕士塔格雪山之後，便是去往雲荒唯一的入口——天闕。只有越過那座山，才算是真正到達傳說之地。一想起前方居然還有艱險，她的喜悅就去掉大半，苦著臉站在雪山頂上，看著腳下近在咫尺的大陸，吸了一口氣，勉力振作精神。「天闕？天闕在哪兒啊？」

蘇摩站在山巔，眼睛雖然看不見，但是似乎對雲荒大陸瞭若指掌。他的手指指著山下的某一處，臉色忽然起了無可抑制的細微變化。「看到那個鏡湖了嗎？湖中心有一座白塔，它是整個雲荒大陸的中心。天闕，在它的正東方。」

「哪裡有什麼塔啊……就算有，離得這麼遠，站在這裡又怎麼看得見？」那笙隨著他的手指看去，嘀咕著，目光在大地上逡巡。忽然間，她的眼睛不可思議地睜大。

天地的盡頭，籠罩著清晨的薄雲，雲的背後有霞光瑞氣。然而，盡頭的雲團中，彷彿有一條雲緩緩下垂，如虹一般，倒吸著雲荒大地上的大片碧水。晨光中，那條白色下垂的雲發出柔和的光芒，照亮方圓數百里的大地。

那笙看著極遠處天地間的那一條垂雲，口吃得幾乎咬住自己的舌頭，結結巴巴地說道：「什、什麼？你、你說，那是……那是一座、一座塔？」

「對，那就是號稱雲荒『州之心』的伽藍白塔。」聽到少女這樣不可思議的語氣，蘇摩反而低著頭笑了笑，笑容裡有諸多感慨。「多少年了……它還在這裡。多少人、多少王朝都覆亡了，只有它還在。」

「怎麼、怎麼可能有這麼高的塔？那得花多少力氣建造啊。」漸漸亮起來的天光裡，那笙完全忘記身上的寒冷，目瞪口呆地看著眼前壯觀的景象。「果然……雲荒住的都是仙人吧？這麼高的塔，中州人可造不出來。」

「白塔在鏡湖的伽藍帝都。鏡湖方圓三萬頃，空桑人的國都伽藍帝都就在湖中心。」彷彿在回憶腦中記住的資料，傀儡師將木偶抱在懷裡，面向雲荒低聲道：「白塔高六萬四千尺，底座占地十頃，占了都城十分之一的面積。大約七千年前，空桑歷史上最偉大的帝王——開創毗陵王朝的星尊帝琅玕，聽從大司命的意見，用九百位處子的血向上天獻祭，然後將九百位處子分葬白塔基座六方，並驅三十萬民眾歷時二十年，才在號稱雲荒中心的地方建起這座通天白塔。」

「啊？幹嘛要造這麼高？」那笙雖然對這一奇景感到目眩神迷，卻忍不住問：「連爬上去都要費好多工夫吧？又不是真的能通天，造出來幹嘛用呢？」

「那些空桑人，從來都自以為他們有通天之能。」蘇摩驀然冷笑起來，語氣鋒利。「後來造到了六萬四千尺的時候，發生了一次坍塌，近萬名工匠死去。星尊帝大怒，殺死匠作監總管以下兩百名監工，再度以一千八百名童男童女向上天獻祭，重新加派人手開工。這一次超過了原來的高度，到達七萬尺，結果再度發生坍塌，塌下去六千尺，還是回到原來的高度……這樣的事情一共發生了五次，無論獻上多少生靈，伽藍白塔始終只能達到六萬四千尺的高度。」

「唉，看來是老天只許他們蓋到那麼高。那個皇帝可真倔。」初見的驚喜過去，那笙終於重新感覺到寒冷，抱著肩在雪地中發抖。「造得這麼高，有什麼用呢？又不能真的上天……」

傀儡師空洞的眼睛看著雲荒大地，眼裡有嘲諷的光。「按空桑的大司命所說，白塔造得越高，就離天人住的地方越近，司命和神官的祈禱更容易被天帝聽見。星尊帝暮年性格大變，獨斷專行，一旦決定要做某件事，便不惜投入傾國之力。」

「哦，可是看來，天帝不喜歡他們靠得太近……」那笙凍得哆嗦，但是依然忍不住大笑起來。「你說什麼『空桑』？是國家的名字嗎？雲荒原來和中州一樣，也有國家啊？」

「當然有，你們以為雲荒真的是桃花源嗎？」蘇摩搖搖頭，冷笑起來。他回過身去面對來時的東方世界，抬手遙點那一片中州土地。「以天闕為界，雲荒和中州分隔兩側。但是，天闕就像是鏡子，空桑和中州列國，則像鏡內外的兩個影像罷了，並無太多不同。不過，如今空桑也已經亡國了吧？」

「別說了。再說，我都覺得自己是白來這一趟。」那笙鬱悶起來，跳著腳暖和身子，嘟起了嘴。「天闕天闕，到底哪個是天闕呀？」

「跟妳說了，就是白塔正東方的那一座山。」蘇摩回答。

那笙低下頭去，看著腳下的大地，以白塔為中心辨別著方位，目光在大地上逡巡許久，終於落到面前不遠處，忽然跳了起來。「什麼？你說那座小山是天闕？見鬼，天闕不是應該比這座雪山還高嗎？喂喂，你是不是記錯方位了，那個小土坡怎麼會是天闕？」

「天闕本來就不過一千尺高。」蘇摩懶得理她，只說了一句。「別小看那個小土坡，那裡死的人可不比這座雪山上要少。」

看到雪山下那片翠綠茂盛的丘陵，少女驀然間感覺到奇異的壓迫力，頓時說不出話來——這片起伏的山林裡，居然有著比苗疆叢林還濃郁的詭異和殺意。

「妳好好聽著，我只說一遍，說完了我們各走各的路。」感覺到臉上的暖意越來越濃，知道旭日就要躍出雲層，蘇摩陡然間加快了語速。「以白塔為中心，它的正東方是天闕。妳如果能活著走出天闕，就順著山下的水流往西走，到有人居住的地方，那裡應該是澤之國桃源郡的雲中城。然後妳接著想去哪裡，就可以問那裡的人。」

「我……我要跟著你過天闕啊！」那笙嚇得一哆嗦，下意識地抓住傀儡師的手。「反正你也要走這條路的，是不是？你帶我一起走嘛。」

她的聲音裡帶著哀求和撒嬌，蘇摩卻驀地冷笑起來，嫌惡地掙開她的手。「就算我要走這條路，但為什麼要帶妳一起走？人總是那麼貪心嗎？對那一碗飯的好意，我已經回報得夠了。」

那笙被他一甩，甩得踉蹌後退，幸虧雪地鬆軟，跌倒也不見得痛。她睜大了眼睛看著這個陡然翻臉不認人的年輕傀儡師，訥訥說：「貪心？我們……我們一路同行，其他人都死了，難道不應該相互幫助嗎？」

「相互幫助？」蘇摩笑了起來，臉色卻是譏誚的。「說得好聽……妳能幫我什麼呢？從來沒有人幫過我，而我又為什麼要幫妳？」

「你眼睛看不見，我可以幫你認路啊。」看著傀儡師空洞的眼睛，那笙掙扎著從雪地上爬起來。「你……你這樣子摸索著下山，怎麼行呢？」

蘇摩怔愣一下，忽然又笑了。「哦，對，我都忘了自己是個瞎子。」然而笑容未斂，他的臉色卻變得意味深長。「但是，妳覺得我真的像是那種需要人帶路的瞎子嗎？」

那笙被他問得怔住，認真看著他的眼睛。他的眼眸是奇異的深碧色，倒是有點像苗疆的土人。然而他的眼睛是空洞的，沒有底，總是散淡，沒有聚焦點的樣子。然而，看向他的時候，卻會覺得他也在看著自己。

這個人，到底是不是真的看不見東西呢？

「哎呀！太陽升起來了！」遲疑之間，她忽然回頭，看著東方歡呼：「好漂亮！」

蘇摩下意識地回頭，迎向冰雪上旭日的光芒。那一瞬間，那笙看到了——在這個傀儡師迎面向著初升旭日的剎那，他的眼睛依舊是空茫一片。那樣強烈刺目的光芒，居然沒有讓他的瞳孔有一絲變化。

「啊！原來你真的是個盲人！」那笙小小的詭計得逞了，她有些慶幸，又有些憐憫地看向他。「你難道不需要人帶路嗎？我幫你，你幫我，大家一起過了天闕，不就扯平了？」

「妳算計我？」還不等她笑語落地，蘇摩的臉色忽然變得很難看，甚至有一絲猙獰的意味，嚇得那笙不禁倒退兩步。然而她剛一退開，蘇摩的手已經探出，扣住她的咽喉，將她狠狠甩在一邊。「該死！」

那一瞬間，那笙甚至有一種自己即將被殺的錯覺。

然而，蘇摩的手指雖然觸及她的咽喉，最終卻還是緩緩鬆開，眼裡的火焰熄滅了。他冷冷地說一句：「太陽出來了，要儘快下山，不要說我沒警告妳。」說完便轉過身，再也不看她。

等她驚魂方定，撫著喉嚨從雪地上掙扎起身的時候，只見傀儡師已經大踏步從山頂揚長而去。

「啊？」她不由得驚駭地睜大眼睛。只見蘇摩從齊膝深的雪上走過，非但沒有陷入雪中半分，在他踩踏過的積雪上，居然都沒有留下一個足跡——他、他是神仙嗎？怪不得他說起這個地方時，居然瞭若指掌。原來，他是住過雲荒的神仙嗎？

「阿諾，帶路。」走出幾步，手指輕動之間，懷中幾聲「喀嗒」，木偶的手腳都已經被裝好，蘇摩輕輕吩咐了一句，懷中的小偶人彷彿囚鳥出籠，歡天喜地一個筋斗翻落地面，伸伸手、踢踢腿，然後在雪地上跳躍前行起來，喀嗒喀嗒，輕快異常。

那笙目瞪口呆地看著這一幕。在苗人少女愕然的瞬間，那個拔腿走開的小偶人忽然回頭，對著雪地上的她咧開嘴角，詭祕地笑了笑。

「哎呀！」看到那個叫阿諾的小偶人詭祕的笑容，那笙再度忍不住驚呼出來。然而不等她驚呼落地，阿諾已蹦蹦跳跳地帶著蘇摩，風也似地消失在冰峰積雪中。

萬年不化的雪山頂上，天風呼嘯，空茫茫一片令人恐懼的白，天地間除了那些雪下的屍體，便只剩她一人。

那笙恐懼地站起來，哆嗦著抱緊肩膀，又冷又餓。無論如何，她還是要先找到路下山去，不然，便是要活生生地凍死在雪山上了。

天光慢慢強了起來，雲荒的日出和中州毫無二致。只是在她這個遠方來客看來，太陽照耀的這片土地，籠罩著說不出的神祕與瑰麗。四面是海、五色錯雜的土地上，盡頭有一個巨大的湖泊，宛如一隻湛藍的眼睛，閃爍著看向上蒼。湖中的那座城市和巨大的白塔，則像是藍眼睛的瞳仁。

「好美啊……」那笙深深吸了一口氣，忍不住脫口讚嘆，鼓勵自己似地舉起手臂，大呼：「雲荒！雲荒！我來了！」

苗人少女清脆的呼聲響徹空山，震得積雪簌簌落下。

「啊？」那笙連忙捂住嘴，喃喃道：「可別弄得雪崩了。蘇摩不在，可沒人能救妳啊，笨蛋。」

她振作精神，尋找下山的路。蘇摩方才走過的地方沒有留下任何腳印，她只循著走了十丈左右就已記不住他走的路線，一時間不由得猶豫起來，不知道哪些是可以落腳的實地，哪些雪之下又是冰溝和裂縫。看得時間稍久，她就覺得頭暈目眩起來，那一大片刺目的白，讓她的眼睛痛得要命。

太陽升得越來越高，讓這千年積雪的山頂都有些微的暖意，天也是晴朗的，沒有暴雪和颶風襲來的預兆。這慕士塔格峰的西坡，可比來時的東面好多了。看來，就算沒有蘇摩幫忙，只要自己小心一些，天黑之前還是可以到達雪線以下的山腰。

那笙心裡暗自慶幸，小心翼翼地尋找落腳點，慢慢從雪山頂峰上往下走。忽然間，她聽到身後一片輕微的「簌簌」聲，彷彿積雪在一層層地抖落。

「誰？」那笙又驚又喜地叫了一聲，以為能碰到同行的倖存者，轉頭看向背後，然而慕士塔格雪山上空空蕩蕩，只覆蓋著厚厚的積雪，沒有絲毫人的氣息。

聽錯了嗎？少女怔怔地回首，有些驚疑不定地繼續摸索著下山的路。然而，在她轉頭之後，背後的「簌簌」聲又響了起來，漸漸地越來越密，彷彿有無數東西在活動著，聲音的範圍也越來越大，到後來居然四野間到處都是同樣的聲音，詭異可怖。

「什麼……是什麼？」通靈的苗人少女陡然感覺到了極其可怕的邪意，然而四顧，除了厚厚的積雪卻空無一物。旭日升起，暖洋洋地照在她身上，她卻在這看不到又無所不在的邪氣中激靈靈打了個冷顫。

太陽出來了，要儘快下山，不要說我沒警告妳——忽然間，蘇摩的警告冷冷迴響在耳側。

太陽出來了，為什麼要儘快下山？那時候，她只是對這個怪人說出的又一句驚人之語暗自嘲笑，就略了過去。然而此刻，聽到滿山遍野的奇異「簌簌」聲，感受到慢慢迫近的詭異氣息，她陡然間有不祥的直覺，再也不顧前方是不是可走的路，用盡力氣在雪地中拔腿狂奔，跌跌撞撞。

忽然間，她被絆了一跤。

薄薄的雪層被踢散，露出一具青白色的僵硬屍體。樣貌是中州人，然而穿著似乎是上古的衣服，不知是多少年前為了到達天闕而死在半途的旅人。怎麼……怎麼這個地方，到處都是死人？

這裡成了你們中州人的墳場——蘇摩的話又在耳畔響起。

那笙連驚叫的時間都沒有，連忙掙扎著起身，繼續往山下踉蹌而逃。是的！有什麼東西……有什麼東西就要來了！這座山上，到處都是不對勁的東西。強烈的預感和懼意讓通靈的少女不顧一切地逃離，然而，她的腳被拉住了。

那笙下意識地望向身後，陡然間驚叫：「啊？啊啊啊——」

從雪下伸出的是一隻凍得近乎透明的青白色的手，正緊緊抓著她的腳踝。那個匍匐在雪下的僵硬屍體忽然緩緩動了起來，一隻手握住她的腳踝，另一隻手撐住地面，身體慢慢從積雪底下撐起。

那分明是個古人，衣飾完全不是如今中州人的樣子，臉和手都已經僵硬蒼白得幾乎透明，可以看見皮膚下面的淡藍色血脈。也不知道它在雪下埋藏了多少年，關節似乎全不好使了，整個身子是直直地撐起，讓壓著它的厚厚積雪簌簌而落。

「鬼！鬼啊！」當那個殭屍轉動蒼白混濁的眼球，面無表情地看過來時，那笙終於心膽俱裂地大叫起來，拚命掙扎著，想把腳上的靴子連同綁腿一起踢掉。然而爬雪山前她做的準備實在是細緻認真到家了，無論怎樣用力，綁腿居然還是緊緊捆著她的腳，怎麼都掙不出來。

「完了……」那笙心中哀呼一聲，感覺到抓著她腳踝的手驀然用力，將她往後面拖去。她只好用力攀住一根冰柱，死不放手。然而周圍的「簌簌」聲越來越響、越來越密，彷彿無數東西在雪層下活動。

那笙忍不住抬頭四顧，一下子嚇得魂飛魄散。

整座山都在動！積雪被抖落，雪下面，一個個面色慘白、面無表情的殭屍紛紛破雪而出，各式各樣上古裝束的死人，從雪下爬了出來，滿山遍野是死白死白的臉。

太陽已經升得很高，從慕士塔格雪山背面升起，把光芒灑滿大地。然而陽光照射在那笙身上，她只感覺絕望得徹骨寒冷。什麼？難道她要死在這裡了嗎？跋涉了那麼久、吃了那麼多苦，如今雲荒大地已經近在咫尺，她卻要死在這裡？

連天闕都無法到達，更遑論踏上那一片可望而不可即的神祕土地。

不甘心……不甘心，死也不甘心！

苗人少女暗自咬緊了牙，緩緩放開一隻攀著冰柱的手，伸入懷中，握住隨身帶著的苗刀。就算留下一隻腳在慕士塔格雪山，也比葬身在這裡好吧？她深吸了口氣，驀然放開了手，任自己被殭屍拖得往後滑出，陡然回首朝著自己腳踝就是一刀。

然而，就在這個瞬間，那隻拉住她腳踝的僵冷的手忽然鬆開了。

她那一刀連忙緊急收力，然而她沒有練過武功，根本無法收放自如，刀鋒還是劃破厚厚的綁腿，腳踝上傳來一陣微痛，應該是割破了肌膚。

但是，總算自由了。

那笙來不及多想，一屈膝站了起來。然而準備拔腿逃命的她，陡然間被眼前的景象驚呆了。

太陽已經從雪山背後升起，萬年不化的積雪映射出晶瑩的光。然而，那些滿山遍野的殭屍忽然都面朝東方跪下去，對著從山頂升起的旭日高高舉起雙臂，慘白的臉上毫無表情，凍成白堊土一樣的嘴巴開合著，發出含混不清的「嚕嚕」聲，對著太陽張開了雙手。雪山上，那些高舉的手臂林立著，觸目驚心。

那些殭屍……那些殭屍是在膜拜太陽嗎？

那笙只張大嘴巴發了一瞬間的呆，立刻就回過神來，在那些林立的手臂中慌不擇路地奔逃。她要逃，她要逃！如果不趁著這個機會逃跑，一定會被那些殭屍吃掉！

她在齊膝深的雪地裡連滾帶爬地往下走，根本不敢去看那些死人僵硬無表情的臉和混濁的眼球。尖利的冰劃破她的手掌和耳朵，但她絲毫不顧，只是手腳並用地往下滾去，從那些跪拜的殭屍中穿過。

然而奇怪的是，那些殭屍只是面朝山頂跪著，雙手向天舉起，喉嚨中發出含糊不清的「嚕嚕」聲，已經分辨不出瞳仁的混濁眼睛直直仰望著雪山之巔上刺眼的太陽，對於狼狽奔逃的少女視而不見。

說不定凍了幾千年，它們都成了瞎子——這個想法忽然從那笙腦中冒出來，苗人少女側眼看了一下身旁的殭屍，不由自主鬆一口氣，跳到一條雪溝裡。

然而，就在那個瞬間，當太陽升到山頂後，殭屍們林立的手臂忽然放下。彷彿是接到什麼解散的命令，它們從雪地上遲緩地站起來，舉止僵硬，關節發出「吱嘎」的聲響。然後，那些全身掛滿零落積雪的殭屍，三三兩兩地在雪坡上四處遊蕩，彎著腰在雪地上撥拉著。

那笙還沒猜透它們在做什麼，就看見不遠處一個殭屍撥開積雪，從雪下拉出一個東西來。頓時，周圍的殭屍都圍上去，喉嚨裡發出急切的「嚕嚕」聲，七、八隻青白乾冷的手伸過去，呼啦啦往各個方向一扯，然後放入口中大嚼起來。

等看清楚雪下拖出的是一具新死的屍體時，那笙連忙伸手把驚呼硬生生捂在嘴裡，全身一陣寒顫，只覺腸胃激烈地翻攪起來。

「呃……」她捂著嘴從藏身的雪溝裡站起身，不顧一切地急奔。

她一起身，那群覓食的殭屍就驚覺，紛紛回過身，灰白混濁的眼球看著逃跑的她，「唠嚓唠嚓」地大踏步圍了過來。

那笙在齊膝深的雪地裡踉蹌奔逃，而那些殭屍看似笨拙，走起路來膝蓋都不彎曲，然而它們一邁開步子，一步足有常人兩倍大，「唠嚓唠嚓」地從四方不急不徐地圍了上來。

她慌不擇路，在雪峰上踉蹌奔逃，無處求助。

不知道跑到了哪裡，忽然一轉頭，隱約間看見不遠處有一個少女迎面走來，腰帶上閃爍著奪目的淡藍色光芒——什麼？這個雪山上，還有別的活人？

「喂！」那笙不由得又驚又喜，拚足力量向左邊的雪坡奔去。然而她奔得急了，不曾注意積雪虛蓋在冰凌上，腳下已非實地。

「喂！喂！等一下！救命啊！」她驚呼著向那個活著的同伴奔去，然而才奔出幾步便一腳踩空，「嘩啦」一聲從兩人高的陡坡上掉下去。

再度醒來的時候，日頭已經升到中天，

那笙覺得渾身上下說不出地痠痛，似乎每一塊骨頭都震碎了，尤其左手在落地時下意識地撐了一下，似乎斷了，更是痛得不得了。

她不禁呻吟起來，痛得流下眼淚。然而在絕頂的刺骨寒風中，眼淚很快在頰邊凝成冰花，凍得臉像裂開似地刺痛。

「該死的蘇摩……居然把我一個人扔在這種地方！該死的該死的該死的！老天打雷劈死他，雪山殭屍咬死他，山裡瘴氣毒死他！」她再也忍不住，在心裡怒罵起那個不講人情的傀儡師，用盡了她所知道的一切惡毒語言。

罵著罵著，那笙忽然想起墜崖那一瞬間看到的女子，頓時眼睛一亮，振作起精神，撐起身子望向前面，想尋找那個少女的蹤跡。在這要命的空山裡，多一個人結伴總是好的。

然而她一抬頭，就看到面前咫尺之處，一個妙齡少女同樣坐在雪地上抬頭看她。那笙愣了一下，下意識地湊近一些，而那個少女也是一臉苦痛地掙扎著挪過來一點。

「見鬼！」忽然間，她苦笑了起來，將手裡握著的雪團朝對方扔過去。雪球在光滑堅硬的冰壁上四散開來，讓映在上面的少女滿頭白雪。

居然被自己的幻象給騙了……哪裡有什麼同齡少女，不過是自己映在冰面上的影子啊。

再度確認自己必須孤身在雪山上殺出一條路之後，苗人少女反而不哭也不罵了，咬緊牙關，掙著從雪地上爬起來，看了看四周的情況。忽然間，她發現一個奇怪的現象——那些殭屍沒有追來。她昏迷過去一個多時辰，那些殭屍居然沒有過來。

那笙這才仔細打量起如今自己一跤跌下的地方。這其實不過是雪山西坡上一個凹進去的冰窟，離自己方才跌下的地方有一丈多高，一條冰川倒掛而下，宛如一面巨大的鏡子。周圍無論是方才那個雪坎上，還是山坳外，都有殭屍在面無表情地遊蕩，灰白混濁的眼睛盯著她，喉嚨裡發出「嚕嚕」的聲音，卻沒有逼近一步。

她嚇得一個哆嗦，下意識地後退，緊貼山坳的冰壁。怔了怔，她才想起那些殭屍是過不來的。為什麼它們不過來？難道這裡有什麼它們忌諱的東西？

在身體因為寒冷而幾乎麻木的時候，幸虧她的腦子依舊在正常思考著。

那笙霍然轉過身，仰頭看著那一片鏡子似的冰川——果然不錯，隔著冰面，一道淡藍色的光刺痛她的眼睛，令她不由得失聲驚呼。

那就是她在墜落的一剎那，看到自己影子身上發出的光。

那樣的光芒，竟然來自一枚戒指，一枚被封在萬年冰川之下的寶石戒指。然而，讓那笙脫口驚呼的不是那枚閃光的戒指，而是戴著指環的那隻手。

那是一隻齊肩斷裂的右手，血肉俱在，宛如生時。斷裂處露出長短不一的骨頭，肌肉翻捲著，血汙濕了手臂上裹著淡金織錦萬字花紋的袖子。手腕上有一圈三指寬的黑色套索，深深勒入肌膚，沁出的血已經在冰內凝結。看得出來這隻手是被這條套索連著袖子生生撕下，不知道什麼原因，又被凍結在這座飛鳥難上的雪山絕頂。

那笙倒抽一口冷氣，忍住拔腿就跑的衝動，隔著冰面看著裡面封住的那隻斷手。那應該是一隻貴族的手，服飾華美，皮膚蒼白光潔，手指修長，指節有力，指甲因為淤血而微微發紫，然而修剪得非常仔細。手指微微向著掌心彎曲，呈半握狀。在這隻右手的無名指上，戴著一枚銀白色的戒指，托子是一雙張開的翅膀，雙翅中，一粒圓形的藍寶石散發出耀眼的光芒。

就是這枚戒指的緣故嗎？是這枚戒指，震懾住了滿山的殭屍？

來不及再想下去，慶幸的笑便漫開在苗人少女的臉上。她合起雙手，對著被冰封住的斷手拜了一拜。「天啊，謝天謝地！總算還給我留一條生路。」一群屍們的低吼聲夾著風雪傳到耳畔，那笙更不遲疑，掙扎著起身。「無可奈何，不知冒犯了哪一位，不過還是先借這枚戒指給我保命吧！」

左手已經不能使力，她右手拔出隨身的苗刀，一刀扎入冰壁中，想要破冰取戒。

那一刀刺入冰中時，她忽然一個踉蹌，彷彿有什麼在地下動了一下，震得整座雪山上的積雪簌簌落下。

「什麼？難道是比翼鳥又飛回來嗎？」那笙臉色變了，然而抬起頭來，紛亂飛雪後方，天空碧藍如洗，沒有任何飛鳥的痕跡。

她沒有發覺，在她抬頭觀察天空的一剎那，斷手上的戒指忽然發出一道亮光，窺探似地照在她臉上，然後迅速移開了。

那笙不敢耽誤，心下雖然嘀咕，手上卻是絲毫不停，苗刀「嚓嚓」砍開冰塊，很快在斷手上方破出了一個一尺見方的洞。

「好！」那笙長舒一口氣，伸手探入，想取下那枚戒指。然而麻煩的是，正面的冰雖然敲碎了，斷手依然被其他三個方向的冰牢牢凍住。

「怎麼凍得這麼牢？」她有些不耐煩起來，懶得繼續撬開冰塊，就想揮刀砍下那隻手的手腕。然而，刀鋒刺破那凍得僵硬的手腕時，那笙忽然遲疑一下——戴著戒指的那隻手，雖然已經沒有生命，凍在冰中卻依然顯得高貴神祕，讓她心裡陡然便是一跳，似乎感覺到什麼不可侵犯的力量。

「見鬼！這麼做好像……有點過分？」那笙嘆了口氣，收回砍向手腕的苗刀。「我是不是太野蠻了……比起那些殭屍好不到哪裡去。」

那笙不顧雪地下的震動越來越劇烈，改為小心地用刀撬開凍結的冰，力求在不傷到斷手的情況下，將斷手附近的冰塊撬鬆。

喀嚓！終於把冰都撬開後，那笙將整隻斷臂捧出來，小心翼翼地取下無名指上的銀色寶石戒指。雖然被冰封了很久，但取下那枚戒指時卻出乎意料地容易，她的手指只是微微一動，戒指幾乎是自動躍入她的掌心。

她捏著戒指，在眼底下轉了一圈，看到指環內側烙著一個和托子一模一樣的雙翅符號，精美繁複，彷彿是什麼徽章。看起來，這枚戒指的來頭不小，應該是哪位貴族用過的吧？

那笙收起戒指，將斷肢放回冰洞，重新用碎冰和積雪堵上洞口。不知道為何，在托著這隻斷臂的時候，她居然沒有感到一絲一毫的噁心或者恐懼，對於從斷手上摘取了戒指反而有一絲慚愧。她雙手合十，喃喃念了一句：「不知冒犯了哪一位，真是抱歉。不過救人一命勝造七級浮屠，可憐那笙今年才十七，不想死在這裡……還請見諒見諒！」

她忍著左臂折斷的劇痛，拿著戒指，在手指上比了比，發現對自己的無名指而言，這枚戒指似乎大了一圈，於是想了想，就往中指上套去。

然而，才將指環湊近中指，她忽然感覺到一股奇異的力量扯動著自己，手腕往前一送，居然不由自主地將手指送入了戒指內。

嚓！輕輕一聲，那枚戒指穩穩戴上她的左手中指，分毫不差，便是專門打造的都沒那麼服貼。她吃了一驚，轉動著戒指，只見精緻的銀色雙翼托子上，那顆寶石發出一道絢麗的藍光。

「啊，看上去很值錢的樣子呢……」那笙注視著那枚戒指，打著主意喃喃道：「身上沒盤纏了，下山後把它賣了正好當旅費。嘿嘿。」

然而不等她想完，慕士塔格雪山的震顫陡然間又劇烈起來，積雪紛紛落下，天忽然又變成灰白一片。

什麼？是暴風雪要再次來臨了嗎？聽到那些殭屍在雪中發出快活的低吼，那笙心驚膽顫，再也不敢多留片刻，握著苗刀就衝出這個小山坳。

雪揚起一丈多高，只能隱約看到前方景物。影影綽綽地，有幾具黑影僵硬地在風雪中舉臂徘徊，攔在前方。是殭屍吧？不過這一回，可不用怕那些東西了。

飛雪中，她毫不畏懼地飛身衝出，戴著戒指的右手握住苗刀，便是往靠過來的殭屍一劃。厲叫聲響起，刀子彷彿碰到什麼堅冷如木的東西，「嚓啦」一聲切下一截。

然而，她卻一頭撞到了什麼東西身上，等抬起頭，正看到一對灰白混濁的眼球。那隻殭屍居然毫不避讓她戴著戒指的手，似乎毫無痛感地揮舞著被砍斷的半截手臂，另一隻手直直往她脖子掐過來。
怎麼回事？它們、它們難道並不畏懼這枚戒指嗎？
電光石火的剎那間，驚恐的那笙陡然察覺這一點，驚叫著用刀砍向那個殭屍，「哧」的一聲，把殭屍的另一隻手臂也砍下來。然而，對方居然不覺得疼痛，依然不急不徐地向她逼過來。她想繞開這個行動僵硬的怪物奔逃，然而滿天的飛雪遮住了她的視線，她奔出幾步，就發現前方影影綽綽地有好多緩緩逼近的影子。
腳下的山峰震動得越來越劇烈，前方不遠處的雪忽然大片滑落，騰起更大的雪霧。她聽到身後那一片冰川開始斷裂崩塌的聲音，前方則是無數具在風雪中晃動的殭屍——完了！
那個瞬間，那笙腦中只掠過兩個字。
那樣一個恍惚，一隻殭屍的手便搭上她的肩頭。她驚叫著用力掙脫，然而又冷又餓的她力氣遠遠不夠，只看到周圍幾具影子拖著遲緩的步伐逼近過來，詭異的「嚕嚕」聲近在耳側。
「救命！救命！蘇摩！蘇摩，救命！」少女終於崩潰，一邊拚命掙扎，一邊用盡全力大呼——只能呼喊這個名字了吧？沒有誰可以救她了……只能指望那個奇異的傀儡師此刻並沒有走遠，還能聽得到她的呼救。

然而少女的聲音被呼嘯的風雪掩蓋，轉瞬消散。

殭屍冰冷的手指掐得她肩胛骨快要斷裂了，旁邊的雪霧裡又出現三、四隻殭屍，各自面無表情地走過來，緩緩伸出手，分別拉住她的手腳——它們是要活活撕裂她，分而食之。

「救命！救……命！」知道死亡就在轉瞬之間，那笙用盡全力呼救。生死一線的剎那間，無數學過的占卜、巫術都掠過腦海，然而，半吊子的她腦袋亂成一鍋粥，一個方法都想不到。

「無論是什麼……神佛！仙鬼！妖魔……快來救我！救命！救命啊！」在四肢就要被殭屍撕扯開的一剎那，眼前晃動著昏暗可怖的亂雪、灰白的天空，她不顧一切地大叫。

右手上那一枚刻有銀色雙翼的藍寶石戒指，陡然閃射出閃亮的光芒。

「付出什麼代價都可以嗎？」冥冥中，忽然有聲音在心底響起。身體傳來被扯裂的劇痛，驚懼交加，絕望中那笙根本顧不上思考哪裡來的聲音，脫口大呼：「是的，都可以！都可以……救命！」

嚓！耳畔忽然有骨骼斷裂的脆響，瞬間那笙眼前一黑，以為自己的左腳已經不在身上。然而，身體忽然一輕，被一股大力拉著往後飛出，耳邊連續聽到「嚓嚓」的斷裂聲，只見那些圍上來七手八腳撕扯著她的殭屍如同木樁般飛出去，只留下五、六隻青白僵硬的斷手還牢牢抓在她身上各處。

她也飛了出去，直到重重撞到冰壁上才止住去勢。

「蘇摩？蘇摩！是你嗎？」看到那樣驚人的瞬間力量，身體落地的刹那，那笙脫口叫了起來：「該死的，你終於還是回來了！」

然而，亂雪中，看不到蘇摩和那個小偶人的影子。感覺到身後的冰壁在震動中發出碎裂的「啰啦」聲，似乎要倒下來，那笙下意識掙扎著往前爬了幾步，想逃離開那面冰壁。

「帶我走。」忽然間，那個聲音又響起來，她感覺有人猛然扳住她的肩膀。

「誰？」那笙嚇了一跳回頭，陡然間，她直跳起來——那隻手！那隻齊肩斷裂的手，不知何時已破開冰壁，伸了出來，死死拉住她。「啊——」她的眼睛因為震驚和恐懼而睜大，瞪著抓住自己肩膀的那隻無生命的斷手，說不出話來，心底下意識地感到恐懼。她用力掙扎著脫身出來，狂奔。

才奔出幾步，腳踝驀然一緊，又被拉住，她臉朝下跌到了雪中。

「想逃？」還沒爬起身，只看到那隻手在雪地上「走」了過來，冰冷的修長手指輕敲她凍得通紅的臉頰，那笙彷彿聽到心底傳來一聲冷笑。

誰……誰的聲音？這座空山裡，是誰在和她說話？

然而，不等她想清楚這一點，只聽「唏啦啦」一聲響，慕士塔格雪山的震動越來越劇烈，那面冰壁也已經承受不住上方積雪的壓力，從下而上整片斷裂開來，萬千積雪和碎冰劈頭蓋臉向她淹了下來。

「糟糕，東方的封印打開了，這座雪山也要崩塌了！」

永遠虛無的所在。永遠都看不到日光的所在。

異界的城市裡，所有一切都當不起一個「有」字，所有的存在只是「無」——無形無質，無臭無影。

然而，那一片空無之中卻是包蘊著無數的「有」。細細看去，縹縹緲緲，水底彷彿有煙霧凝聚、蒸汽升騰，虛幻浮動著的事物就全顯示出來了。縱橫交織的阡陌街巷、樓閣城牆，纖毫畢現，彷彿海市蜃樓。

只是，這座虛無的幻境「城市」裡，沒有一個活著的人，只有無數白色的石棺靜靜懸停在空中，錯落高低，一望無際，如同虛無的墓園。

在那樣奇異的所在裡，有一座虛無的光之塔，高達萬丈，塔頂通向不可知的彼端，宛如湖面上那座伽藍白塔的倒影。

塔下，青玉雕刻的覆蓮基座上，繁複的咒語刻滿神龕。神龕內，在寶瓶托起的仰缽內，一顆孤零零的頭顱忽然張開嘴唇，吐出低沉的話語——

「各位，我的右手能動了。」

危樓高百尺，手可摘星辰。不敢高聲語，恐驚天上人。

白塔頂上的神殿裡，彷彿也能感覺到極遠處大陸東邊盡頭吹來的雪山冷風。觀星台上的氣氛是肅殺的，冰冷的寒意一直沁到了列席的每一個人心裡。

自從空桑的最後一個王朝——夢華王朝覆滅後，從西海而來的冰族建立起新的帝國，支配這片大陸已有一百餘年，遺民的反抗逐步勢微，統治慢慢穩定，一切都在鐵的秩序下安然運行。

然而今晚，掌握滄流帝國最高權柄的長老——元老院中的十巫，居然全部聚集到伽藍白塔最高層的觀星台上。

這是一百年來極為罕見的局面，所以那些經年也可能看不到一位長老露面的侍從和女官才會感到莫名震驚。算起來，就是五十年前霍圖部造反、二十年前鮫人暴動，都沒有看到過元老院的十巫這樣聚集過吧？難道這一次，又有重大的事要發生？

十位黑袍長老以觀星台為中心，呈圓形分散靜靜坐著，高大上的夜風吹起他們蒼白的鬚髮，每一個長老都不動聲色地閉上眼睛。

聖女手指間夾著算籌，目不交睫地看著觀星台上的璣衡，蒼白的臉上滿是凝重。她觀測著星辰，手中算籌不停起落，迅速地計算。然而，在將近三更的時候，天狼星終於還是從窺管中消失了。

璣衡窺管，居然再也不能捕捉它運行的軌跡。

「天狼脫控，亂離必起！」聖女的眼睛離開窺管，冷然宣布。

十襲黑袍中，驀然起了微微的震動。十位長老同時睜開眼睛，其中一位年輕的長老開口：「請問聖女，天狼由何方脫出流程？」

「正東。」聖女漠然回答，蒼白的瓜子臉上毫無表情。

「正東方……」問話的年輕長老沉吟一下，望向東邊天空的盡頭，神情莫測。「是從天闕那邊過來的嗎？」

「巫彭，趕快派兵滅了禍患吧。多好的機會。」旁邊一位目光陰鷙的白髮婆婆放下手裡一直轉著的腕珠，咯咯怪笑。「五十年前你平定霍圖部叛亂，升為元帥；二十年前鮫人造反，你又提兵殺盡叛黨，年紀輕輕就進入元老院。這次如果你再度立下大功，元老院的首座便非你莫屬了。」

雖然說的是幾十年前的事，然而被稱為「巫彭」的長老，卻依舊保持著四十多歲的面貌，剛毅的臉上有寧靜的表情，深沉莫測，完全不像曾立下力挽狂瀾戰功的名將。

「巫姑，此次不同。」巫彭抬頭看著東方的夜空說道：「連對手是誰都未確認，如何戰？難不成把天闕過來的人都殺光？要知道澤之國是高舜昭總督的領地，他如果能解決，我們不宜妄動兵戈。」

「那些大澤的中州蠻子，怕他什麼？」巫姑怪笑了起來。「高舜昭還不是咱們委任的？除了我們冰族，其他都不過是卑賤的螻蟻而已。」

「螻蟻咬人，畢竟也會痛。」巫彭微微而笑，然而始終詞鋒收斂。「既然這樣，按照元老院規矩，請巫咸大人主持，十位長老分別表態就是了。」

「好。」坐在東首那名鬚髮皆白的老者，喉嚨裡發出混濁的聲音，咳嗽了幾聲，開口道：「循舊制，支持深入澤之國、殺盡天闕東來之人的，長蓍草；反對動刀兵的，短蓍草。」

十位黑袍長老低首沉吟，袍子下的手緩緩舉起，各自拈了一根蓍草。滄流帝國不設帝位，如果垂簾的智者大人不發話，那麼這片大陸上的命運，一直以來就由白塔頂上十位長老手中的蓍草決定。

十根蓍草剛集在一起，還沒有理出長短，觀星台後的神殿裡，忽然間傳出低沉的長吟聲。門戶無聲無息地由內而外一扇扇緩緩開啟，神殿深處，有依稀的光芒。

諸位長老的臉色忽然肅穆起來，紛紛將盤膝的姿勢變換為長跪。

「智者傳諭！」聖女一直漠然的臉色終於變了，在觀星台上攬衣跪下，認真傾聽著神殿裡傳來的低沉長吟，分辨著旁人難以聽懂的指示。十巫齊齊從黑袍中抬起臉，全部轉身，向著黑洞洞開著的聖殿門扉匍匐下了身子。

「智者有諭，禍患由東而來，逼近天闕。東方之天已坍塌，五封印已破其一！諸卿請守住其餘四方封印，並立時派兵殺盡天闕之東來者！切切。」

聖女一字一字複述門內人難以聽懂的口諭，聲音冷漠。

「謹遵智者教誨！」十襲黑袍匍匐在地上，齊齊回覆，聲音恭謹非常。

許久，神殿裡的聲音沉寂了，重門無聲無息地一層層合起。一直到最外面大殿的殿門也合上，外面匍匐著的人才敢抬起頭來。

十位長老不作聲地相互看一眼，凝重肅殺的氣氛在這一群最接近帝國權力中樞的人中瀰漫開來。重門之後的黑暗裡，存在著凌駕於元老院之上的最高權威——智者，冰族的最高精神領袖。自從帶領冰族奪得雲荒以來，雖然十巫主管了帝國的軍政，但這位沉默寡言的神祕人依舊是不露面的最終支配者。

既然智者大人的旨意已下，那麼，他們便沒有什麼討論的必要。

沉默中，又一陣雪峰上的冷風吹來，那些長長短短的蓍草飛了漫天。

「嗯……原本就是要動刀兵的嗎？」抬起眼掃了一下半空中那些蓍草，巫彭臉上有苦笑的意味。「七長三短啊……不知道另兩根是誰投出的。」

低低的自語未畢，風捲了過來，那些決定大陸命運的蓍草倏忽消失在夜空裡。

原來，草畢竟是草，如何能如神廟中的聲音一樣，真正地左右滄流帝國，乃至雲荒大陸的命運呢？

第三章　魔之手

「哎呀！」剛剛醒來的那笙看著底下十丈高的冰柱脫口驚呼，身子一顫，一個鯉魚打挺便要坐起來。然而冰上光滑無比，她剛一挪動身體便失去平衡，從高高的冰柱頂端直栽下去。

她尖叫著，然而剛要翻身落下時，「啪」的一聲，卻被提住腳踝倒著拉上來。這是哪裡？苗人少女腦中只記起最後滔天雪浪將自己淹沒的一剎那，不由得緊緊抓住身側某物，讓身體在這高高的冰柱上保持平衡。

小心地低頭看下去，腳下是一場大風暴過後面目全非的雪山，而她居然逃出那一場驚天動地的雪崩，穩穩地坐在一根十丈高的冰柱頂端上。那樣的高度，讓她看下去只覺得頭暈目眩。

「是慕士塔格雪山半坡。」忽然，有個聲音回答。

「誰？」震驚於自己未曾開口的想法居然被人知道，那笙驀然回首四顧。然而空蕩蕩的雪山上空茫一片，天空是灰暗的，連那些四處遊蕩的殭屍都不見了。她坐在高高的冰柱上，更加緊張起來。「是誰？是誰在說話？」

「是我。」忽然有人回答，還拍了拍她的手，算是招呼。

那笙下意識地低下頭去，就看到自己手裡竟然緊緊拉著一隻斷臂，搖搖欲墜地坐在冰柱頂上。

「呀——」她彷彿被火燒一般放開手，猛然踉蹌著後退。

「小心！」那個聲音疾呼，然而已經來不及了，那笙不顧一切地退開，身子一歪，立刻從方圓不過三尺的冰柱頂上再次一頭栽了下去。

風呼嘯著從耳畔掠過，她在墜落的剎那間才驚覺自己在接近死亡。地上尖利的冰凌如同利劍般迎面刺來，求生的本能讓她脫口驚呼：「救——命！」

啪！她忽然覺得腳踝上一緊，身體下落的速度忽然在瞬間減低，然後一隻手伸了過來，抱住她的腰，將她輕輕放到雪地上。

生死一線。

那笙的腳終於踩上大地，懸在半空的心也落了地。然而才低下頭，就看到自己右手上那枚戒指，再看到攬在自己腰間的斷手，她再度燙著一般地跳起來，一邊跳著尖叫，一邊用力去掰開那隻斷手大叫：「放開！放開！放開我！」

「放開就放開。」那個聲音漫不經心地說了一句，然後手鬆了開來，斷臂跌落在雪地上，以指為步，懶洋洋地「走」到一旁。

畢竟已是二度看到這樣詭異的景象，苗人少女終於稍微鎮靜下來，遠遠退到一邊，看著雪地上活動的斷手，小心地問：「你……你救了我？」

「當然。」聲音是直接傳入她的心底，那隻手在雪地上立了起來，遙點著她，隨著聲音變出各種手勢。「我救了妳兩次，看來走過天闕之前還要救妳好幾次。不過妳不用謝我，因為妳答應過要付出代價的。」

「你……你到底是什麼東西？」

那笙張口結舌地看著那隻斷手，寒氣自心底一層層冒起。這隻手究竟算什麼？妖魔？仙鬼？神佛？不，似乎哪一樣都不是。

「是因為我拿了你的戒指，你才陰魂不散地纏著我嗎？」她忽然跳了起來，一把擼下右手的戒指。「還給你！我還給你好了！」

然而，無論她如何用力，那枚銀白色的戒指彷彿生了根一般套在她右手中指上，怎麼也摘不下來，越是用力，居然勒得越緊。

「別白費力氣了。」看到她如此急切地跳著腳想摘下戒指，那個聲音笑了。「再用力點，妳的手指就要被勒斷了。」

這句話卻提醒了苗人少女，那笙想也不想，左手拿起苗刀就斬了下去。

「呃？」看到她如此決絕的舉動，那個聲音第一次表示出驚訝。「厲害！」但刀未曾接觸到手指，那枚戒指陡然閃出耀眼的光芒。光芒中，彷彿遇到雷擊一般，那笙手裡的刀錚然斷為兩截，直飛出去。

那笙發出一聲慘叫，捂著手臂跌倒。她左臂本來就已經折斷，這一下用力更是痛入骨髓，瞬間就拿不住刀了。

「哎，妳手臂的骨頭斷了。」那隻斷手遙點她的左臂說：「別使力，得先包紮起來。」

「別過來！」看到雪地上「走」過來的手，那笙驚懼交加地退一步。「你……你別過來！」

那隻手遲疑了一下，忽然笑了起來。「看妳嚇成那樣……真可悲啊，我看起來有那麼可怕嗎？又不會吃了妳。」

的確，這只是一隻手，又沒有帶上嘴，自然是沒辦法吃人的。可是那笙看著雪地上那隻蒼白修長的手，感覺到那種難以形容的壓迫力道依然排山倒海般湧來，不由得瑟縮了一下，脫口道：「你很可怕，我、我從來沒有感到過這樣可怕的壓力！你、你……不管你是什麼，離我遠點！」

「真是無情啊……怎麼說我都是妳的救命恩人吧？」那個聲音有點無奈地笑了，

接著那隻手卻對她豎起了拇指說：「不過，妳很厲害，居然能感覺到我隱藏的力量，不愧是能戴上這枚戒指的通靈者。被冰封在慕士塔格雪山這麼多年，這個機緣總算被我等到了。不過……碰上的怎麼是這麼麻煩的小丫頭？」

「我不要了！還給你！你、你別跟著我。」氣急之下，那笙用力甩著自己的手，想脫下那枚戒指。「你拿回去，拿回去！」

「嘖嘖，哪有這樣說話不算話的。這戒指一戴上去，除非我自己願意，不然它怎麼都不會脫落的。」看到她氣急的神色，那個聲音反而譏諷地笑了。「其實，妳何必這樣害怕呢？我不會害妳，而妳如果沒有我，大約連這慕士塔格峰都下不去，白白成了殭屍的食物。」

聽到這裡，那笙猛然打了個寒顫。想到那些此刻暫時消失的殭屍很可能就在雪下，她忽然間就不敢坐在雪地上，一下子跳了起來。環顧著白茫茫的四野，她心裡的恐懼越發濃郁。

「妳只要帶著我過了天闕、到達澤之國，我們的契約就結束了。」大約看出了她的動搖，心裡那個聲音繼續循循善誘：「妳看，很容易的事情啊。我可以護著妳平安去往雲荒，而妳只要帶我上路就可以。我又不重是不是？不像妳那樣，沉得如死豬般拖都拖不動。」

「你！」畢竟是姑娘家，那笙氣得跳了起來，然而想起方才的確是對方將自己拉出險境，連救了自己幾次，忽然心裡就是一陣理虧，說不出話來。

「算了，不強人所難。」看到她沉吟不語，那個聲音似乎終於氣餒。「就算沒有妳，我最多花點時間『走』到雲荒去，妳就留在這裡餵殭屍吧。」

那隻手從雪地上豎起，凌空勾了勾手指。聲音未落，那笙忽然覺得右手中指上的指環一鬆，錚然落入雪地。

「好，妳現在自由了。」那隻斷手冷冷扔下一句話，扭身離開。

「喂！喂！回來！」看到那隻手忽然間往反方向走去，甩下她一個人在雪地，苗人少女心底感到一陣孤獨無助的恐懼，終於忍不住大叫起來：「那隻手！你給我回來！」

然而那隻手走得越發快了，五根手指迅速交替著在雪地上移動，很快消失在冰凌中。那種無所不在、壓得人喘不過氣來的詭異氣息終於散去，那笙卻驀然感覺到另外一種肅殺的危險，在空白一片的雪原裡抱著肩瑟瑟發抖。

她聽到風裡傳來隱約的吼聲，影影綽綽，是那些殭屍在往這邊聚集。她孤身一人留在這裡，只怕走不了幾步就會被吃掉吧？

「喂，回來！我答應你！」那笙生怕這隻神祕的手會如同蘇摩一般扔下她徹底消失，慌忙摸索著撿起戒指，重新戴上，高高舉起，對四野大呼：「喏，你看，我把它戴上了！你、你別扔下我啊！」

然而，聲音消散在風裡，沒有聽到那隻手回答。

那笙不死心，再度喚了一遍，耳邊卻還是呼嘯的風聲。她站在雪地上，恐懼感讓她不敢擅動一步。不知是不是幻覺，她覺得腳底下的雪又動了一下，彷彿有什麼破冰而出，瞬間抓住了她。

「呀！」那笙只道蟄伏的殭屍又要出沒，嚇得大叫起來，拔腿就要跑。然而不等她跳開，那隻蒼白的手已經從雪下探出，瞬間抓住她的腳踝。她一個踉蹌，又一個啃泥跌倒在雪地上。

「哈哈哈哈……」忽然間，那個聲音重新響起來，得意萬分。

那笙趴在雪地上，驚魂方定，定睛看去，發現抓住她的赫然便是那隻會走路、說話的怪物。

「你！」她長長吁了口氣，一腳踢掉那隻手，掙扎著從雪地爬起來。「滾開！」

「好，以後就要拜託姑娘妳照顧了。」那得意到囂張的聲音終於收斂了，同時將手伸過來，拉住那笙的手，將她從雪地上拉起。「勞駕，請送我去雲荒，而且謹記務必不使任何人發覺。」

「好、好！我答應你……」那笙沒好氣地一邊回答一邊站起，想甩開那隻握著她手腕的蒼白斷手。然而話音未落，她不耐煩的語氣忽然凍結了——抬首之間，她看到面前雪地上拉著她站起的，竟是一位英俊年輕的男子。

眉飛入鬢，高冠廣袖，豐神俊美。嘴角上笑謔的神色還未收斂，站在雪地上，看起來如同太陽般光芒四射。

「啊？」那笙目瞪口呆，看著眼前這個如同神話人物降臨的男子。「你、你難道就是……」

然而，只是一剎那的失神，眼前的人陡然憑空消失，抓著她的依然是那隻齊肩而斷的蒼白手臂，外表可怖。

「凝結一個幻象給妳看一下。」心底那個聲音響起來，大笑說道：「記著我英俊瀟灑的樣子吧，這樣妳以後才不會看到我的右手就被嚇住。對了，妳叫什麼名字？」

「呃……」那笙還沒有從方才驚鴻一瞥的驚豔中回過神來，訥訥說不出話來。

「算了，我讀過妳的心，知道妳叫那笙，只不過按禮節才問妳一聲。」那隻手懶得再等，拉著她說：「天色不早，快些下山吧。天黑的話就糟了。」

因為有那隻手的指引，下山的路途變得出奇平順容易。那笙一邊輕輕鬆鬆地踩著雪沿著山勢滑下來，一邊對趴在她肩上的那隻手提了一連串問題：

「你是不是人啊？還是雲荒的神仙？或者是妖怪？

你怎麼會跑到那個地方去？你是不是已經死了？

你死得很慘嗎？居然只剩下一隻手，還好像是被活生生撕扯下來的一樣。

好奇怪……你能聽懂我說的話，我也能聽懂你說的話。雲荒也說和中州一樣的語言嗎？為什麼我不用學就能聽懂？

雲荒都是像你這樣的神仙嗎？哎呀，我忘了雲荒和中州大陸完全不一樣！你們沒有什麼生和死的問題吧？你們吃不吃東西啊？我聽人說你們那裡也有國家的！那麼，你們也有父母兄妹嗎？

對了，想來你們是不可以用常理來衡量的，難道說……你這樣的狀態，才是平日正常的樣子？你們是不是生下來就四分五裂，只有很少的時候才四肢完整地湊到一起？對不對？

呃……什麼？你說雲荒人也是和我一樣有兩隻手兩隻腳？太奇怪了，我還以為雲荒人長得和中州人完全不一樣呢。如果你長著八隻腳，我才覺得比較正常……」

顯然，見到那隻斷手的真身以後，那笙完全沒有了對異類的恐懼，好奇地不停發問。那個聲音哀嘆了一聲，到後來已經連回答的力氣都沒有。在她問到第九十八個問題的時候，那隻手終於忍不住伸了過來，一把堵住她的嘴，低喝：「拜託妳消停一下行不行？快點走，天就要黑了！」

「天黑了……呃，天黑了又怎麼樣？」那笙用力掙脫那隻手，繼續詢問。

「我的力量到了天黑就會削弱。」那隻手冷厲地回答，忽然用力打了一下她的屁股。「到時候我不但沒能力保護妳，可能連和妳通話的力量都沒了，還不快走！」

「什麼？」那笙一驚，終於止住話頭，努力向山下跋涉。齊膝的雪阻礙她的腳步，她走得踉蹌，幾度跌倒。

「唉，妳好像沒什麼能耐。」又一次倒在雪裡時，跌了個四仰八叉的那笙死死壓住了那隻手。看到她狼狽的樣子，斷手無奈地嘆了口氣說：「碰上妳算我倒楣。」

「你能耐大，為什麼不自己飛過天闕？」掙了幾下起不來，那笙也惱了。「人家走得辛苦，又冷又餓，你倒在這裡說風涼話。」

「好、好，起來吧。」那隻手見她惱了，倒也好聲好氣起來，從她背後掙出來，拉她起身。「我不能隨便動用我的力量，越少用越好，不然很容易被那些冰夷抓出蛛絲馬跡。」

「冰夷？」那笙伸手抓住那隻手，站起身來。她又聽到一個新稱呼，是她在蘇摩那裡沒有聽說過的，忍不住好奇。「就是把你弄成這副模樣的傢伙嗎？」

「走吧。」彷彿不願多說，那隻手拉著她往山下繼續趕路。

天黑之前，那笙終於到達山下。

空氣在一路上漸漸溫暖起來，到了雪線以下已經看到稀疏的植物。那些灌木的樣子都是她在中州大地上不曾見過的。

住在瀾滄江邊上的那笙也算是對草木瞭解甚多，然而此刻一路看過去，卻是一種也不認識。她摸著一株兩尺高、掛滿紅果的灌木發呆，肚子傳出了咕嚕聲——她已經一天沒有吃東西了。

「不可以吃。」看到她的手伸向那片誘人的紅果，那隻手一下子拉住她。「會死。」

那笙皺了皺眉，拉起另外一簇貼著地面的紫色地苔問：「這個呢？」

「快鬆手，那碰了會手腳潰爛。」那隻手連忙拔起地苔，遠遠扔開。「這裡的東西不要隨便碰。既然底下都是殭屍，土裡長出的東西哪兒能吃？」

然而肚子餓得要命，那笙趴在地上找著，忽然眼睛一亮。「蘿蔔！這個總可以了吧？」她的動作快如脫兔，那隻手還來不及做出反應，她就撲過去一把揪住翠綠的葉子，「噗」地迅速拔出泥土下的塊莖。

「呃？」看到地下塊莖的樣子，那笙目瞪口呆——居然……居然是金色的蘿蔔？還是人形的，宛如胖胖的嬰兒。這……這到底是什麼東西？

「人……人參？」她揪著嫩葉提在眼前看了半晌，訥訥脫口：「好大一棵。」

「哈！」心裡那個聲音笑了一聲，卻不說話。

就在這時候，那笙看到手裡提著的「人參」忽然動了起來，淡金色的人形塊莖扭動掙扎著，驀然發出一聲嬰兒般的叫喊。

「媽呀！」那笙嚇了一大跳，下意識扔掉手裡的東西。「都大得作怪了！」

那棵「人參」一接觸泥土，就迅速往地裡鑽下去。然而剛鑽入一半，那隻手閃電般伸過來，一把抓住翠綠的葉子，「噗」的一聲重新把它拔起來。

「是雪罌子。」那個聲音笑起來。「這是好東西。妳可真是傻人多福。」

「雪罌子？那是什麼？」聽說是好東西，那笙歡天喜地詢問：「可以吃嗎？」

斷手沉默了下去，似乎已經被她打敗。「不可以，這是當藥用的。」

苗人少女的肚子發出很不體面的「咕嚕」一聲，終於大失所望地坐到地上，捶著地面說：「餓死了餓死了……你倒好，不用管你的肚子。」

「好了，起來起來，再走一段路就到天闕山口，那裡的東西很多都可以果腹。」

那個聲音嘆了口氣，哭笑不得。「快走吧，天就要黑了。」

那笙抬起頭看看天，暮色已經籠罩雲荒大地，只好勉力起身。「好吧……」

「把妳頭上的簪子拔下來。」斷手對她說。

「幹嘛？」山下已經很溫暖，那笙正在扯掉綁腿，聽得這話怔了一下。斷手凌空舉著雪罌子，努力不讓那個不斷扭動的東西重新接觸到土壤，對她說：「把簪子刺進雪罌子塊根，用金子鎮住了，它才不會逃到土裡去。」

那笙嗤之以鼻：「又不能吃，要它幹嘛？」

斷手啞然道：「它是很珍貴的藥。」

「珍貴？就是說，很值錢？」那笙終於來了興趣，連忙從頭上拔下簪子。「能賣很多錢嗎？」

「算是吧。」斷手無奈。這個丫頭怎麼那麼功利？

噗！金簪乾脆俐落地刺入塊莖裡，那個不停扭動的植物終於安靜下來。

「啊，我的簪子也很珍貴，可不要弄丟了才好。」那笙嘀咕著，小心地把雪罌子連著金簪收到懷裡，準備起身。

忽然間，她的眼睛亮了，看著前方。

「喂，你看！那邊有火光！好像有人在那邊生火！」看到濃重暮色中燃燒起來的那一點火光，那笙驚喜交加。和這些怪物相處了一整天，終於看到同伴的蹤跡，讓她如何不高興？

在她拔足奔出的時候，那隻手忽然拉住她，然後在她低頭驚訝詢問時，看到那隻手迅速在地面畫出了兩個字：「小心。」

「啊？難道前面是妖怪？」那笙驚住了，遲疑著問。

那隻手搖了搖，否認她的猜測，只是繼續寫道：「敵友莫測，須小心。將我藏起，莫使人知。」

那笙耐著性子看它一字字寫完，納悶道：「你怎麼忽然不說話了？」

「入夜，我的力量消失了。」

斷手迅速寫下的那幾個字，讓那笙頓時一驚。她不敢再大意，連忙解下厚重的外衣鋪開來。那隻手很配合地屈起手肘，彎了起來。那笙將斷手包好，打包成一個包裹繫在背上。

她有些忐忑地向著遠處那個火堆走過去，又餓又累地拖著腳步。

「格老子，總算是過了那座見鬼的山……」還沒有靠近篝火，耳畔便聽到久違的中州話。那聲音雖然粗魯難聽，然而此刻在那笙聽來卻不啻仙樂。

是中州人！前面有一批中州過來的旅人！

她心下一陣歡喜，腳步也忽然輕快很多，幾乎是衝著篝火飛奔過去。

「止步！」猛然間，背後包裹裡面那隻手隔著衣服用力扯住她的後心，急速寫下兩個字。她驚詫地放慢腳步，不敢出聲，只在心底納悶：「怎麼？」

「有異常。」斷手貼著她的脊背，重重寫下幾個字。頓了頓，再度疾書：「避！」

然而，那時候那笙已經跑到離火堆不到十丈的地方了。前方的大樹下，果然圍著一堆中州裝束的人，在火邊高聲罵人喝酒，喧鬧盈耳。她看不出有什麼異常，然而感覺到了背後那隻手的高度緊張，還是忍痛停住了腳步。

然而，在她轉身躲開之間，離火堆稍遠的一個人漫不經心地向她這個方向抬頭看了過來。篝火明滅，她猛然認出那個人的臉。

——蘇摩！

這一場跋涉似乎讓他消耗了很多體力，傀儡師的臉色有些蒼白，神色也是漠然而倦怠的，懷中抱著那個高不過兩尺的小偶人，正靠著火堆休息。

雖然明知對方看不見，但在他那一眼看過來時，那笙心裡還是不知為何猛然一跳，下意識退開幾步，隱入了樹影中。

夜色已經降臨，天闕下面漆黑一片，樹影幢幢，不時有奇異的動物鳴叫聲。那笙轉了個彎，一直到再也看不見那點篝火，才摸索著坐下來，小心不發出絲毫聲響。

「妳也怕他嗎？」彷彿能感受到方才剎那間她的心態，那隻手在她背上寫字問道：「他是誰？」

「他叫蘇摩，本來是和我一塊兒結伴從雪山那邊過來的。」那笙嘆了口氣，感覺又餓又累，在心底回話：「是啊，我怕他，說不出來為什麼怕。他、他長得那麼好看，比我看過的所有女人都好看，可是……我說不出來。反正他很可怕！」

「蘇摩！」那隻手忽然一顫。

「怎麼啦？」等了好久，不見背後的斷手再有動靜，那笙反而大吃一驚，把包裹從背後解下來。「你出了什麼事？」

包袱裡，那隻斷手停頓不動，似乎有些僵硬。她戳了它幾下，斷手沒有反應，依舊在發呆。她忍不住抱起那隻手臂，用力搖晃了幾下。「喂、喂！你昏過去了嗎？」

那隻手終於動了一下，頓了頓，再度寫道：「避開他。」

「啊？」那笙有些愕然。「怎麼，你也怕他？」

那隻手做了一個無奈的手勢，在她手心上寫字：「誰怕他？如果我沒有被大卸八塊，當然就不用怕他。」

它寫得很快，有些字那笙一時沒有辦別出來它就已經寫完了。指尖在她手心輕輕畫著，那笙只覺得癢得要命，忽然間忍不住噗哧一聲笑出來。

唰！那隻手行動快如閃電，立刻捂住她的嘴。

「嗯……」那笙四處看了一眼，見沒有驚動那邊的人，才用力拉住那隻手，把它從自己嘴上扯下來。「好了，我不出聲，你也別隨便亂動好不好？男女授受不親，如果姑奶奶我是漢人，早就打死你這隻下流的臭手。」

手停頓了片刻，對她比出一個鄙視的手勢。

幸虧夜色中那笙也沒看見，她只覺得肚子越來越餓，然而夜裡哪裡能找到吃的？聽到那邊隱約傳來的大笑喧譁聲，她的肚子「咕嚕咕嚕」叫了起來。忽然耳邊有輕微的「簌簌」聲響起，扭頭一看，那隻手居然正悄然往她身後的叢林裡爬去。

「喂喂！你幹嘛去？」那笙差點就脫口喊了出來。背後猛然一重，似有什麼按了上來，有些惡狠狠地寫：「去找吃的堵住妳的嘴！」

那笙語塞。那隻手從她肩頭掉落，迅速爬了開去，消失。

在黑暗中，她一個人百無聊賴地抱膝坐著，耳邊斷斷續續傳來遠處火堆邊那一群中州人大聲的笑罵喧鬧，她羨慕地嘆了口氣，拿出懷中插著簪子的雪罌子把玩。隱約間，似乎還聽到女子尖厲的哭聲。

「呃？怎麼還有女人？」那笙怔了一下，忍不住輕輕往外挪了幾步，從草叢中探出頭來。然而，距離太遠了，連那火堆都只是隱約跳動的一點，更看不清其他。

「救命！救命！放開我！」女子的聲音越發淒厲了，在暗夜裡如同鬼哭。「表哥、表哥！救我！」

「嘩，好烈的娘兒們……老么，快過來幫忙摁住她！」

聽到呼救聲，和同時傳來的淫猥哄笑，那笙忽然間明白發生了什麼，只覺得血一下子沖到了腦裡，猛地跳起來。

啪！才衝出幾步，她的腳踝被人拉住，一個踉蹌幾乎跌倒。暗淡的月光下，她低頭看去，看到那隻蒼白的手抓住她。那笙急了，用力踢腿，就想把它甩開，然而那隻手反而順著她的腿爬了上來，一把扳住她的肩膀。「別去！」

「他們、他們在欺負那個女的！」那笙脫口就喊了出來，幸虧那隻手見機得快，一把捂住她的嘴。那笙抬起手用力扯開它，然而無論她多用力，那隻手都不肯放。見她掙扎得厲害，怕弄出聲音來引起那邊注意，斷手忽然閃電般敲擊了她頸椎的某處，那笙只覺得全身一麻，陡然倒了下去。

那隻手扶著她緩緩靠坐在樹下，那笙憤怒地瞪著它大罵：「你……」

話音未落，那隻手再度伸過來，用什麼東西塞住她的嘴巴。

「嗯！」那笙只好瞪著那隻在草地上爬行的手，在心底大罵：「臭手！放開我……放開我！我要去救那個女的！」

「別管。」手懶洋洋地爬到她肩上回答：「妳吃妳的。」

那笙下意識一咬牙，發現塞在嘴裡的居然是一個大果子，一口咬破，殼子裡汩汩沁出香甜如蜜的汁。她不由自主吞咽了幾口，覺得美味無比，然而她依舊奮力想吐出這個果子，想站起來。「讓我過去！我要去殺了那些禽獸不如的傢伙！」

「妳若過去了，被剝光衣服的就是妳。」知道她動不了，那隻手漫不經心地繼續寫：「沒本事就別強出頭，到時候沒人救妳。」

「不用你救！」那笙大怒，用力掙扎。「他們要糟蹋那個姑娘！」

「有蘇摩在那兒，妳這麼急幹嘛？」感覺到少女劇烈的憤怒，斷手不敢再漫不經心。「他不會不管吧。」

「他？指望他救人不如指望一頭豬去爬樹！」斷手的勸告反而讓那笙更加煩躁起來。「他不會管的！那個冷血的傢伙！」

女子的尖叫繼續傳來，撕破荒山的黑夜，然而嘴巴顯然已經被什麼堵上了，叫喊聲悶悶的，而那群人的哄笑和下流的話語卻越發響亮。

「如今他看起來已經很強，那樣的舉手之勞他不會不做的。」斷手繼續安撫那笙的情緒，然而聽到風裡傳來的聲音，苗人少女的身子卻莫名地劇烈顫抖，痛苦似地慢慢蜷縮起來，衣衫下的肌膚繃緊，微微發抖。

「怎麼了？」感覺到她的異常，那隻手連忙拍著她的肩。

「別碰我！」那笙心底猛然發出的尖叫讓那隻手嚇得一顫，「啪」的一聲落到地上。暗夜中，聽著那邊斷斷續續的嗚咽呼救，苗人少女的身子彷彿落葉般顫抖起來，淚水接二連三地滾落臉頰。「殺了他們！殺了他們！我要殺了他們！跟殺了三年前的那群強盜一樣！」

斷手正要重新攀上她的肩膀，忽然間就僵住了。

「原來妳也曾經……」那隻手微微顫了一下，停在她的面頰邊。有什麼溫熱的東西在黑暗裡滴落下來，一滴滴打在手背上。

「你……你知道我為什麼千辛萬苦地來雲荒嗎？你知道中州那邊是什麼世道嗎？到處在打仗，到處是動亂！那些軍隊燒殺擄掠，女人和孩子哪裡有活路……」嘴巴被果子堵住，苦鹹的淚水彷彿倒灌進喉嚨，那笙蜷縮起身子，不停發抖。「連那樣的小寨子都要滅掉……禽獸……禽獸！」

那隻手停住了，半晌沒有動，只是輕輕拍著她的肩膀。

「那時候如果不是同族的姊妹救我，我早就死了！是她拚了命救我出來！可是她卻被亂軍……」那笙感覺血一直沖到腦裡，全身發抖。「我只能眼睜睜地看著！現在我好不容易逃到這裡，難道也要眼睜睜看著嗎？」

「可是……」斷手輕拍她的肩，似乎是想安慰她，然而隨著她的話，動作卻是越來越凝重，最後停了下來，慢慢寫下一句話：「可是，眼下妳拚了命也未必有用。」頓了頓，那隻手伸過來，替她擦掉滿臉的淚，聲音忽然變得柔和。「等天亮，我替妳殺了那群傢伙。」

「不行！那就來不及了！」那笙在心底大叫起來：「不用你幫！你放我出去！」

然而那隻手再也不聽她的，扯下一團樹葉堵住她的耳朵。

另一邊的蘇摩，此刻也恨不得堵起耳朵。

雖然遠離火堆坐著，那邊樹叢裡女子尖厲的叫聲和那群人的哄笑聲還是不停傳入耳畔，幾次眼皮剛合上就被吵醒。

什麼蜀國的驃騎軍，那些爬過山逃到這裡的殘軍真是比強盜還不如，自己怎麼會遇到這群人？還不如和那群流民同路。不過……原先那群一起爬雪山的中州流民已經全死光了吧？包括那名會算命、很煩人的苗人少女，應該餵那些殭屍了。

然而此刻，蘇摩希望旁邊還是那個多話的少女。總比這一群半夜還吵得人不能睡的亂兵要好。

他靠著樹翻了個身，然而心頭漸漸有些煩躁起來。

篝火畢畢剝剝地燃燒，火光映出一旁幾個被捆綁著的人失魂落魄的臉。其中那個書生顯然是和那個小姐一起被擄過來的，樹叢中那個女子口口聲聲叫著他「表哥」，聲音淒厲。然而，那個手無縛雞之力的書生滿臉油汗，蒼白著臉，聽一句臉就抽搐一下，他被刀逼著，叫都不敢叫一聲，只是睜著失神的眼睛東看看、西看看，眼裡滿是哀求。

「嘿嘿，撿了條命爬過山，兄弟們要好好慶祝。」樹叢分開，滿身橫肉的大漢心滿意足地出來，對火邊的書生大笑。「格老子，你那個娘兒們不錯，好一身白肉。」

「哎呀，輪到大爺我了，去看看怎生個白法？」旁邊拿刀守著書生的士兵樂開了花，忙不迭地扔了刀，爬爬滾滾進了樹叢。

「格老子，怎麼除了這個小娘皮有點意思，其餘幾個都一點油水都沒有？」幾個守在火邊的亂兵喃喃自語，看著幾個被他們打劫的旅人。「本來想守著山口，撈一點再去那邊過好日子，結果等了半天就只逮著這些。」

「兵大爺，小的身無長物，大爺也搜過了，就放過小的吧。」和那個書生綁在一起的是一個年輕公子，蓬頭垢面，只穿著夾衣。顯然外面的衣服值點錢，已經被剝走。

「去你的！」一見這個人顯然就有氣，亂兵中的頭目飛起一腳把他踢開，隨後踢倒了旁邊一個背簍，大罵：「你說你背著一簍子乾草葉子幹嘛？吃飽了撐著啊！老子見你的穿戴，還以為是頭肥羊呢！」

那穿著夾衣的公子被一腳踢飛，倒在地上哼哼唧唧起不來，然而，卻是不動聲色地挪向被亂兵扔下的那把刀，將身後手上的繩結在刀上磨開。

樹叢裡那個姑娘叫喊的聲音也弱了，火邊上亂兵們笑鬧的聲音依舊響亮。頭目在火邊坐下，喝了一口帶來的酒，斜眼看了看不遠處靠著休息的傀儡師，眼神陰森狠厲。今天從雪山上走下來的旅人裡，只有這個瞎了眼、耍把戲的傢伙，他沒有敢隨便下手。

今天黃昏，遠遠看著那個影子從雪峰上掠下來時，那樣的速度簡直非人間所有。這樣一個摸不透來路的傢伙，他還是不敢起歹心。然而觀察了半天，不見對方有任何舉動，甚至自己這邊故意張揚行事，對方也只是視而不見，顯然是軟弱可欺。於是，他的膽子也不由得慢慢大了起來。

然而，不等他摔碗喝令弟兄們下手，樹下的傀儡師翻了個身，淡淡開口：「吵死人了，通通給我住嘴！」

蘇摩的聲音不高，平淡而冰冷，那些圍著火堆叫囂取樂的亂兵頓時一怔。

「格老子！居然敢叫老子閉嘴？」頭目趁機發作起來，把碗往地上一摔。「小的們，給我把他切成八……」

聲音是瞬間停住的，彷彿被人扼住了脖子。

火光明滅中，亂軍頭目的脖子上忽然出現一圈細細的血紅色，然後「噗」的一聲，整顆頭顱便飛了出去。另外兩個士兵大叫著拔出刀來，然而刀未出鞘，只覺手腕一痛，一低頭就發現整隻手連同刀一起掉落到地上。

一切發生在眨眼間，離篝火一丈遠的那個傀儡師，連看也不曾往這邊看一眼。

「鬼、鬼啊！」看到這樣詭異的情況，彷彿空氣中有殺人不見血的妖怪。剩下的幾個士兵驚惶失措，掉頭就向密林深處逃去。「有鬼！」

「總算是清靜了。」蘇摩也沒有追，喃喃自語了一聲，翻了個身繼續小憩。

「怎麼了？」聽到外面同伴驀然一聲大叫，樹叢裡面正在興頭上的士兵連忙提著褲子跳出來，卻看到地上血淋淋的。他大叫了一聲，從地上撿起刀砍向那幾個俘虜。「你們！是不是你們幹的？」

「還在吵？」樹下的傀儡師喃喃說了一句，頭也不回。然而，地上那個人偶的手微微一動。只是剎那間，那個士兵的頭顱同樣從頸子上滾落到地上。

「呀！」被捆住的幾個俘虜脫口驚叫起來，然而立刻閉上嘴巴，生怕再發出聲響，落下來的便是自己的人頭。

此刻，那個穿著夾衣的公子已經在地上暗自磨斷了縛手的繩索，一時間看得呆了，過了半晌才連忙起身，去給同樣被綁縛住的俘虜們解開繩子。

被那群亂兵抓住的共有四人，除了被拖去樹叢中的女子，他自己和那個書生，還有一個衣衫破爛的中年男子。他面有菜色，一副困頓潦倒的樣子，繩子一解開就跌倒在地上，哼哼唧唧。

那個書生一被鬆開，就手腳並用地朝著樹叢爬過去，帶著哭腔叫那個女子的名字：「佩兒！佩兒！」方叫了幾聲，他想起那個詭異的傀儡師在休憩，便不敢再叫。

然而，樹叢裡已經沒有回答的聲音。

「蘇摩出手了。」那隻斷手悄無聲息地從草葉中回來，告訴她：「妳該放心了吧？」

那笙不敢相信地睜大眼睛。「什麼？他那種人還會管閒事？」

斷手沒有多解釋，只是拔掉堵住她耳朵的草葉。那笙細細一聽，只聽外面已經悄無聲息，那群亂兵強盜的喧譁果然都沒了，只聽到那個女子細微的抽噎聲，似乎危險已經過去。她不由得半信半疑。

「吃東西。」看她安靜下來了，那隻手取出堵住她嘴巴的果子，並將手裡的各種瓜果放到她衣服上。那笙本在氣惱，但在月光下看到它滿手都是泥土，想起它一隻手要在地上「走」，又要拿東西回來給她，一定大為費力，心裡一軟便發作不出來。

夜已經深了，一安靜下來，樹林深處那些奇怪的聲音便顯得分外清晰。

「咕嚕——」

忽然間，一陣低沉的鳴動震響在暗夜的叢林裡，那些蟲鳴鳥叫立刻寂滅。

「那是什麼？」那笙陡然一驚，感覺有什麼東西慢慢走近，脫口低呼：「有東西……有什麼奇怪的東西過來了！」

「妳感覺到了？」那隻手動了起來，將她一把拉進樹叢。

那個瞬間，苗人少女感覺到空氣忽然變得詭異，彷彿摻了蜜糖和蘇合香進去，讓人懶洋洋的，什麼都不去想。風掠過樹梢，風裡面有一縷若有若無的音樂。

舒緩的、慵懶的、甜蜜的，讓人聽著就不自禁地微笑起來，想要從樹叢的陰影裡走出去，到月光下跳舞。

「小心！」在她不由自主微笑起來的時候，那隻手忽然狠狠擰住她的耳朵，把她揪了回來，用刺痛將她驚醒。「別出去！」

同一時間，火堆邊上的俘虜也聽到樂曲。

那個只穿著單衣的年輕公子正在低頭撿起背簍裡被踢得四處飛散的乾草葉子，聽到那首曲子的瞬間，下意識地朝著聲音傳來的方向看了一眼，不由得有些擔憂。那個可怕的傀儡師剛剛閉上眼睛，這個貿然發聲打擾的傢伙只怕又要倒楣了。

樹叢中，書生抱著昏迷過去的女子，卻不敢放聲呼號，嗚咽著脫下外衫蓋住她流血的肌膚。魂不守舍之下，根本沒有注意到風中的旋律。

然而，火堆邊上那個一起被綁架的中年人眼神忽然變了，恐懼般地退到火堆邊，看著密林的方向。優美的樂曲聲越來越近了，但那個中年人絲毫不覺得陶醉，反而死死拉住了年輕公子的手，也不管和對方素不相識。

「怎麼了？」年輕公子剛將乾草葉子撿完，手腕猛然被一把拉住。察覺到同伴異樣的恐懼，他忽然心裡也是一顫。

「鬼姬！鬼姬來了！」那個中年人居然完全不顧會吵醒一旁沉睡的殺人者，脫口厲呼，顫抖著用力抓住年輕人的手。「快逃……快逃！」

「鬼姬？」年輕人顯然明白這兩個字的意義。然而鬼使神差地，他居然毫不恐懼。

「快逃……快逃……」那潦倒的中年人口音有些奇怪，不是中州官話，也聽不出是哪地方言。他見年輕人執意不走，而那一對苦命鴛鴦又顧不上別的，當下臉色蒼白地一個人爬起來就跑。

樂曲越發地近了，瀰漫在夜色裡。那曲子如同水一般漫開來，彷彿有形有質，黏稠、深陷，阻住人的腳步。

那個中年人才起身跑了幾步，忽然間腳步就不聽話地慢下來。他回頭看去，陡然手腳癱軟。「鬼姬！鬼姬！」

呼嚕的聲音和樂曲聲都近了，深夜的叢林裡，影影綽綽出現了幾個人形，慢慢走過來。

年輕人發現自己彷彿也被曲聲困住了，想要站起來卻無法動彈，他迅速把背簍裡的乾草含了一片在舌底。

那幾個人影走近了，然而那幾個人走路的姿態很奇怪，彷彿夢遊一般，無聲無息。走得近了，火光映出慘白的臉，那個瞬間，年輕人脫口驚呼了一聲——回來的居然是方才那幾個逃入密林的亂兵。

那幾個人走路的姿勢很奇怪，雙手直直下垂，晃晃蕩蕩宛如夢遊。然而詭異的是，幾個人的眼神卻是完全清醒的，充滿恐懼和狂亂，四處亂轉，幾乎要凸出眼眶來。彷彿被看不見的手操縱著，他們身不由己地向著火堆慢慢走過來。情況很詭異，然而，讓年輕人驚呼的，卻是那群亂兵背後出現的人。那是一名美麗的女子，披散著及腰的長髮，悠然吹著一枝短笛，步出散發著寒氣的暗夜密林，手腕上的鈴鐺在月下發出細碎清響。她的坐騎赫然是一隻吊睛白虎。

然而月下細細一看，她月白色的裙子到了膝間就飄蕩開來，竟是沒有腳！

鬼姬吹著笛子悠然而來，彷彿驅趕羔羊的牧羊人。在那樣的笛聲裡，那幾個亂軍士兵彷彿被操縱一樣，從密林深處回到了出逃的地方，「砰」的一聲重重摔倒在火堆邊不能動彈。

那名潦倒的中年人已經完全不能動了，只能恐懼地看著那個女子出現。他的意識慢慢模糊起來，墜入沉睡。旁邊樹叢裡那一對小情侶也悄無聲息，顯然被同樣控制住了。

唯獨年輕人還清醒地睜著眼睛，看著那個騎著白虎的美麗女子走過來。舌底的草藥漸漸生效，他感覺手腳已能再度活動，然而看到女子走近，他不但沒有起身逃走，反而合掌祈禱：「求仙子開天闕之門！」

「嗯？」顯然沒有料到這裡居然有人還能開口，白虎上的女子詫異地放下笛子，打量著火旁這個外表狼狽的年輕人。「你為什麼不逃？」

「雲荒三位女仙之一的魅婀，雖然號稱鬼姬，但是根本不像世間訛傳的那樣殺人如麻。在下為何要逃？」只穿著夾衣的年輕人在半夜的寒氣裡瑟瑟發抖，語聲卻是鎮定的。「天闕多惡禽猛獸，若無女仙管束，大約沒有一個人能活著出去，如今由中州遺民組成的澤之國又從何而來？」

「嘻……」有些意外地，鬼姬掩口笑了起來，腕上銀鈴輕響。「你倒知道得多，而且居然沒有被我的魅音惑住心神。你叫什麼名字？」

「在下慕容修。」年輕人將舌底壓著的乾草葉子吐出。「奉家族之命前往雲荒售貨。」

「哦？瑤草？」看到他手心的葉子，鬼姬有些驚訝。「你是中州來的商人？你怎麼知道將普通的苦艾祕制後從中州帶來，一過天闕就能賣出比黃金還貴的價格？」

「在下姓慕容。」年輕人輕輕重複了一句，手心捏了一把汗，希望這個提醒能讓鬼姬記起來——否則，他便是要命喪此地了。

「哦，你姓慕容？」問了一連串，鬼姬忽然明白過來，掩口笑說：「你是慕容真的兒子？我記性可真差，二十年前的事情都忘光了。哎呀，你長得一點都不像紅珊呢……你父親和母親還好吧？」

慕容修吁了口氣，抬起手來，用力在臉上揉了揉，粉末一樣的東西簌簌而落，因為長途跋涉而邋遢骯髒的臉龐馬上有了奇異的變化，宛如明珠除去塵垢，光彩照人，竟是出人意表地俊美。

他低下頭去，默然道：「家父去年去世了，在下繼承了慕容家，所以前來雲荒……」

「哦，我明白了。」鬼姬屈起手指，敲了敲自己的腦袋。「你們慕容家一直號稱中州三大豪門之一，世代祕傳前往雲荒的地圖，每位男丁繼承家族之前，都要被派往雲荒售貨，一次獲利便可支援一世。」

「是的。」慕容修穿著夾衣，在半夜寒氣中打了一個哆嗦。「這也是考驗。雖然我是長子，但是一直被視為不祥人所生的孽種……如果這次不能順利完成任務，那麼太夫人更有理由為難我們母子了。所以，求鬼姬您一定要放我過去！」

「不祥人……」鬼姬放下短笛嘆氣道：「紅珊在中州，日子一定很難過吧？」

不等慕容修回答，鬼姬在白虎背上俯下身來，驀然探過手來，壓過了他的耳輪，看了看他的耳後。「啊……果然還有鰓。你生下來的時候，一定嚇壞了家裡人吧？」

慕容修觸電似地後仰，有些失態地躲開鬼姬的手，面色蒼白。

他已經不記得一歲以前自己的樣子，但據太夫人惡毒的斥罵，他一生下來就是個難看的怪物，而母親彷彿預先知道會生下一個怪胎，堅決拒絕讓產婆進門，一個人在房中呻吟了一天一夜才生下他。

他一生下來，就是一個人身魚尾、滿身薄薄鱗片、耳後有鰓的怪物。

然而，雖然母親極力保護，卻終究無法長久掩飾，滿月酒那一天，被抱出去見人的嬰兒不小心將襁褓踢散，露出的魚尾嚇倒了家裡所有人。「天！慕容家居然出了個妖怪啊……是那個從雲荒帶回來的不祥女人生下的妖怪！」

從此後，除了父親以外，家族裡所有的親人都不再是親人。即使後來母親自行操刀剖開他的尾骨、分出雙腿，讓他變得和身邊所有人一模一樣，但那些家人始終不能消除對他異類般的敵視和厭惡。

「慕容真那個孩子太倔了……當初他本來就不該執意帶紅珊走。」二十年的時間彷彿只是一彈指，天闕上的鬼姬依然這樣稱呼著他已經過世的父親，嘆氣說道：「他以為鮫人在中州就能被如同普通人一樣對待？鮫人的血脈是強勢的，無論和誰結合，生下的後代即使喪失了特殊的能力，但一定還會保持鮫人的外貌……紅珊她一開始可能還不相信這個鐵律，抱了萬一的指望吧。對了，你什麼時候破身的？」

「破身？」慕容修怔了一下，莫名地看著鬼姬，臉驀然紅了。

「呃……」猛然想起中州對這個詞的解釋，鬼姬拿短笛敲了一下自己的頭，笑了。「哎呀，我的意思是你什麼時候分裂出和人一樣的雙腿……『破身』在雲荒是專門指這個的。」頓了頓，看到年輕商人臉紅的樣子，鬼姬笑起來了。「嘻，你很像你父親當年嘛。那孩子當年就是憑著這個可愛的表情拐跑了紅珊。你不知道吧？你母親當年在雲荒大陸上是赫赫有名的美人，據說即使在以美貌著稱的鮫人一族裡，除了百年前的『那個人』，也沒有人比紅珊更美了。」

「啊？」慕容修張大嘴巴，不明白相貌普通的母親為何能得到如此盛讚。「過獎了。家母……不過是中人之姿吧？」

「看來紅珊還算聰明，到了中州就掩飾自己的容貌嗎？」鬼姬看到年輕人愕然的神色，便猜到內情，嘆氣著喃喃自語：「不錯，那樣的容色落到了中州，哪裡能過上太平日子？多半是被人視為褒妲一流的禍水……不過，鮫人有人類十倍的壽命，慕容真死後，可憐的紅珊一定要寂寞很久了。」

「我……我三歲的時候，母親給我破開了腿。」不明白騎著白虎的鬼姬在自語什麼，慕容修紅著臉，回答她的那個問題。之所以記得如此清晰，是因為那樣的劇痛，便是他記事的開始。

「哦……很痛吧？可憐，紅珊為了讓你在中州好好長大，竟然能忍心自己動手為你『破身』嗎？」鬼姬繼續嘆氣。「你可別恨你母親，她也是為了你好……」

慕容修正色道：「身為人子，如何會恨自己的父母？那是天理不容的。」

「啊……已經滿腦子是中州人的禮義廉恥了嗎？」鬼姬若有感慨地自語，然而抬頭看到年輕公子的容色，忽然好奇心起，雖然知道會讓對方尷尬，還是忍不住眨眨眼睛，壓低了聲音湊過去問：「呃……那個……你什麼時候變成男人的？幾歲？」

沒有料到女仙會有這樣的問題，慕容修的臉更紅，踟躕了半天才開口：「我、我還是……」

「啊，不是說這個。」猛然明白自己幾乎是在欺負這個有求於她的年輕人，鬼姬連忙揮揮短笛止住他，低下頭去笑著問：「鮫人一生下來是沒有性別的，長大後才會分出男女。你第一個喜歡的人是女孩吧？所以才會變成現在的樣子啊。」鬼姬俯身過來，用笛子戳著他的胸口，笑謔著問這個靦腆的年輕人：「反之，如果第一個讓你心動的是男人，那麼，現在你就是『慕容小姐』而不是『慕容公子』了——你是什麼時候變身的？」

「啊？原來是這樣……」

慕容修反而怔住了，長長舒了一口氣。自小就知道自己是個怪物，少年時身體發生變化後，他甚至羞於去問母親原因何在。如今，居然在這裡得到了答案。

「十三歲。」俊秀的年輕人低下了頭，紅著臉回答。

「啊，這麼小？」鬼姬忍不住伸過手去，輕輕摸了摸慕容修漆黑柔軟的頭髮。年輕人的臉又開始紅了，卻不好意思掙開她的手，鬼姬不由得笑了起來。「怎麼了？讓一個幾千歲的老祖母摸一下，不用難為情吧？」

說話的時候，虎背上的鬼姬少女般明豔嬌嫩的容顏陡然如岩石風化般蒼老起來，轉瞬之間便已枯槁，皺紋如同藤蔓密密爬滿她的臉龐。鬼姬嘆著氣，摸摸年輕人的頭。「看到我的真容可不要被嚇到啊，孩子。年輕真好，能及時地死去也很好，可惜我都不能。」

慕容修被那樣駭人的轉變嚇了一跳，然而顯然來之前被家人警告過，仍絲毫不敢失禮，只是再次央告：「鬼姬仙女，請放我過天闕吧。」

「其實我從不阻攔前來雲荒的旅人。」鬼姬魅婀從白虎上下來，空蕩蕩的裙裾飄在夜風中，看著昏迷中的幾個中州人。「我不殺人，也不會阻礙人走過天闕。天闕上凶禽猛獸遍地，沒有能力的人自然會被淘汰，只有強者才能到達雲荒。」頓了一下，看著地上那幾個被她驅趕回來的亂兵，鬼姬眼裡有沉吟的意味。「但是，今晚不行。我昨天夜裡答應了一個朋友，她說天狼星有變，災禍將會在今夜逼近天闕。所以她拜託我，請我今夜不要輕易放人走入雲荒。」

「嗯，我可以等一夜，明天再過去。」雖然不明白鬼姬說的事情，但是慕容修還是乖乖地回答：「我不趕時間。」

「乖孩子。」鬼姬點點頭，忽然臉色一凜，湊近他耳邊警告道：「你真的有勇氣去雲荒嗎？你知道鮫人在那裡會遭到什麼樣的對待嗎？小傢伙，千萬小心，別被人看出來你是鮫人啊。」

被女仙那樣慎重的語氣嚇了一跳，慕容修抬頭怔怔地看著她。

「雲荒大地上鮫人的命運，幾千年來都是悲慘的。你母親就是因為美貌被奴役了很久……更不用說百年前被稱之為有『傾國』之色的那個人。」彷彿回憶著她所看過的雲荒大地上的千年歷史，鬼姬感慨萬千。「越是美麗，便越是悲慘。」

「呃？」許久，慕容才低聲道：「母親也說，無論怎樣，中州還是比雲荒好一些，因為鮫人在雲荒，是不被當作『人』對待的。」

鬼姬點了點頭，在夜色裡仰頭看天。「是啊……自從七千年前，那個空桑的星尊帝征服四方，將龍神鎮入蒼梧之淵，鮫人就世代成了奴隸。連東方的澤之國、西方的砂之國，也都把鮫人視為賤民。後來空桑人敗了，雲荒歸了冰族，但一樣把鮫人當作牲畜般使喚……小傢伙，你到了雲荒，千萬不要被人發覺你是鮫人。」

遠遠的亂草裡，那笙又是好奇又是害怕地看著，不能發聲，在心裡問：「啊，鬼姬是什麼？是神仙嗎？」

「嗯……」那隻手拉著她，生怕她亂動，漫不經心地回答，寫了幾個字：「就像你們的山神。」

「明白了。」這個比方讓那笙立刻恍然大悟地點頭，眼前浮現出土地廟裡面矮胖的鬍子老頭形象。然而聽到「慕容」兩個字，她頓時兩眼放光。「我們出去吧！你聽到沒有？慕容家！那是中州最富有的家族。聽說慕容家長子是出了名的美男子，我要過去看看。」

但那隻斷手不同意，仍拉住她不放。

「你也聽見了吧？那個鬼姬不害人的，我們出去吧！」那笙急了，對著那隻死死抓住她不放的斷手大聲抗議：「不用怕她的！」

「當然不怕她——但我怕蘇摩啊。」那隻手做了個無奈的手勢。

「啊……我們悄悄過去行不？反正他看不見。」想了想，那笙自以為聰明地提議：「他不是在火堆旁睡覺了嗎？」

「他看得見。」斷手懶得理她地回答。

那笙反駁：「他明明是個貨真價實的瞎子，沒有眼睛，怎麼看得見？」

「我也沒有眼睛，我怎麼看得見？」斷手毫不猶豫地堵住她的嘴，重重地寫下一句話：「強者能夠以心為目，這個道理說了妳這丫頭也不明白。」

「你！」那笙氣急，但是不得不承認那隻臭手看得見東西的確是件奇怪的事情。然而她還是要爭辯。

忽然，她聽到了蘇摩的聲音在風裡響起。

「吵死了。」彷彿終於被鬼姬與慕容修的談話吵醒，一邊樹下沉睡的傀儡師喃喃自語了一句，翻身坐起。空氣中，忽然有幾乎看不見的白光一閃而過。

「咻！」鬼姬驚起，猛然向後飄開了三丈，衣袂翻湧。手指前伸，抓住了一樣東西。然而那件東西居然震得她的靈氣一陣渙散。天闕上的女仙驀然一驚，低頭看手裡的東西。

那是一枚奇形的指環，連著透明得幾乎看不出的線。引線的另一端，連在一個偶人的關節上。抱著小偶人的是一個在火堆邊剛剛起身的青年男子。火光映著他的臉，他的眼睛是空茫的，然而任何人一眼看到他，便不能挪開視線……那樣介於男性和女性之間的美，彷彿閃電一樣眩住所有人的眼睛。

一瞥之間，鬼姬的臉色忽然變了。

在傀儡師說出「吵死了」三個字的時候，慕容修立刻知道不祥，然而他根本來不及躲閃。眼前細細的光芒一閃，他只覺得什麼東西打中他——要死了！

那個瞬間，他絕望地喊。

然而，他忽然發現自己不能出聲——但也僅僅是不能出聲而已。

「不愧是女仙，居然能接住我的『十戒』。」樹下睡醒的年輕傀儡師站了起來，手指一震，引線飛回，那枚戒指「唰」的一聲回到他的手指上。他走過來，淡淡地說：「很多年不見了，可好？」

「蘇摩？蘇摩！」怔怔看了傀儡師半天，彷彿震驚於他今日的樣子，被稱為雲荒三位仙女之一的鬼姬臉色變了。「天啊……是你？是你歸來了嗎？」

傀儡師面無表情地點了點頭。「是我。」

鬼姬怔怔看了他半天，忽然發出一聲感慨的長嘆：「一百多年不見，蘇摩，你長成男子漢了。」

蘇摩的手顫了一下，嘴角忽然浮現不知是諷刺還是無奈的笑意。

「你的眼睛已經復明了嗎？」鬼姬詫異地看著他，忽地又搖頭否定：「不，應該是你用靈力打開了天眼吧？」

「從翻過慕士塔格，踏入雲荒開始，我一定會好好用心看著一切。」蘇摩冷笑起來。「看著那些人，到底得到怎樣的報應。」

聽到這樣殺氣逼人的回答，鬼姬一怔，嘆息道：「怪不得昨夜天象有異。白瓔昨夜告訴我那個預示，原來應在你身上？」

「白瓔？」聽到這個名字，傀儡師忽然間一怔，脫口道：「她、她不是死了嗎？」

「她已經死了，但不是死在你以為的那一天。」鬼姬說到這裡，陡然話音一轉，冷笑起來。「大婚那一日，她從那麼高的地方跳下來，是我派比翼鳥接住了她。」

「是嗎？她那天沒死？」蘇摩怔了一下。「後來呢？」

「是。」鬼姬喃喃道，似是無限感慨。「她死在冰族入侵，空桑亡國的那個時候。你往北方去，在九嶷還可以看到她的屍體。」

「哦，原來真的是死了。」蘇摩的聲音冷漠，唇角泛起一絲奇怪的笑意。「真可惜，我還以為能回來重溫舊情。在當年，能把身為太子妃的她搞到手，可算是我一生值得誇耀的事情呢。」

「魔鬼！」看到傀儡師的笑意，鬼姬的眼裡驀然有冷銳的光。

「自己被稱為『鬼』的人，可沒資格說別人是魔鬼。」蘇摩看著她，淡淡道：

「讓開，我要過天闕。」

「休想！」鬼姬厲斥，白虎驀然咆哮，叢林中無數生靈同時長嘯回應。黑夜中，天地之間彷彿有旋風呼嘯而起，引起天上地下的所有生靈一起咆哮。

鬼姬駕著白虎，橫擋在路中間，厲聲對歸來的旅人道：「我不會讓你回到雲荒，給那片土地、給白瓔帶來更多的災難！」

「是嗎？別忘了，妳雖然行走在雲荒大地，但是屬於『神』！」絲毫不被那樣的氣勢嚇倒，傀儡師微微冷笑起來。「妳忘了雲浮天規的第一條是什麼了嗎？要不要我提醒妳？不得擅自擾亂天綱，干涉星辰的流程——怎麼，妳要違反天命嗎？」

鬼姬的身子凝定在半空，不可思議地看著這個盲人傀儡師。「你……你怎麼知道天規？你怎麼可能知道雲浮城的存在？你……你究竟從哪裡回來？」

「呵……」蘇摩抱著懷中的小偶人，慢慢笑了起來，抬起無神的眼睛「看著」鬼姬，緩緩開口：「莫要問我從何而來。我只知道百年前我站在這座山上，最後一次回看雲荒大陸，那時候，我就在心底發誓，總有一天，我要帶著讓這片土地化為灰燼的力量回來！」

鬼姬看著他，不敢相信。「你從哪裡得來的力量？」

「中州、波斯、天竺、東瀛、獅子國……百年來，我去過很多很多地方。」傀儡師笑了笑，淡淡道：「魅婀，天底下，並不是只有雲荒才是力量之源，六合之中游離著很多力量。只要妳付出代價，妳就能得到。」頓了頓，蘇摩諷刺地笑了。「剛才，妳和那個小子交談的時候，不是絲毫不能感覺到我的存在嗎？連我的『存在』都感受不到，妳憑什麼阻攔我進入天闕？」

鬼姬的臉色慢慢蒼白，然而即使高傲如她也不能否認，對方如今擁有的力量是足以與她抗衡的。她看著這個百年後宛如從地獄歸來的傀儡師，輕聲嘆息：「你……真的是要給雲荒帶來血雨腥風啊。白瓔當年最後對你說的那句話，你還記得嗎？」

傀儡師漠然反問：「記得什麼？」

「記得要忘記。」鬼姬嘆息著，抬頭看他。「無論你怎麼對待她，她最後只是告訴你，記得要忘記——她所擔心的，就是你會變成如今這樣。」

「哈哈哈哈！」聽到這樣的話，蘇摩忽然放聲大笑起來。那樣劇烈的感情變化，讓他一直淡漠的聲音起了奇異的變化。「記得要忘記？好矛盾的話。憑什麼決定我需要忘記？忘記我的眼睛是怎麼盲的？忘記那些侮辱、損害我的人？忘記這世間還有『反抗』兩字，讓孱弱的一族在沉默中走向永恆的消亡，然後說那就是天命？哈哈哈……九天上的天神！雲浮的主宰者！你們在海國被滅的時候保持了沉默，在空桑覆滅的時候保持了沉默，難道如今你們終於要說話，要來展示你們的力量了嗎？」一陣大笑之後，傀儡師的臉居然依舊平靜不動。「什麼神，都給我見鬼去吧。」

彷彿被那一陣的厲斥問倒，鬼姬只是飄浮在半空，怔怔看著這個人，容顏彷彿更加蒼老了。

蘇摩再也沒有和她說話，只是自顧自地轉過身。那個小偶人喀噠喀噠地跳到地上，跳著舞領路。那個雙眼全盲的傀儡師在漆黑的夜色中走著，居然絲毫沒有阻礙，一路揚長而去。

鬼姬倚著白虎，看向那個人離去的方向，直到他消失在黑夜中。許久許久，她才回過神來，發現地上被封住聲音的慕容修，連忙拂袖解開他的禁錮。

「仙女……那個傀儡師，他……他是什麼人？」看過那樣血腥殘忍的出手，聽到這樣背天逆命的狂妄之詞，慕容修忽然間有些目眩神迷的恍惚，訥訥道：「他……很強啊。他是人嗎？」

「他是很強……我怕他已經太強了。」鬼姬微微點頭，嘆了口氣。「你問我他是什麼人？他是——呵，你知道他為什麼不殺你嗎？因為你是他的同族啊。」

「什麼？他也是個鮫人？」驀然間明白過來，慕容修脫口驚呼。

「是啊。他，就是百年前引起『傾國』的『那個人』。」天闕鬼姬嘆息著，仰頭看向夜空的星辰。

那個人離開天闕的時候還是一個沒有性別的鮫人少年，如今已經成了如此詭異的傀儡師。

「我們這些被稱之為『神』的，不可以干擾土地上代代不息的枯榮流轉。」鬼姬撫摸著白虎的前額，嘆息道：「但是看到亂離再起，心裡無論如何也不可能無動於衷吧。蘇摩歸來了，預示著命運的軌跡將要再次會合。雲荒就要捲入腥風血雨之中。慕容修，我最後問你一次，你真的還要去那裡嗎？」

聽到那樣的警告，地上衣衫襤褸的貴公子卻抬起頭來，眼神堅決。「是的，在下無論如何要去雲荒，請女仙成全。」

「好吧，那就如你所願。」鬼姬拂袖，手指一點，「呼啦啦」一聲，一條倒懸在慕容修面前樹上的藤蔓滑落下來，落到地上。那條綠色的藤蔓居然如同活的一般，蜿蜒著爬到白虎面前，昂起藤梢，靈蛇一般待命。

「借你一位『木奴』，跟著它走，就能平安走出天闕。」鬼姬囑咐，看了年輕貴公子一眼，嘆息道：「天闕險惡，千萬莫要亂走。到了澤之國就把貨物賣了吧，然後速速回中州。」

遲疑了半天，慕容修卻沒有答應，漲紅了臉說：「我、我想在澤之國賣一部分，剩下的拿到葉城去賣。聽說那裡是雲荒最繁華的地方，商賈雲集，一定能賣出最好的價錢。」

鬼姬看著這個靦腆的年輕人，搖頭勸告：「雲荒馬上就要不太平了，還是莫要多留。而且你一個手無縛雞之力的公子哥，隨身帶著鉅資，不怕被歹人擄掠嗎？」

慕容修卻道：「我已經請了護衛，一下山就有人接應。」

「哦？」鬼姬看著這個年輕人笑了。「你知道雲荒大地上出沒的都是哪些人嗎？夢魘森林的女蘿、澤之國的鳥靈、砂之國的盜寶者和那些四處遊蕩殺人的遊俠……你請到的是什麼護衛，這麼有信心？」

「這個……」慕容修遲疑了一下，還是老老實實地回答：「我也不知道那個人的能耐究竟如何。我出發之前，母親就為我修書一封，讓飛雁先行寄去雲荒。母親說，如果那個人肯出手，那麼我在雲荒應該安然無憂。」

鬼姬怔了一下。「是紅珊為你請的？我想想是誰——是了！」沉吟了一瞬，她霍然用短笛敲一下自己的額頭，笑了起來。「我知道是誰了，那個人的名字叫『西京』，是嗎？」

「是的。」慕容修老實點頭。

「哦，果然是他。」鬼姬笑了起來，顯然又是回憶起什麼往事。「紅珊也只有把你託付給他才能放心。的確，如果那傢伙答應了，你真的可以什麼都不用擔心。儘管去吧，小傢伙。」

「那個人……很強嗎？」聽到鬼姬這樣的語氣，慕容修問。

鬼姬笑說：「是啊，雲荒大地上千萬遊俠中號稱第一，空桑劍聖的大弟子，前朝名將西京。不用他本人，你只要借用這些名號，大約走遍雲荒也沒有人敢打你的主意。」

那樣榮耀的名頭，在中州來的年輕人聽來只是一頭霧水，想了半天，慕容修才開口訥訥問了一句：「那、那麼，和剛才那個傀儡師比起來……哪個厲害？」

「呃……」沒想到這孩子會問這樣的問題，鬼姬愣了一下，有些遲疑地用短笛敲敲頭，支吾道：「嗯……百年前當然是西京厲害……但是現在看來……嗯，我也不清楚。什麼時候他們再打一次就知道了。」

「我不會讓西京和他比試的。」慕容修忽然正色說道：「我不會惹蘇摩這樣的人。」

鬼姬再度愣了一下，不由得低頭看這個才二十歲的年輕商人，笑了起來點頭道：「嗯……很是老成懂事呢，難怪你母親肯讓你一個人來雲荒。好了，我也不再多嘮叨。」她抬起頭，看了看此刻的天色。「再過一會兒就天亮了，你就跟著這條『木奴』出天闕吧。」

「多謝女仙！」慕容修歡喜地再度合掌拜謝，看了看漸漸熄滅的火堆邊躺著的幾位中州同伴，遲疑道：「等他們醒了，我和他們一起走吧。畢竟都是千辛萬苦才來到這裡的啊……」

「好孩子。」鬼姬笑了笑，俯過身來最後撫摸了一下慕容修的頭髮。「希望看到你平安回到天闕。最好如你父親一樣，帶著一位漂亮的女孩子回去。」

「啊？」慕容修訥訥應不出話來，臉紅了一下，低下頭去，許久才道，「男女授受不親……而且沒有父母之命，怎麼好在外面胡亂締結婚姻？」

「唉……算了。」鬼姬嘆了口氣，頗為憂心地看著這個年輕人，搖頭道：「你真是中了那些中州人的毒啊。」

一旁的樹叢裡，那笙聽得那邊的徹夜談話終於結束，不耐煩地甩開那隻手，想走出去。奇怪的是，那隻斷手居然一甩即脫，「啪」地飛出去掉到草地上，這倒是讓她怔了一下。

「呃……」四仰八叉跌到了沾滿清晨露水的草叢裡，那隻手卻彷彿在發呆，忽然間握成拳，用力對著天空揮一下。「果然是那傢伙！他居然回來了！他居然真的回來了！天啊！」

「嗯？」那笙吃了一驚。「你說蘇摩？你認識他？」

「都一百多年了，沒想到他居然也在今天回來。」斷手喃喃道，忽然間一躍而起，拉住她的肩頭。「快走吧，事情這下子可複雜了。」

「你幹嘛？對我下命令嗎？」被那樣的語氣惹得火起，苗人少女怒視斷手，忽然又回過神來，驚呼：「哎呀！你、你可以『說話』了？」

「天快要亮了，我的力量已經開始恢復。」那隻手簡短回答，卻再度拍拍她的肩膀，語氣中有急切的味道。「快走吧，我們要趕在破曉前到山頂上去。」

「什麼事這麼急啊……別推推搡搡的。」那笙被它拎起來，憤怒地大叫。那樣脫口的叫聲，猛然引起前方熄滅的火堆邊上年輕商人的注意。黎明的微光中，慕容修正在查看一直昏迷的幾個同伴，聞聲抬頭。

那笙連忙收聲，對那個慕容世家的公子露出一個明媚動人的微笑。

「別花痴！快走！」斷手等得不耐煩，揪住她的衣服，瞬間把她往山上飛速帶去。「得快點，在蘇摩遇到他們之前趕過去！不然要出亂子！」

「姑娘！」好不容易在空山中看到一個人，慕容修連忙招呼一聲，卻只見那位異族打扮的少女忽然加快身形，逕自往山上掠去。那樣的速度彷彿在飛，讓慕容修看得目瞪口呆。

離開魅婀後，蘇摩獨自登上天闕山頂，深深從胸臆中呼出一口氣，「看著」近在咫尺的雲荒大地，以及大地盡頭那一座矗立在天地之間的白塔，慢慢閉上了深碧色的眼睛。

閉上眼的瞬間，又看到那一襲白衣如同流星一般，從眼前直墜下去，越來越遠、越來越遠……然而奇異的是，墜落之人的臉反而越來越清晰地浮現，離他越來越近。蒼白的臉上仰著，眼睛毫無生氣地看著他，手指伸出來幾乎要觸摸到他的臉——

「蘇摩。」枯萎花瓣般的嘴唇微微翕合，喚他：「記得要忘記。」

「白瓔。」他終於忍不住脫口叫出聲來，猛然睜開眼，伸出手去，想拉住那個從白塔之巔墜落的人——然而，幻象立刻消失了。

他的手伸向那片破曉前青黛色的天空，手指上十枚奇異的銀色戒指上，牽扯著透明的引線，纏繞難解，就像起始於百年前那一場糾纏不清的恩與怨、愛與憎。

一百多年的時光，彷彿流沙從指間流過。

往事如鋒利雪亮的匕首，滴著鮮血。

如今已經是滄流曆九十一年，距離上一個朝代結束已將近百年。但之前空桑王朝末期，那種種糜爛、浮華的風氣，和勾心鬥角的血味，依然穿越了那麼長的時空，浮動在傀儡師的耳鼻之間。

夢華王朝末期，那一場天翻地覆的家國動亂，最早的導火線，居然是自己——一個卑賤的鮫人少年。

那時候，他不過是個尚未分化出性別的鮫童奴隸，因為還不是一個「男人」，甚至不被看成一個「人」，加上他會玩傀儡戲，容貌出眾，就被心懷叵測的青王買下來，送到了伽藍白塔頂端的神殿裡，侍奉待嫁的太子妃白瓔。

那是雲荒的統治者——空桑一族中最聖潔的少女，出身於空桑六部中白之一族的王室，身分顯赫無比，生下來就注定要成為這個龐大帝國未來的國母。

所以從十五歲開始，她就遠離了所有家人，居住到了雲荒最高處，接受伽藍神殿裡女官和大司命的教導，準備著十八歲時候的大婚典禮。在冊定之時，她的眉心被畫上了朱紅色的十字星狀封印，等婚典舉行時才由她的丈夫解去。在那以前，她需要一直保持絕對的純潔，這個雲荒上不可以有任何人觸碰她。若是被未來丈夫之外的手觸碰，那個封印就會消失。

神殿上遠離眾生的歲月一閃而逝，沒有人發覺那個靜默高貴的貴族少女和那個卑賤的鮫童之間發生了什麼。直到那一日，由於青王的告發，空桑王室被一項匪夷所思的罪名驚動。於是，年少的盲人鮫童被侍衛牽引著，站到百官諸王面前。

「是她勾引我的。」那個鮫人奴隸看不見東西，卻直指面前的貴族少女，毫不留情地冷冷指控。「是白瓔郡主勾引我的。」

諸王隨即譁然一片，不可思議。

「果然眉心的封印破掉了！」青王冷笑起來，毫不留情地走上去揭開少女的面紗，看了一眼後大聲宣布：「太子妃已經被觸碰過了，被這個卑賤的鮫人觸碰過了！」

殿上的喧譁忽然靜止，帶著不可思議的震驚和鄙視，無數雙冷銳如劍的眼睛投向那個臉色蒼白的貴族少女——那個本應「不可觸碰」的皇太子妃。

白塔頂上儲妃的居處，本來不允許有任何男子接近，即使親如父兄亦不可，沒想到這個卑賤的鮫童居然鑽了空子，接近了不允許外人觸碰的皇太子儲妃。

身為空桑的未來國母，居然被卑賤的鮫人玷汙。千百年來，鮫人不過是空桑人的奴隸，此事一出，不啻是整個夢華王朝的恥辱。

聽得那樣毫不留情的指控和滿朝的竊竊私語，少女本來就蒼白的臉色更加慘白，她一個人站在大殿中央，直直看著站在階下那個指認她的少年，沒有任何表情，只是全身劇烈地顫抖。

不知道沉默了多久，她猛然牽動嘴角笑了一下，仰起頭來坦然回答：「是的，是我被鮫人的魔性所惑，讓其觸碰……白瓔有負空桑，也玷汙了封印，願聽憑一切處罰。」

「白瓔郡主清白已汙，應廢黜其皇太子妃之位。」大司命皺了一下花白的長眉。雖然覺得有點可惜，可鑒於罪行無可挽回，只能按律令冷冷宣布：「然後，應施以火刑，焚其不潔，以告上天。」

聽到那樣的判處，白王肩膀震了一下，用力握拳。然而面對如此重大的罪名，即使是自己的女兒，他也無力維護。另一邊，青王不動聲色地得意，暗自拍了拍自己心腹謀臣的肩膀。

然而，那個有著驚人容貌的鮫人少年卻毫無表情，冷冷面對著發生的一切，空茫的眼睛對著方才太子妃說話的方向，冷漠空洞，既無喜悅亦無不忍。

「廢黜她……」王座上，隨著大司命的聲音，帝君醉醺醺地重複，臃腫的身體幾乎從王座上滑落下來，一旁的寵姬連忙抱住他，為他抹去嘴角流出的酒水。

因為長年荒淫無度的生活，才五十八歲的承光帝過早地失去健康，退居內宮已經多日不上朝聽政，連西海上的冰夷入侵雲荒，都交由皇太子處理，絲毫懶得過問。今日，如果不是青王稟告說太子妃可能已不潔，用如此重大的消息驚動帝君，承光帝也不會來到殿上。

然而，雖然坐到了殿上，但是那個肥大的身軀已經荒淫得失去神志，似乎根本沒有聽清楚底下那些藩王臣子在說什麼，承光帝只是隨著大司命的話，醉醺醺地重複：「廢黜……燒死，燒死她！」

帝君的聲音一落，左右侍衛擁上來，迅速反剪她的雙手，摘除她頭上的珠冠飾物，將她壓下去準備火刑。

「逃呀！快逃呀！」白王在一旁看著，幾乎要對自己的女兒喊出來。「瓔兒，逃啊！」

女兒雖然年輕，但是天賦驚人，得到空桑劍聖尊淵的親授，論技藝已是白之一族的最強者。如果她要逃脫，如今這個白塔頂上的侍衛是絕對攔不住的。

然而，那個空桑貴族少女只是呆呆地站著，毫不反抗地任由那些人處置。

「放開她！」無數的冷眼中，忽然一個聲音響了起來，凌厲憤怒。「誰敢再碰她一下我殺了誰！」

殿上所有人轉頭，齊齊下跪。「皇太子殿下！」

不知道哪個侍從走漏了消息，帶兵在外的真嵐皇太子居然在此時匆匆返回，從輦道上大步走上殿來。他看著跪倒的百官，冷笑道：「放肆！你們這些人，怎麼敢如此對待空桑未來的皇后？」

空桑未來的皇后——這樣的用詞讓所有人大驚失色。

皇太子這句話的意思，就是說他明知未婚妻犯下如此大罪，依舊不曾有廢黜她的打算嗎？

眾臣面面相覷，不明白真嵐太子為何會忽然維護白瓔。那個一直以來我行我素、桀驁不馴的真嵐皇太子，對於這門婚事原本是非常牴觸的，為何在宮闈醜聞被揭發的時候忽然改了腔調？拒絕娶白王之女為妃，是他多年桀驁的堅持，為此甚至幾度和承光帝發生衝突，卻最終不得不妥協。

然而，如今冰族四面包圍了伽藍帝都，皇上病情危在旦夕，內外交困之際，統領兵權的皇太子實際上已經接掌了這個國家。

他一開口，所有人都不敢多話。

白王默默拉過女兒，擦了把冷汗，青王卻是暗自憤怒。

只有那個鮫人少年抬起頭，默默看向皇太子所在的方向，空洞的眼睛裡忽然流露出一種刻骨的憎恨。

在皇太子的堅持下，大典還是如期舉行。因為冰夷入侵，大婚典禮顯得頗為匆促，不但沒有以前每次慶典時六合六部來朝、四方朝覲恭賀的盛況，從陣前匆匆趕回參加婚典的真嵐皇太子甚至還穿著戰甲。

萬丈高的白塔頂，神殿前的廣場上，天風浩蕩。

風吹起新嫁娘的衣袂，空桑未來的太子妃盛裝華服，靜靜等待著夫君過來。等到距離近到交談不被旁人聽見的時候，一直沉默的女子開口了，帶著一絲冷笑，問自己的夫君：「殿下，以前您不是很反對這門婚事的嗎？」

「當然。」皇太子揮手趕開一個上來為他更換戰袍的禮官，有點不耐煩地回答：「我們倆以前誰都不認識誰，誰願意接受一個被配給過來的女人啊？大爺我是那種任人擺布的人嗎？」

聽到那樣直白得近乎無禮的話，白瓔郡主怔了怔，從珍珠綴成的面紗後抬頭看未來的夫君。很久前，她就聽宮人私下說過，這位真嵐皇太子其實是承光帝和北方砂之國的一名庶民女子所生，一直流落民間。直到他長到了十四歲，因為承光帝已經年老得失去讓後宮受孕的能力，眼見皇家血脈和力量都無法延續，才不得不將這個血統不那麼高貴的孩子迎入伽藍帝都，接受皇家的教育。

看著對面的人，白瓔忽然笑了。「怎麼現在殿下又肯了呢？」

「我看不得那群傢伙這樣欺負一個女的。」一口氣喝完了一盞木樨露，才感覺稍微緩了口氣，真嵐皇太子哼了一聲。「那個鮫人還是未變身的孩子，能做什麼？被親一下又怎麼了？大爺我都不介意，他們抬出什麼祖宗規矩來，居然要活活燒死妳。那是什麼道理！我就是要娶妳，看誰敢動妳一根汗毛？」

「就因為這樣？」白瓔的眼裡驀然有種說不出的情緒，嘆息道：「我已經是不潔不祥之人，匆促決定，以後殿下會為所冊非人後悔的呀。」

「以後的事情以後再說吧。」真嵐把杯子一擱，指著白塔下面黑雲籠罩的大地，蹙眉道：「現在要先對付那些從西海上覬覦我們的冰夷。」頓了頓，力戰過後的疲憊顯露在他臉上，皇太子往後靠了一下，躺在鋪著錦緞的長椅上，喃喃道：「如果空桑亡國了，那什麼『以後』都不用談了。」

那些烏合之眾的冰夷算什麼呢？那麼多年來，他們流浪在西海，一直覬覦著雲荒，卻始終沒有辦法踏足。不關心朝政的太子妃沒有多想這些，彷彿自顧自想著心裡的事情，沉默了片刻，終於咬了咬牙，低聲開口：「真嵐殿下……請你……請你饒恕蘇摩吧。」

「蘇摩？」真嵐皇太子想了想，卻記不起是誰。

「就是那個鮫人傀儡師……」彷彿有些艱難，白瓔開口：「他還是個孩子。他……他只是被人教唆而已。」

「嗯。」聽著唱禮官開始冗長的儀式，皇太子心不在焉地點頭。「我也沒想過真的要殺了他。」

白瓔愣了一下，沒想到身為皇太子，他竟然如此輕易地就放過給自己帶來恥辱的鮫人奴隸。這個人的心胸，倒是比她預想的大了太多。

「那麼，能、能讓臣妾再見他一次嗎？」有些孤注一擲地，她提出了這個非分的請求，幾乎是帶著哀求。「只見一次。」

「怎麼，妳真的那麼喜歡那個鮫人啊？」真嵐皇太子反而有些詫異起來。「妳也知道那傢伙只是奉了青王的密令來引誘妳的，對吧？」

「我知道。」白瓔的聲音很輕很細。「我……我還是想見他最後一面。」

「女人……真是莫名其妙啊。」真嵐皇太子看了這個即將成為自己妻子的女人一眼，乾脆地答應：「好！」

冊封大典開始之前，徵得了皇太子的同意，這個鮫人少年被帶到她的面前。

犯下那麼大的罪，那個少年竟然並不害怕，只是漠然地面對這個因為自己差點被送上火刑架的少女，臉色蒼白陰鬱，一語不發。

沉默了很久，白瓔終於開口，輕聲道：「蘇摩……我求皇太子赦免你，他答應了。」

驟然死裡逃生，一般人早已經喜不自禁，然而那個鮫人少年居然還是面無表情，只是用空洞的眼神直直地看著前方。

頓了頓，太子妃秀麗的眉頭蹙起，尚自留著一絲稚氣的眉間卻有一種恍惚的悲涼。她慢慢地開了口，艱難地問：「是青王……青王派你來的吧？他送你到白塔上，要你這麼做的，是不是？」

然而，聽到自己那樣的罪行居然能被赦免，少年鮫人的臉上依然沒有絲毫動容。空茫的眼睛冷冷地直視眼前這個盛裝的女子。忽然間，他開口了，聲音飄忽而冰冷：「青王說，如果能破掉太子妃眉心的封印，玷汙空桑未來的國母，讓皇太子另立太子妃，他就燒了我的丹書身契，讓我自由。」

說到這裡，少年眼裡有尖銳的光芒，嘴角往上扯了一下，笑了。

「當然，能夠獲得自由是一回事。對我這個卑賤的奴隸來說，如果能勾引到空桑的太子妃，那是多麼值得誇耀的事情啊。空桑人裡最尊貴的女子……一想起來，我就忍不住要笑！」

少年的眼裡有報復後的快意和多年積壓的怨毒，忽然放聲大笑了起來。

「蘇摩。」她怔怔看著這個鮫人少年，只覺得心如刀割。

其實，這樣說清楚了也好，至少心裡再無掛念。她想要的不就是這樣一個結果嗎？

鮫人少年在她面前縱聲大笑，無比惡毒、無比快意。她默默看著，說不出一句話。即使這幾日被下獄折磨，依舊掩不住少年宛如太陽般耀眼的面容——那就是鮫人一族特有的魔性吧？多少年來，那些空桑的貴族都被這些鮫人所惑，而她自己，不也是被這樣的魔性所迷惑了嗎？

即便是聽到他親口說出這樣的話語，她心裡竟然還是沒有絲毫憎恨。

大典就要開始了，門外的女官已開始催促。她不得已站起了身，向著舉行儀式的廣場走過去。侍女們手捧著綴滿寶石、光芒璀璨的霞帔朝她走來，華服被伽藍白塔頂上的天風吹起，燦若雲霞。

在最後的分別時刻，少女對著鮫人少年俯過身去，毫無怨恨地微笑著，低聲囑咐：「好了，無論怎樣，都已經過去。記得要忘記啊……把這一切都忘記吧，蘇摩。」

那一刻，一直端莊拘謹的太子妃眼裡，忽然出現十八歲少女應有的歡躍。語畢，空桑的皇太子妃忽然身子後仰，飄出了白塔頂上的白玉欄杆。

「太子妃！」周圍驚亂成一片，附近的宮女七手八腳上來拉扯她的衣帶，然而嚓啦一聲，兩、三根衣帶居然全部如同腐朽般應聲而斷——那些織物的經線，都已經暗自被齊齊挑斷。

原來，她早已有了準備。

連真嵐皇太子都來不及拉住她，那一襲盛裝，彷彿羽毛一般輕飄飄墜落，向著萬丈之下的大地墜落，湮沒在白塔下縈繞的千重雲氣中。無論是塔上準備大典的空桑六部王族，還是塔下觀禮的雲荒百姓，都一同發出了驚呼。

遠處，雲荒三位女仙正乘著比翼鳥前來觀禮，看到這驚人的一幕，即使身為女仙，也同時失聲驚呼。

「怎麼會這樣？」慧珈和曦妃面面相覷，而魅婀手指一點，座下比翼鳥閃電般向著那一片墜落的羽毛飛過去。「快！去接住她！」

只有那個鮫人少年看不到發生了什麼事，只聽到耳邊如同潮水般迴響在天際的驚呼，心裡知道一切已經終結。

她指尖的溫暖還留在頰邊，然而那個人已經如同一片白雁的羽毛般，從六萬四千尺高的伽藍白塔上飄落。

她從雲荒的最高處墜落，再也不會回來了。

眼睜睜看著愛女墮塔，白王目眥欲裂，再也按捺不住，拔劍砍向青王，婚典的廣場上一片混亂。多年的積怨爆發，不顧外敵正在入侵，六部中內亂大起，青、白兩部開始不休地相互攻擊，其餘四王因為各自立場不同，也分成好幾派，紛紛捲入。而皇太子真嵐剛剛臨危監國，對於治國之道尚且知之甚少，竟無法阻攔空桑此刻的內亂。

那一場婚典之後，雲荒大地烽火連天。

十年後，空桑亡於外來的冰族之手，整個民族徹底消亡——但是，那時引起「傾國」之亂的那個鮫人少年，已經不在那片土地上。

大婚典禮被打亂後的不久，真嵐皇太子堅守他的諾言，力排眾議，將這個引起舉國動盪的鮫人少年放走。

那一年，獲得了特赦的他帶著阿諾離開，一路流離，終於到達天闕山頂，雙手雙腳都因摸索而沾滿鮮血。雖然看不見，他依然在山頂面朝西方，最後一次回望這一片土地，暗自立下誓言。

然後，在翻越慕士塔格絕頂的時候，他都不曾再回過頭來看上一眼。

百年如同白駒過隙，如今，在這樣一個即將破曉的黎明裡，已經成為男子的他回到了這裡，久久凝望那座佇立於天地之間的白塔——依稀間，彷彿還能看到那一剎那墜落的白羽。

然而，一切終究是晚了……都完了。

其實，九十年前在星宿海中修成占星之術的時候，他望向西方盡頭，就已經隱約看到空桑的王氣消散。那一場浩大的流星雨起於天權，宛如一場風暴滑落，預示著上萬的生靈在瞬間消逝。空桑人建立的最後一個王朝——夢華王朝，終究還是歸於一場夢。

她，也在那一場流星雨中隕落了吧？

但是，總要聽到鬼姬親口承認，心裡才真正相信。

然而在那之前，在從六萬四千尺的白塔頂上一躍而下的時候，她應該就已經真正地死去了……她是死在自己眼前的，然而他什麼都看不到。

抱著懷中的人偶，他睜著空茫的眼睛看向暗藍色的天空。懷中的人偶不知何時咧開了嘴巴，做出一個冷嘲的表情，和主人一起翻起眼睛看著天空。

忽然間，傀儡師和人偶的神色都變了——

破曉前的暗淡天幕下，有六顆星由北而東，劃破天際，向著天闕墜落。

第五章　六星

六星破空而來的時候，天闕山下，慕容修剛剛弄熄了那堆篝火，蓋上了背簍的蓋子，準備和三個同伴一起上路，然而無意間抬頭看到天空，不由得脫口驚呼：「天啊……你們看！六星！是六星出現了！」

昏迷了半夜的幾個人都醒了，書生還在安撫那個不停哭泣的女子，壓根兒沒有聽到他的驚呼，搭腔的是那位潦倒的中年人：「六星？那是什麼？」

抬首看去，果然在破曉前的天幕，有六顆大星從北方九嶷方向飛來，滑過蒼穹，劃出六道不同的淡淡光芒——白、青、藍、紫、赤、玄，向著天闕迅速滑落，轉眼沒入林中。

「閣下應該是澤之國那邊過來的人，難道不知道六星的傳說？」看著那個潦倒的中年人，慕容修微微笑著，不動聲色地點破。「不會吧？」

那個中年人尷尬地抓抓頭髮，看著他說：「你、你怎麼知道的？」

「我叫慕容修。」年輕的商人有些靦腆地介紹自己。「雖然第一次來這裡，不過我聽來過雲荒的長輩介紹過，澤之國的人多為中州遷徙而來，說中州話，穿著烏羽織成的衣服，寬袖垂髮——就像閣下的裝束。」

「我叫楊公泉。」衣衫襤褸的中年人嘿嘿笑了兩聲，也不抵賴。「的確是從山那邊的澤之國過來的……倒楣啊，天闕的凶禽餓獸沒吃了我，卻被這群強盜逮住，又遇上了鬼姬。是小哥你救了我們幾個吧？真是好本事啊。」

慕容修並不否認，心想在這荒山野嶺，防人之心不可無，讓對方覺得自己有本事也不是什麼壞事。聽那人說的也是中州官話，只是語音有些不同，便笑道：「大家都是拚了命往天闕那邊去，怎麼大伯你卻是反而往這邊來呢？」

「嘿，只有你們這些中州人才把雲荒當桃源。」聽這個年輕人發問，名叫楊公泉的中年人用破舊的羽衣擦了擦臉，苦笑一聲說：「我是在那邊沒飯吃，家裡的老婆子也快餓得不行了，才冒死跑來天闕。據說雪山坡上長著雪罌子，一棵抵萬金，就過來碰碰運氣。」

「哦……」聽得澤之國的人如此說，慕容修應了一聲，從懷中貼身小衣裡掏出一本小冊子，拿了一根火堆上的炭棒，將那句話記上去，然後再細細詢問雪罌子的外形如何。

「這是……」楊公泉卻是個多事的，大剌剌地湊過來看。只見那是本頗為破舊的冊子，上面記載著一些雲荒上各處的風土人情，在他看來都是些沒什麼大不了的事，這個年輕人卻認認真真地記下來：『慕士塔格雪峰西坡出雪罌子……』

面有菜色的中年人呵呵笑了起來：「這位小哥，你倒是個細心人。」

「我的先祖也來過雲荒，都在這本《異域記》裡留下他們的見聞，以助後人。」慕容修寫完了關於雪罌子的一條，將冊子往前翻了翻，果然字跡都各有不同，從古舊斑斕到墨色如新，看上去似有百年歷史。

「小哥不遠萬里來雲荒，是為了——」楊公泉訝異地開口問。然而話剛出口，猛然間天上彷彿有閃電一現，嚇得他忘了要說的話，抱著頭看向天上。

天色即將破曉，只見方才沒入叢林的六顆大星居然此刻又掠了出來，盤繞在天闕頂上，彷彿在尋找什麼，只管在叢林上方流連不去。六色光芒宛如閃電，映照得土地光彩絢爛，令人不敢仰視。

「六星！」慕容修再度失聲驚嘆，急急翻開那本冊子，疾書：『元康四年九月初七，天闕上六星齊現。』

「那是什麼？」那個澤之國人抬手擋住了眼睛，詫異道。

「你真的不知道『六星』？」慕容修看楊公泉並非作假，倒是忍不住驚訝起來。

「那不是你們空桑的傳說嗎？『宇分六合，地封六王；六星隕滅，無色城開。』」

「哎呀！這個我怎麼知道？」聽得「空桑」兩字，楊公泉不知怎地面色大變，一把捂住慕容修的嘴，左右看看說：「莫說莫說！這兩個字可千萬提不得！那是忌諱！小子，快給我閉嘴。被人知道私下提及前朝，保不定要掉腦袋！」

慕容修怔了一下，忽地明白過來。來之前，他也知道冰族在雲荒建立滄流帝國後，對於前朝的一切都採取徹底埋葬的暴烈做法。伽藍城中除了白塔，幾乎全部宮殿都被推倒重建，典籍被焚毀，錢幣則收回重鑄，彷彿為了建立新的王朝，就要把前朝從歷史上徹底抹去一般。

但是那時候，這種做法僅限於國都和葉城而已，他沒有料到，二十年後自己繼父親之後來到雲荒時，這種堅壁清野的政策已經擴大到整個雲荒。

慕容修暗自在心中倒抽一口冷氣，迅速在冊子上寫下這一忌諱。

樹林上空六星還在盤旋，時近時遠，光芒耀眼。

慕容修看著，有種目眩神迷的感覺，手指緩緩翻著手上的冊子，到了首頁，無聲地默念遠祖記下的那一首百年前曾流傳於雲荒大地上的詩篇——

『九嶷漫起冥靈的霧氣。

蒼龍拉動白玉的戰車。

神鳥的雙翅披著霞光。
擁有帝王之血的主宰者，
從九天而下，
將雲荒大地從晨曦中喚醒。
六合間響起了六個聲音：
暗夜的羽翼，
赤色的飛鳥，
紫色的光芒照耀之下，
青之原野和藍之湖水，
站在白塔頂端的帝君，
將六合之王的呼應一一聆聽。
——天佑空桑，國祚綿長！』

那笙被那隻斷手連推帶拉地弄上了天闕山頂。雖然只不過是幾百尺高的小山，然而草木異常茂盛，幾乎看不到路。那笙一路飛奔，穿越那些樹木和藤蔓，身不由己地跑到了山頂，已經累得上氣不接下氣。

「還好，看來他們還沒有遇到蘇摩。」斷手彷彿鬆了口氣喃喃道，推了那笙一把。「快點。」

「幹……幹什麼？」她彎下腰，用雙手支撐著自己的膝蓋，劇烈喘息著問道。

「快點擦戒指！」斷手一把將她拎起來，急切地吩咐：「快啊！天要亮了！」

「天亮了不正好？你的力量不是要天亮才能……」那笙轉眼看了看茂密樹林上方露出的一塊一塊天空，正是黎明破曉前的顏色，上面似乎流動著幾絲異彩。她喘著氣，然而話說到一半，左手猛然被拉起來，那隻斷手的語氣竟是從未見過的嚴厲：「別囉唆！快！」

本來就受傷的左臂一陣劇痛，那笙脫口「哎呀」了一聲，瞪了那隻斷手一眼。然而，她聽出了斷手語氣中反常的急切，乖乖地勉力抬手，摩擦著右手中指上那枚戒指，一下又一下，但沒見什麼異常，不由得莫名其妙地發問：「就……就這樣？」

話音未落，她右手上猛然騰出一道閃電。

驚叫聲未落，那枚戒指上發出的光芒已經穿透層層密林，射出了天闕。天闕上空盤旋不去的六顆星，發覺了那道光柱，猛然間一齊朝著那個方向聚集，迅速地穿破密林，落到地面上，將正在驚叫的那笙圍在核心。

那樣洶湧而來，強烈到令人無法呼吸的靈力，令她震驚不已。

白、青、赤、玄、藍、紫，六色光芒呈圓形，轟然落到地上。星辰墜地，生生將林中土地擊出六處淺坑。光芒漸漸熄滅，消失的瞬間凝成六個屈膝半跪的人，共四男二女，均穿著樣式奇異的華服，齊齊向著她低頭。

「恭迎真嵐皇太子殿下重返雲荒！」那笙目瞪口呆的時候，當先一名青衣少年開口。「屬下接駕來遲，請殿下恕罪。」

那笙作夢般地看著面前忽然出現的六人，一時間竟然不知如何回答才好。然而那隻斷手卻是推著她，催促她向前，讓她身不由己地一直走到那個青衣少年的面前。見她走近，那個青衣少年屈膝半跪在地上，恭敬地捧起那笙戴著戒指的右手，用額頭輕觸寶石：「六王歸位，無色城開——恭迎皇太子殿下立刻返回。」

「皇、皇太子殿下？」那笙結結巴巴地重複一句，燙著般縮回手。「你認錯人了……我是個女的！」

「這番話，是對我說的。」忽然間，一個聲音微笑著回答。

那笙怔了一下，猛然間反應過來——是那隻斷手的聲音。然而，聲音不是如同以往般從她心底傳來，而是切切實實地傳入她耳際。

苗人少女隨著聲音來處看過去，大吃一驚——前方左側半跪著一名白衫女子，臉罩輕紗，手裡捧著一只金盤，盤上居然是一顆孤零零的頭顱。那顆頭顱嘴唇開合，居然正在對她說話：「多謝妳一路上的照顧，如今已經回到雲荒境內，我可以隨他們回去了。」

「你……你……」聽出了是和那隻斷手同樣的聲音，那笙說不出話來。「臭手，難道你是……呀！怎麼可能？」

「我的名字是真嵐，是空桑人的末代皇太子。」那顆頭顱對著目瞪口呆的少女微微一笑，解釋道：「這六位是我的妃子和臣子。」

「妃子……」那笙遲疑地看看那六人，只有白衣和紅衣兩位是女子，而紅衣女子的年齡顯然已經不小。果然，那名戴著面紗的白衫女子抬起頭來，對她微笑致意：「我叫白瓔，是空桑皇太子妃，非常感謝姑娘救了真嵐。」

那樣清冷的容色和語音，讓一向嘻嘻哈哈的那笙一下子束手束腳起來，忙不迭地回禮：「啊……啊，我也只是順路……不用謝、不用謝。」

旁邊的藍夏拿出另一只金盤，舉過頭頂。那隻斷手從那笙肩上鬆開，跌入藍夏手中捧著的那只金盤裡，對她擺了擺說：「多謝妳把我從慕士塔格雪山頂的封印中帶到雲荒，我們很是有緣啊。作為回報，那枚戒指就留給妳吧。」

「戒指？」那笙愣愣地抬起自己的右手，看著中指上那枚奇異的指環——銀白色翅膀上托著一粒藍色的寶石。如此精緻的東西，真讓人不敢相信方才那道照亮天地的光芒就是從這上面發出的。

「這上面的力量應該能保護妳走遍雲荒，只是莫要輕易被人看見……」真嵐皇太子的頭顱在金盤上微笑著，看了看天色，連忙道：「天就要亮了，沒時間多言。小丫頭，妳自己保重。」

六個人齊齊起身，青衣白衫兩位男女分別捧著金盤，帶領眾人轉身。

「喂喂，臭手！等一下！」那笙在看見那幾個人離開的時候才回過神來，脫口叫了一聲。金盤上的頭顱聞聲，轉過臉來，對她揚眉問：「怎麼啦，小丫頭，捨不得我嗎？」

那笙看著那個發出熟悉聲音的人頭半天，忽然跳了起來，指著它大叫：「臭手，你騙我！你……你給我看你自己模樣的時候，根本不是這張臉！你這個騙子！」

「啊，這個嘛……」金盤上的頭顱對她撇了撇嘴，終於忍不住大笑起來。「妳這個小花痴，我不變張英俊的臉出來，妳怎麼肯帶我走啊？」

「你……」那笙當場被氣暈，說不出話來。

「走了走了。」不等她回答，看了看天色，那隻斷手洋洋得意地一揮，瞬間六道光芒照徹林間，六星騰空而起，劃破已經露出第一束曙光的天空，朝著北方九嶷山的方向消逝。

當六星劃過天際的那一瞬，遠處天地盡頭的鏡湖中，萬丈高的伽藍白塔投在水面上的影子，陡然產生奇異的扭曲。

水下的無色城開啟，迎接它的主人。

天色已經破曉，再也看不見什麼星辰閃現。晨曦從林外灑下點點碎金，風和日麗，一片鳥語。

「啊……那隻臭手就這麼走了啊？」苗人少女揚起臉，看著轉瞬泯滅了蹤影的六道星光，喃喃自語，有些悵然若失。她皺了皺眉頭，有些不解地自言自語：「一個皇太子說話的腔調像那樣也是奇怪。唉，那個皇太子妃，倒是很漂亮高雅。」

「你說什麼皇太子、皇太子妃？」忽然間，耳邊有人急問。

樹葉簌簌分開，一個人閃電般掠過來，一把抓住她。

「啊？」在快得幾乎看不清的動作停頓之後，那笙看到站在她面前的居然是那個詭異的傀儡師，不禁嚇得脫口叫了起來：「是你？」她下意識地用力掙扎，雙手一震，以她自己也察覺不到的驚人速度掙脫，幾步躲到了一旁。「你……你幹嘛？」

顯然沒有料到這個少女居然能從自己的手中掙脫，蘇摩反而愣了一下，他懷裡那只偶人卻是眼睛滴溜溜地轉，也面現驚訝之色。終於，偶人蘇諾的眼睛定在苗人少女的手上，嘴巴無聲地咧開，彷彿笑了一下。

「哎呀！」看到詭異的小偶人，那笙比看到蘇摩還要驚懼，一下子後退三步。

「妳手上的戒指是哪裡來的？妳剛才說什麼皇太子、皇太子妃？」那個冷漠的傀儡師彷彿壓抑不住激動，連聲追問：「妳看到他們了？」

再也不許對方逃脫，蘇摩伸出了手。伸手的瞬間，十枚指環閃電般無聲無息地飛出，帶動指環上的引線，在空中交錯著飛向那笙，彷彿織成一張看不見的網。

指環脫手後，引線的另一端就控制在那個叫做蘇諾的偶人身上，偶人的手腕、腳踝、雙臂、雙足、腰、頸十處的關節上，十條引線若明若滅。被這麼一牽，那個偶人「啪嗒」一聲從傀儡師懷中掉落在地，然而它沒有趴下，反而動了起來。

不知道是飛舞的指環牽動它的身子，還是它身子的動作控制著指環，那個脫離了主人控制的小偶人在樹林中自己動了起來，舉手投足有一種說不出的詭異節奏。

那笙剛要閃避，忽然覺得手腕一痛，低頭只見一根細細的透明絲線綁住她的手腕，切入肌膚，滲出了血。那樣纖細，卻是比刀鋒更鋒利的細線。

如果她看過昨夜火堆邊那些亂兵可怕的死相，便知道如今她離死亡也只有「一線」，然而那笙沒看過，她忍不住不服氣地掙扎，想掙脫出來。

「不要亂動，一動，妳的手腕就要被整隻切下來。」傀儡師走過來，伸出一根手指，托起被束縛住手腳的少女的臉，冷冷道：「老實回答我的話，不然我就把妳的四肢一根根切下來，然後用線穿起來，像人偶一樣吊在樹上。」

他的聲音是平靜的，彷彿只是說著家常。對著他空洞無表情的深碧色眼睛，那笙激靈靈打了個寒顫，身體立刻不敢亂動了，然而手腳卻是不自禁地微微發抖，她只能控制著自己的聲音：「你……你要問什麼？」

「妳手上的『皇天』是哪裡來的？」蘇摩開始發問。

話音一落，遠處地上的小偶人身子一動，那笙只覺手腕刺痛，不自禁地抬起右手，放到傀儡師面前。蘇摩慢慢伸出手，撫摩著那枚銀色的戒指，神色複雜。「果然是皇天……好久不見了。」

「你、你說這枚戒指？」那笙訥訥道：「這是我、我在雪山上的一隻斷手找來的……」

「雪山？斷手？」蘇摩卻是愣了一下。「空桑皇帝的信物，怎麼會在那裡？」

「啊，那隻斷手說他是空桑皇太子！那顆頭也這麼說！」看到對方不信，那笙生怕蘇摩一怒之下真的下毒手，連忙分辯，卻不知自己的話多麼莫名其妙。「他們說，他是什麼空桑國的皇太子……對了，叫真嵐。」

然而，苗人少女那種前言不搭後語、匪夷所思的話，傀儡師卻沒有呵斥為荒謬。

那笙感覺蘇摩撫摩著戒指的手猛地一顫，近在咫尺的人微微閉上眼睛，有些夢囈般地低聲重複那個名字，喜怒莫測：「真嵐……真嵐？」

那是多麼遙遠的名字。

「頭？手？原來在雲荒之外的慕士塔格上有一個封印？」傀儡師喃喃自語，忽然間語氣變得有些反常。「那麼，妳也看到了皇太子妃嗎？」

「嗯，是啊，很端莊的漂亮姊姊。」那笙聽對方的語氣慢慢緩和下來，驚魂方定。「那隻臭手說那是他的妃子，穿著白衣服，戴著面紗，好像……好像叫做白瓔？」

嚓！蘇摩的手指驀然收緊，用力得讓骨頭發出脆響，痛得那笙陡然間大叫起來。

「白瓔……白瓔……」那雙一直空茫的深碧色眼睛裡，第一次閃現出某種說不出的複雜情愫，傀儡師驀然扭過頭，對著空氣厲聲道：「鬼姬！妳還騙我，說白瓔已經死了！」

「你先放開這個小姑娘。」

身後一個聲音淡然回答，隨後密林的枝葉無聲無息地自動向兩邊分開，彷彿那些樹木在恭謹地避讓著那個騎著白虎自林中深處出現的女子。

顯然也是剛才看到六星出現才趕過來，鬼姬坐在白虎上，裙裾飄蕩，注視著面前的傀儡師說：「我沒有騙你，白瓔的確已經死了，在九十年前就已經死了。」

「胡說！」蘇摩不再管那笙，猛然回頭，冷笑道：「雖然我也來晚了，但妳看，這裡還有她剛才留下的殘像！」

傀儡師的手一揮，隨著他手臂平平揮過的軌跡，空氣陡然凝結，變成一層半透明的薄薄鏡子，映照出一個白衣女子離去瞬間的樣子。騰空而起的女子面罩薄紗，手中捧著金色托盤，眼睛注視著盤中那顆頭顱。手指上，一枚和那笙手上一模一樣的戒指熠熠生輝。

那個映照在空氣裡的女子身影淡薄，彷彿煙霧中依稀可見的海市蜃樓，虛幻得不真實。

然而，鬼姬的臉色卻白了白，脫口道：「定影術？」

「不錯。」蘇摩沒有否認，冷笑道：「所以即使是『神』，最好也不要隱瞞我任何事。」

「哈。」怔了怔，彷彿無奈般搖搖頭，鬼姬譏諷地看著這個靈力驚人的傀儡師。「蘇摩，不可否認你現在的確很強，但是如此強大的你，居然看不出如今的白瓔不是人嗎？」

「不是人？」蘇摩瞳孔收縮。「妳、妳是說，她現在是……」

「是冥靈。」鬼姬笑了起來，搖頭道：「她九十年前已經死了啊。你以為我騙你嗎？你如果路過北方的九嶷，就能看到她的屍體還和其他五位王者一起，佇立在九嶷王陵的傳國之鼎邊上。」

「冥靈？」傀儡師脫口驚呼，猛然想起自己在星宿海觀測到的那一場浩大的流星雨——九十年前……正是那個時間！

「你不知道吧？」鬼姬撫摩著白虎的額頭，看著山下的白塔，嘆息道：「那時候你已經離開雲荒了。真嵐皇太子帶領空桑人死守伽藍城十年，最終被冰族攻破。那時候為了保全城中無路可逃的十多萬空桑百姓，大司命決定不惜一切，打開無色城。」

蘇摩的手猛然握緊，低聲重複：「打開無色城？」

與伽藍帝都分處鏡像兩端的無色城是一座「空無」的城，據說由七千年前空桑最強大的帝王——星尊帝琅玕的妻子，皇后白薇所建立。

星尊帝在征服四方後，按戰功分封六王鎮守六方國土，並在鏡湖中心建立了國都，以白塔為中心界定雲荒大陸方位。

然而，在空桑皇家才能翻閱的典籍記載中表明，星尊帝建立的「國都」，並非如同後世普通人認為的僅僅指稱帝都伽藍，同時包括了水下的另一座城市——無色城。

在星尊帝統一雲荒、權力達到頂峰的時候，他的妻子白薇皇后卻暗中憂心忡忡。她聽從大司命的諫言，動用她的力量，為了空桑人日後必然面臨的「末日大劫」而建立了這座城市，然後封印了它，關閉兩座城之間的通道，讓它隱藏於伽藍帝都的倒影中。隨後不久，白薇皇后便英年早逝。

星尊帝駕崩前留下遺詔，說明打開封印的代價，並叮囑除非末日來臨，否則切不可隨便打開那座城——那個代價實在過於重大。

如果說水上那座伽藍城是這個大陸「真實的」中心，那麼水下的無色城就是虛無縹緲的存在，那是與水面以上的世界完全不同的「異世界」。甚至傳說，活人是不可進入那座城的，只有靈魂能往來其中。

無色城的存在，宛如伽藍城的倒影，孿生姊妹般並存，光與影般相互映照。

七千年來，空桑經歷了大災大難，也曾幾次瀕臨滅國的邊緣，然而諸王們無一例外都咬牙支撐著死戰，竟無一次打開過那座城。

因為根據典籍中的記載，星尊帝在遺詔上是這樣說的——

『宇分六合，地封六王；六星隕滅，無色城開。』

連蘇摩聽到「無色城」三個字也變了臉色，低聲問：「打開無色城？他們有那樣的力量嗎？」

「當然有，只要肯付出代價。」

鬼姬笑了。她看向天際，笑容中有一絲殘酷。

「你沒有親眼看見那是多麼慘烈的景象啊……那時候，冰族已經攻破外城，城中倖存的十萬多空桑人齊聲祈禱，聲音一直傳到九天之上。

為了護住空桑最後一點血脈，以前勾心鬥角的六王聽從大司命的安排，合力殺出重圍，一直血戰到了作為歷代空桑人王陵的九嶷山下。

六部之王向著供奉歷代皇帝皇后的陵墓跪下祈禱，請求星尊帝准許他們動用所有力量打開那座被封印的城市，以庇護空桑最後的子民。

然後，他們圍著神廟祭台上的傳國之鼎，六部之王一齊橫劍自刎，六顆頭顱同時落入鼎中。

六部最強的戰士，同時對著上蒼做出了血的祭獻。

六星隕滅，無色城開！那一瞬間封印被打破了，六合震動起來，伽藍白塔發出照徹雲荒的光芒，它的影子映在湖水中，彷彿忽然活了起來。耀眼的光芒湮沒一切，等冰族的『十巫』和戰士們看得見東西的時候，他們驚訝萬分地發現，整座伽藍帝都已經空無一人。

十萬空桑人在瞬間消失了，無色城迎來它的第一批居住者。」
鬼姬敘述著九十年前空桑亡國的情形，眼睛望著天空盡頭的白塔，嘆息道：
「白瓔就是在那時候死的……她作為白之一族最強的戰士，代替她的父王，作為六王死在九嶷山下。所以我說，你往北走，還可以看到她的屍體，幾十年了依然不曾撲倒腐爛，守在那個通道入口。」
傀儡師默默聽著，臉上漸漸沒有一絲表情，沉默了許久，終於有些譏諷地笑起來。「真是遺憾，我沒能親自終結這個腐朽的王朝……只是沒想到，她居然還是作為戰士死去的嗎？我一直以為，她不過是一個耽於幻想的小女人而已。」
「一個人一生只能作一次那樣的夢。」聽到這樣尖刻的話，雲荒的女仙驀然冷笑起來。「多謝你讓她早早夢醒了。」
「啊……原來空桑人還該感謝我這個奴隸造就了他們的女英雄？」蘇摩嘴角扯了一下，笑了起來。
鬼姬看著他，卻看不透這個傀儡師內心真正的想法，只好點點頭，嘆了口氣說：「你回來應該有所企圖，但是無論如何，不要再去找她了。」
「我沒有打算找她。」蘇摩漠然道。「我沒有吃回頭草的習慣，也不喜歡死人。」

「那就好。」鬼姬輕輕吐出一口氣，微微笑了起來。「其實離開雲荒的這一百年裡，你也已經找到所愛的女子吧？不然如今你也不會以男人的樣子出現。」

傀儡師閉了閉眼睛，不作聲地笑了笑。「魅婀，作為女神，妳的話太多了。」

回憶中，泛起許多年前他來到天闕的情形：被山中凶禽猛獸追捕，少年跑到山腰已經滿身是血，抱著偶人，又看不到路，一腳踏空便滾落陡坡。然而，半昏迷的時候，耳邊聽到虎嘯，所有禽獸都遠遠避開了，那隻虎溫馴地伏下身來，將昏迷的少年叼上背部，平安地送出天闕。

仔細想想，他其實還是有所虧欠的。

想著，傀儡師轉過身去，招了招手，彷彿有看不見的線控制著那個偶人，阿諾「唰」地動了起來，纏繞著那笙手足的絲線忽然解開，十只銀戒飛回蘇摩手中。然後，那個小偶人也往後飛去，跌入蘇摩的懷中。

那笙揉著手腕癱倒在地上，看著那個詭異的傀儡師。

「修煉百年，連你的偶人都會殺人了？」蘇摩轉身離開的時候，鬼姬忍不住開口：「你知道嗎？當年，是白瓔拜託我一路送你出天闕的。她怕你眼睛看不見，會被那些猛獸吃掉。」

蘇摩的腳步頓了一下，卻沒有回頭，也沒有說話。

「我知道你滿懷著憎恨，是回來雲荒復仇的。」鬼姬嘆了口氣。「可是，你若是還記得這片土地上有人對你好過，殺人的時候就多想想。」

蘇摩頓住腳步，忽然回過頭微微一笑。那樣的笑容足以奪去任何人的魂魄。

「錯了，她對我好，只不過是那時迷戀著我的外表而已，和那些把鮫人當作玩偶玩弄的空桑貴族並無兩樣。」傀儡師微笑著，俊美的臉上有著譏諷的表情。「只是那些權貴不知道，所謂的『美麗』，是多麼脆弱的東西。」

他微笑著抬起手來，指間泛著利刃般的寒光，忽然「嚓嚓」兩聲，他毫不猶豫地劃破自己的臉，血流覆面。那橫貫整個臉龐的傷疤，讓原本美得無與倫比的臉，陡然扭曲如魔鬼。

即使是一旁看著的那笙，都不自禁地發出一聲驚駭與痛惜的尖叫。

「不過是薄薄的一層皮。」蘇摩放下手，將沾著血的手指放到嘴邊，輕輕舔舐。「所有有眼睛的人，卻看得如此重要。」

鬼姬卻沒有驚訝，看著他的臉——刀一離開，他臉上的傷痕就癒合、變淺，消失在一瞬間，彷彿刀鋒劃過的是水面。

「那麼，那個讓你變成男人的姑娘呢？總不會也是這樣的吧？」她執意追問，想在這個人踏上雲荒的土地前，盡可能消除他心中的恨意。

然而，蘇摩怔了怔，驀然奇異地大笑起來。

傀儡師再也不和鬼姬多話，揚長而去。

「呃……這個人不但殺人不眨眼，還瘋瘋癲癲的。」看著傀儡師離開的背影，那笙心有餘悸，撕下布條包紮手腳上的傷口。「老天保佑，但願以後再也不要碰見他了。」

在她包紮的時候，一隻手忽然伸了過來，撫摩一下她的手腕。

「啊？」那笙抬起頭，看到那個坐在白虎上的鬼姬。讓她驚訝的是，鬼姬指尖撫摩過的地方，那些傷痕全部癒合了。鬼姬？就是昨夜那個只聽到聲音，卻沒有見到臉的鬼姬？可是那些人為什麼這麼怕她？她明明很溫和、很親切啊。

「小姑娘，妳一個人能跑來天闕，真是命大啊。」那個沒有腿的白衣女子從虎背上俯下身來，微笑著搖頭，摸了一下她的腳，將血止住。「妳看，手臂也折了，都沒包紮一下。」

鬼姬的手握住那笙的左臂，忽然間一用力，那笙只痛得大叫一聲，聲音未落卻發現痛楚已經全部消失。

「啊……多謝山神仙女！」那笙用右手撫摸著左臂原先骨折的地方，驚喜地向鬼姬道謝。

「山神？好新鮮的稱呼。」鬼姬掩口而笑，眼睛卻落在她右手那枚戒指上，忽然斂容問道：「這枚『皇天』是哪裡來的？真嵐給妳的嗎？」

那笙把那個陌生的名字轉換半天，才明白過來。「仙女說的是那隻臭手嗎？是啊，是它說要送給我作為報答的。」

「手……是了！」鬼姬喃喃說著，眉心忽然一皺，然後又展開。「原來昨日慕士塔格那場大雪崩是因為這個。難怪今日六星忽然齊聚天闕，是因為第一個封印被解開了嗎？天啊……空桑命運的轉捩點到來了。」鬼姬從白虎上再度俯下身，看著面前這個衣衫襤褸的苗人少女，問道：「是妳打開了封印？」

那笙被她看得不好意思，笑道：「啊……我只是、只是順路。」說話的時候她臉紅了一下，沒好意思說是自己想把戒指占為己有，因而挖冰掘出了那隻斷手。

「來自遠方的異族少女啊……雲荒的亂世之幕將由妳來揭開。」鬼姬嘆息著，低頭撫摩那笙的頭髮，點點頭說：「有通靈者來到慕士塔格，發現冰封的斷手，破除封印，戴上戒指，戒指認可新的主人，而新的主人又願意帶斷肢前往雲荒……多麼苛刻的條件啊，居然真的有這樣的機緣。」

「呃？」那笙愣了愣，有些糊塗地眨眨眼睛，大致明白了一件事，就是自己似乎在無意中放出了一個不得了的東西。她吃了一驚問：「那東西是好是壞？山神仙女，那隻臭手……那隻臭手是災星嗎？我做錯事了嗎？」

「嗯……不算壞吧。」被她問得愣了一下，鬼姬沉吟著，苦笑回答：「不過說是個災星，倒也沒錯。那時候白瓔來警告我說，有不祥逼近天闕，我一開始還以為是應在蘇摩身上……原來是有兩股力量重疊著，同時進入雲荒。」

「呃？不算壞就行……」那笙還是不明白，卻鬆了口氣。「那個蘇摩不是好人吧？我一看到他就覺得害怕。」

「蘇摩……」鬼姬重複一遍這個名字，卻是不知道如何回答，只好笑笑，俯下身拍了拍那笙的手背囑咐：「妳下了天闕到有人的地方，可千萬別被人看到這枚戒指。『皇天』是空桑皇室歷代以來和『后土』配對的神戒，被人看見要惹禍的。」

「嗯，這戒指一看就很值錢的樣子，一定會有人搶。」那笙晃著手，看著中指上那枚戒指，卻是一臉苦惱。「但是我摘不下來啊。那隻臭手說，我勒斷手指都摘不下來，那要怎麼藏？」

鬼姬為這個少女的懵懂而苦笑，只好耐心解釋：「喏，妳可以用布包住手掌啊。雲荒現在是滄流帝國的天下，妳貿然戴著空桑的『皇天』四處行走，被看見可會連命都沒了。」

「呀，原來是個災星？」那笙嚇了一跳，甩手道：「那臭手還說這枚戒指能保我走遍雲荒！那個騙子，就沒一句真話！」

「『皇天』有它的力量，能保護佩戴的人。」鬼姬安慰道：「只要妳小心，它就是最好的護身符。」

「哦。」那笙點了點頭，忙不迭用布條將右手手掌包起來，層層纏繞，一直包到指根上，將戒指藏起。

「這樣天真又不夠聰明的小孩，戴著皇天前往雲荒，總是讓人擔心啊……」看著手忙腳亂的苗人少女，鬼姬暗自嘆氣，然而就在此刻，耳邊聽到了樹木被撥開發出的窸窣聲，似乎有一行人走了過來。

鬼姬聽出慕容修的聲音，忽然有了主意。

腳步聲越來越近，只見草葉無聲分開，一條藤蔓當先如同活著一般在草地上簌簌爬行過來，宛如蛇般蜿蜒。那只木奴來到鬼姬座前，抬起了藤稍，昂頭待命。跟著木奴來的，果然是昨夜露宿天闕山下的那幾個人。慕容修走在最前面，拿著砍刀分開樹木藤蔓開路，那個澤之國過來的中年男人和那一對書生小姐跟在後頭。那個小姐一路上還在哭哭啼啼，幾次尋死覓活都被她表哥攔住，那個書生也不知道怎麼說才好，只是扶著她一起哭。

楊公泉看得好生不耐煩，恨不得丟下這兩個麻煩貨。然而慕容修卻是耐心十足，一邊好言相勸，一邊耐著性子等那個江小姐挪著小腳一步步爬上山來，因此雖然一路上沒遇到阻礙，幾百尺的小山卻是爬了半日才到山頂，遠遠落在那笙一行後頭。

拂開枝葉，四個人眼前出現的是林中空地，空地上坐著一個衣衫襤褸的陌生少女，以及那個騎著白虎的女子，沒有腳的裙裾在風中飄飄蕩蕩。

「鬼姬！」跟在慕容修後面的楊公泉一看見，失聲叫了起來，往後便逃。慕容修要他不用怕，然而楊公泉哪裡肯聽，往山下就逃。那一對戀人不知道發生什麼事，然而聽到楊公泉那樣的驚叫，也下意識地相互攙扶著，跌跌撞撞地回頭就跑。

「隨他們吧。」看到慕容修無奈的神色，鬼姬笑了笑，對著他招招手。「過來，孩子。」

「女仙。」年輕商人走過去，恭謹地低頭。「有什麼吩咐嗎？」

鬼姬笑了笑，拉起那笙的手。「這位姑娘也要去雲荒，我想拜託你一路上照顧她。」

「啊……」慕容修看了那笙一眼，不料苗人少女正一臉驚喜地看著他，目光閃亮。那笙看得放肆，他反倒是紅了臉，低下頭去訥訥道：「男女授受不親，一路同行只怕對這位姑娘多有不便……」

「不妨事！沒有什麼不便的！」不等他說完，那笙就跳了起來，滿眼放光。「我不是那些扭扭捏捏的漢人女子，苗人可不怕那一套！」

鬼姬看著靦腆的慕容修和熱情的那笙，忍不住偷笑，然後正色說道：「你行事小心老成，這位姑娘不通世故人情，若是同路，也好順便照顧。」

「這……」慕容修不好拂逆鬼姬的意思，紅了臉囁嚅著。

「啊？你是不是怕我一路白吃白喝？」看到那個慕容世家的公子還在那裡支支吾吾，那笙急了，忽然想到什麼，從懷裡拿出一樣東西來，舉到他面前。「喏！我拿這個謝你行不行？這是雪罌子。」

慕容修看到她手裡那個淡金色的塊莖，眼睛也是陡然一亮。身為商人，他當然知道眼前這個東西的價值。

「出門在外，相互照顧是應該的。」鬼姬看到慕容修意動，在旁加了一句。

「如此，以後就要委屈姑娘了。」年輕的商人覷著雪罌子，終於規規矩矩地向著那笙作了一揖。「在下慕容修。」

「我叫那笙！你叫我阿笙就好。」那笙喜不自禁地回答，把雪罌子遞給他。慕容修毫不客氣地接過來，小心收起，然後對著那笙拱了拱手：「姑娘在此稍等，待我去找回那三個同伴，再一起下山。」

「去吧。」那笙還沒回答，鬼姬卻是微笑著揮了揮手，那株木奴「唰」地回過頭，領著慕容修下山去。

他的影子很快就消失在密林中，那笙嘟著嘴說：「哎呀，都不知道他是不是拿走東西就扔下我不回來了。」

「那孩子為人謹慎，算計也精明。他執意要找那幾個同伴，怕是需要一個熟悉澤之國的人當嚮導。」鬼姬看著慕容修離去的方向，微笑著拍拍那笙的肩膀。「不過那可是個好孩子，作為商人，對於成交的生意要守信，他不會不懂。小丫頭，妳努力吧。」

「什麼、什麼努力啊……」那笙陡然心虛，矢口否認。

鬼姬笑了起來。「看妳忽然黏上去，非要跟他走，我一算就算出來了。」

即使爽快如那笙，聞言也是破天荒地紅了臉，幸虧一路顛沛、塵垢滿面，倒也看不出來。

「呵……」騎著白虎的女仙搖搖頭，微笑道：「不過，可是難啊。那小子是個木頭，而且妳看妳，作為一個女孩子，長得還不如人家好看，像什麼樣子？」

在那笙要跳起來之前，雲荒的女仙笑著拍了拍白虎，悠然而去。「要努力啊！」

苗人少女捂著發燙的臉頰看著那位山神離去，氣得跳腳，卻無話可說。

「對，要努力！慕容世家！多有錢啊……而且人也俊。」那笙想著想著，不知不覺就滿臉笑容。「千萬不能放過了。嘖嘖，不知道雪罌子到底有多寶貴……算了算了，反正那也是隨手拔來的，當下點本錢吧。」

苗人少女在林中空地上蹦蹦跳跳地走來走去，等慕容修返回，心裡充滿對新大陸和未來新旅程的各種想像。

六王已經歸於無色城，迎回了主人的右手。

空茫一片的城市，所有一切都是不真實的。

如果仔細看去，居然會看到街道和房子、鮮花和樹木。然而，那些景象彷彿升騰著蒸汽般的虛幻，一觸手便會消逝，宛如海市蜃樓，又如湖面上那座繁華都市的倒影。這個夢境般的城市裡，鏡湖六萬四千尺深的水底，只有一件事是真實的：十萬多個整整齊齊排列的白石棺木。

縱橫交錯，鋪在一望無際的水底，每一個石棺中，都靜靜沉睡著一名空桑人——這一場長眠，已有將近百年。

白王和青王的雙手分別捧起金盤，舉過頭頂，一旁大司命的祝頌聲綿長如水。許久，等祝頌結束，兩人才小心翼翼地將盛放著頭顱和斷肢的金盤放入神龕內。

頭顱的雙眼驀地睜開。

安靜的水底忽然沸騰了，似乎有地火在湖底煮著，一個個水泡無聲無息地從緊閉的石棺中升起來，漂浮在水中。每一個水泡裡，都裹著一張蒼白的臉，那些長久不見日光而死白的臉上是狂喜的表情，看著祭壇上金盤裡的頭顱和斷肢，嘴唇開合：「恭迎皇太子殿下返城！」

「天佑空桑，重見天日之期不遠了！」

狂喜的歡呼如同風吹過，迴蕩在空茫的無色城裡。

「大家都繼續安歇吧。」大司命吩咐，一向枯槁的臉上也有喜色。「天神保佑，雲荒從來都是空桑人的天下。」

「天佑空桑，國祚綿長！」十萬空桑人的祝頌震顫在水裡，然後那些氣泡逐漸慢慢消失了。天光都照射不到的湖底，懸掛著數以萬計的明珠，柔光四溢。氣泡消失後的湖底，只有看不到邊際的白石棺材鋪著，整整齊齊。

「太傅，好久不見。」子民們都退去之後，驀然間那隻斷手動了起來，攀住大司命的肩膀。在瞬間消失的空桑一城人中，唯獨這位能「溝通天地」的老人不必沉睡在石棺中，能以實體在水下行動如常。

空桑人歷代的大司命，也是皇太子太傅。

「皇太子殿下。」看到調教了那麼多年，真嵐的舉止還是不符合皇家風範，大司命不由得帶著挫敗感苦笑了起來。然而看著那隻手，大司命臉色忽然一凜，斥問：「『皇天』如何不在手上？！」

「送人了。」頭顱滿不在乎地回答。「人家辛辛苦苦把我送到天闕，總得感謝一下吧？」

「什麼？殿下居然拿『皇天』送人？」大司命身子一震，眼睛幾乎要瞪出來。「這、這可是空桑歷代重寶啊！皇天歸帝，后土歸妃，這一對戒指不但和帝后本人氣脈相通，彼此之間也能呼應，這麼重要的東西，殿下怎麼可以輕易送人？」

「總不能讓我再去要回來吧？」頭顱做了一個無奈的表情。然而，看到大司命手中的玉簡幾乎要敲到他頭上來，真嵐連忙開口分辯：「您老人家不要生氣，不要生氣！先聽我說，我給那個丫頭戒指，也是為了讓她繼續幫我們啊。」

「繼續？」大司命顫抖的花白長眉終於定住了，然後沉吟著皺到一起。「也沒錯，她既然能戴上皇天，就證明她也能為我們破開其他四處封印，要找到這樣一個人可不容易。」

「對！太不容易了，怎麼能這樣放她走呢？」斷手再度攀上大司命的肩膀，用力拍了一下。「太傅您也知道，那戒指和我本體之間氣脈相通對吧？那丫頭戴著『皇天』，就會下意識地感覺到其餘四處封印裡面『我』的召喚。她會去替我們破開封印，拿回剩下的殘肢。」

「說得倒是……」大司命沉吟，看了一下金盤上的頭顱——百年過去，這張臉還保持著傾國大難來臨時的樣子。然而，雖然率性的語氣依舊，但皇太子殿下顯然已經在持續百年的痛苦煎熬中成長起來了。

將那隻亂爬上肩膀的斷手捉開，大司命苦笑道：「但是，那個人夠強嗎？解開東方封印完全是碰運氣，而另外四處封印，任何一個可都是非要有相當於六王的力量才能打開啊。」

「她很弱，自己根本沒有力量。」斷手做了個無奈的手勢，金盤上的頭顱配合著撇撇嘴。「所以，我們得幫她把路掃平才行。」

大司命沉吟著，轉頭看看丹砌下待命的六王。「此事，待老朽和六部之王仔細商量。皇太子身體剛恢復了一些，先好好休息吧。」

所有一切都歸於空無之後，祭台上只留下一個半人。

白瓔細心地輕輕解開右手手腕上勒著的繩索，然而那條撕裂身體的皮繩深深勒入腕骨，稍微一動就鑽心疼痛。另一邊的金盤上，真嵐痛得不停抱怨：「嘶……痛死我了。」

嚓！輕輕一聲響，清理乾淨傷口附近的血跡碎肉後，白瓔乾脆俐落地挑斷了繩索，那條染著血汙的皮繩「啪」地落到地上。她拿過手巾，敷在傷口上。百年的陳舊傷痕，只怕癒合了也會留下痕跡吧？

看著旁邊金盤裡的臉龐，忽然間她就感到刺骨的悲痛。

「嗯？哭了？」水的城市裡，本來應該看不見滴落的淚水，然而真嵐卻發現了。「別以為看不見，妳的念力讓水有了熱感——剛才落到我手上的是什麼啊？」

旁邊金盤裡的頭顱說著話，另一邊的斷臂應聲動起來，拍了拍妻子的臉，微笑道：「真是辛苦妳了。」

然而，他的手卻穿越她的身體，毫無阻礙地穿過。

真嵐怔了怔，看著一片空無中，眼前這個凝結出來的幻象，忽然忍不住笑了起來。他居然忘了她已經是冥靈，也沒有實體。

「你笑什麼？」白瓔皺眉看他。「好不正經，一點皇太子的樣子都沒有。」

「妳又不是才看見我這樣子。」真嵐皇太子笑了起來，但眼裡有說不清的感慨，看著自己結縭至今的妻子。「只是忽然覺得很荒謬，世上居然有像我們這樣的夫妻……簡直是一對怪物。」

看著對方身首分離的奇怪樣子，又低頭看看自己靠著念力凝結的虛無形體，白瓔也忍不住笑了。然而，笑容到了最後卻是黯然的。真嵐握住她的手，讓那個虛幻的形體在他掌心保持著形狀。白瓔默不作聲地翻過手腕，握著真嵐的手，中指上的那枚「后土」熠熠生輝。

居然變成這樣……百年前，從萬丈白塔上縱身躍向大地的她，從來沒有想過命運居然會變成如今這種奇怪的情形。

雖然比翼鳥接住了她，但是，真正的白瓔已經在縱身從白塔上躍下的那一瞬間，便死去了。

墮天之後，她覺得自己已經死去，於是就像死去一樣，無聲無息地蜷縮在伽藍城一個潮濕陰暗的角落裡，一直過了十年。十年中，外面軍隊的廝殺、號叫，百姓的慌亂、絕望，絲毫到不了她心頭半分。她死去一般地沉睡在陰暗的角落裡，不知道過了多久。

「皇太子妃已經仙去。」空桑人都那麼傳說著，因為有目共睹地看到那一襲嫁衣從高入雲霄的白塔頂上飄落，而地面上沒有發現她的屍骸。而且當日，國民還看到雲荒三位仙女，乘著比翼鳥在雲端連袂出現。

於是有了傳言，說皇太子妃本來是九天上的玄女，落入凡間歷劫，因為不能嫁給凡人，所以在大婚典禮上，雲荒三仙女來迎接她，她便乘著風飛返回天界。

那樣的傳說，被信仰神力的空桑國上下接受，信之不疑。夕陽西下的時候，很多國民走到街頭對著聳立雲中的白塔祈禱，希望成仙的皇太子妃保佑空桑，並稱呼那座白塔為「墮天之塔」。

沒人知道，那個傳言的源頭居然是皇太子真嵐。

欺騙天下人的謊言，是為了維護空桑皇室的尊嚴，和白之一族的聲譽。

然而，即使事件的真相被掩蓋，在鮫人們私下的傳言裡，消息還是如同靜悄悄的風一樣快速地傳開：皇太子妃白瓔郡主居然是被他們同族的鮫人奴隸所勾引，因為無顏以對而自盡。幾千年來一直作為奴隸的鮫人一族幸災樂禍，覺得那個叫做蘇摩的鮫童狠狠打了空桑人一耳光，為所有鮫人揚眉吐氣。

很快，又有傳言說，那個叫做蘇摩的鮫人，是被星尊帝滅國後掠入空桑的海皇之後裔，血統尊貴，所以容貌舉世無雙——這個消息更加無憑無據，接近穿鑿附會，但是那些鮫人奴隸非常樂意相信那是真的。

海皇覺醒，蛟龍騰出蒼梧之淵，那個叫做「蘇摩」的少年是鮫人的英雄，必然將帶領所有被奴役的鮫人獲得自由，回歸碧落海，重建海國。

傳言滿天飛的時候，城外冰族的攻勢也越來越猛烈。然而，傳言裡的兩位當事人都不知曉這一切。蘇摩被釋放後，離開了雲荒流浪去遠方。而傳說中仙去的女子，則是躺在一個陰暗潮濕的地窖裡，用劍聖傳給她的「滅」字訣沉睡著，拒絕醒來面對這個世界。

她把自己想像成一具倒在無人知曉的地方悄然腐化的屍體，上面布滿菌類和青苔，夜鳥歌唱，藤蔓爬過，無知無覺。千萬年後，當城市成為廢墟、鏡湖變成桑田，或許會有人在這個廢棄的地窖裡發現她的屍體，然而，不會有人再認得她曾是誰。她所有的悲歡、所有的愛恨、所有的恥辱，都將會隨著這一具軀體的腐朽而化為灰燼。

她就這樣足足沉睡十年，直到那一天，頭頂上急促的馬蹄聲驚醒了她，慌亂的報訊聲傳遍伽藍城每一個角落——

「危急！危急！冰族攻破外城！」

「青王叛變！白王戰死！皇太子殿下陷入重圍！」

白王戰死？白王戰死！

她忽然驚醒過來，全身發抖，驚怖欲死——父王、父王陣亡了嗎？父王已經八十歲，幾乎舉不動刀……他、他居然還披掛上戰場？他為什麼還要上陣？

「因為白之一族裡，唯一能繼承他位置的女兒躲起來在睡覺呀。」

潮濕昏暗的地窖裡，忽然有個聲音怪笑著，陰冷地回答。

「誰？誰在那兒？」她猛然坐起，向著黑暗深處大聲喝問，因為激動而顫抖。

「醒了呀？」那個老婦人的聲音繼續冷笑，點起了燈，雞爪子似的手指撥著燈芯，燈光下，深深的皺紋如同溝壑。「郡主可真是任性，這一覺睡得夠久了……再不醒，老婆子我都要先入土了呢。」

「容婆婆。」眼睛被燈光刺痛，很久她才認出那是族中最老的女巫。因為父王不知道她何時醒來，只能派女巫來守護沉睡中的女兒。

面對著容婆婆更加蒼老的臉，她忽然覺得羞愧難當。

「外城攻破，外城攻破！皇太子殿下被俘，將被處以極刑！」

外面的金柝聲還在不停傳來，她全身因為恐懼而發抖，在昏暗中慌亂地摸索。

「我的光劍，我的光劍呢？」她眼裡有狂亂急切的光，甚至沒發覺自己身上覆滿青苔，頭髮變得雪白、長及腳踝，長年的閉氣沉睡已讓面色蒼白如鬼。

「在這裡。」容婆婆從黑暗中走過來，從寬大的袍袖底下摸出一個精巧的圓筒，遞給她。「我替妳好好地收起來了，我想，終有一天，郡主還是需要它的。」

她的手指猛然抓住圓筒狀的劍柄，微微一轉，「唦嚓」一聲，一道三尺長的白光吞吐出來，她抓起劍，瞬地就飛身掠了出去。

她從街道上空掠過，快得如同閃電。

「我們完了，皇太子殿下被他們俘虜了！」

「青王背叛了！他害死了白王，也出賣了皇太子殿下！」

「聽說青王的兒子也一起歸順冰族！只有他的義子青原不肯背叛空桑，還留在城裡。」

「空桑要滅亡了嗎？天神為什麼聽不到我們的祈禱？」

「赤王、玄王、藍王、紫王還在，不要怕！還有四位王在啊！」

「有什麼用？皇太子都要死了，血脈一斷，空桑最大的力量就沒了！失去了帝王之血，還有什麼用？」

亡國的慌亂籠罩本來奢華安逸的伽藍城，到處都是絕望的議論聲，街道上看不到路面，所有人都走出房子，匍匐在大街上，對著上天晝夜祈禱。多少年來，空桑人以神權立國，信仰那超出現實的力量，然而這一次，上天真的能救空桑嗎？

「那些冰夷要車裂皇太子殿下！就在陣前！」

祈禱中斷了，一個可怕的消息在民眾中傳播著，所有人都在發抖。

「車裂……」高高的白塔頂上，聽到這個可怕的消息，神殿裡大司命的臉也陡然變了。「他們、他們居然知道封印帝王之血的方法？那些冰夷怎麼會知道？怎麼會？

是誰？是誰洩漏了這個祕密？」仙風道骨的大司命狀若瘋狂，對天揮舞著法杖。「唯一知道封印帝王之血方法的人只有我啊，是誰？指揮冰夷攻入伽藍城的究竟是誰？」

「智者，時辰到了。」巫咸跪在金帳外稟告。

金帳內沒有一絲光亮，黑暗深處，一雙眼睛閃著暗淡狂喜的光，吐出兩個模糊不可辨的字。那樣奇怪的聲音接近呼嚕，外人無法聽懂，然而帳內跪著一個白衣少女，顯然受過長時間的教導，立刻恭謹地將這兩個字清晰地傳達出來：「行刑！」

冰族十巫之首的巫咸立刻回身，大聲傳令：「將空桑皇太子帶上，行刑！」

軍隊的中心空出一片地，五匹精壯的怒馬被牢牢拴在樁上，打著響鼻，奴隸們揮動長鞭用力打馬，那些馬被鞭子抽得想掙斷籠頭往前方跑去，將韁繩繃得筆直。每一匹怒馬都拉著一條非常堅固的鐵鍊，鐵鍊的另一頭鎖在中心那個高冠長袍的年輕人手腳上。

聽到金帳中的命令傳出，城中的空桑人絕望地捂住臉。

空桑人年輕的皇太子被綁在木樁上，手腳和頸部都被皮繩勒住，然而那個平日就不夠莊重的皇太子卻一直微笑，滿不在乎。聽到行刑的口令，他驀然開口，對著城上黑壓壓的軍隊和臣民說了最後一句話：「力量不能被消滅。天佑空桑，我必將回來！」

語聲未畢，韁繩陡然被放開，五匹怒馬朝著五個不同的方向狂奔而去。

同樣的瞬間，伽藍內城上四道影子閃電般撲下，直衝層層重兵中的皇太子。

「四王！四王！」一直到影子沒入敵軍，城中的空桑人才反應過來，大叫出聲，一瞬間感覺到了一絲希望。

然而那一絲希望瞬間就滅了，因為冰族陣前也捲起黑色的風，顯然早有防備，十巫中的八位分頭迎上由高處下擊的四王，雙方立刻陷入纏鬥。

就在剎那間，怒馬狂奔而去，木樁上的人形陡然被撕成六塊，只餘軀體殘留——奇怪的是，沒有一滴血流到地上。

那樣可怕的速度，讓鐵鍊撕扯開身軀之後，甩脫了馬上的鐵鉤，帶著血肉順著慣性如箭一般往前飛出。然而反常的是，去勢居然絲毫沒有遏止的跡象，五條鐵鍊彷彿被什麼力量推動著，如同呼嘯的響箭往五個不同方向射去。

右手往東，左手往西，右足往北，左足往南。更奇怪的是，扯斷了的頭顱，居然直飛上半空中，只餘下軀體還留在陣中。

城上的空桑人怔了一會兒，剛開始似乎還不相信眼前看到的景象，隨後轟然爆發出絕望的哭喊。真嵐皇太子的死亡，徹底滅絕了他們心中的希望。

「說得好！」金帳中，聽到最後一句話，那雙眼睛亮了起來，喃喃道：「宇宙六合中，力量從來不能憑空產生，也不會被消滅。帝王之血的力量同樣不能被消滅，也不能轉移給除了空桑王室嫡系血統之外的任何人，只能被封印。所以，那小子到最後還那麼狂。」

巫咸看著陣前還在混戰的四王和十巫，又看著朝五個方向消失的軀體，喃喃道：「怎麼可能……難道、難道能死而復生？」

「那是帝王之血啊。」金帳中的眼睛裡全是奇異的怨毒，喃喃道：「那種被詛咒的力量一代代傳承下來。如果不被封印，星尊帝的子孫即使在灰燼裡也可以重生。」

「那……」巫咸吃了一驚說：「智者，這一回，這一回……」

「這一回，我要讓帝王之血徹底凝結！」金帳內，那個人冷笑，一字一字吐出命令，傳達給冰族。「把他的四肢鎮於四方，頭顱放入伽藍白塔頂端，身軀封入塔基，用六合的六種力量封印他。從此，『空桑』兩個字，將徹底從雲荒消失！」

看著外面即將被封印的五部分軀體，金帳中的眼睛瞇了起來，冷銳雪亮，帶著說不出的奇特表情和深不見底的沉吟。

很好，傳承了千年，這種被詛咒的力量，今日終將被埋葬。

「什麼？」忽然，帳中的智者變了聲音，望著外面的天宇，震驚地脫口而出：

「那道白光！那道白光是什麼？」

一道雪亮的白光，宛如閃電劃破了蒼穹，令天地震驚。

白王死了，青王叛了，剩下四王還在苦戰，還有誰居然有那樣「破天」的力量？

雖然用盡全力，然而她終究是來晚了。

沒能扭轉命運，反而看到最慘烈的一幕——真嵐皇太子軀體被撕裂的一剎那，手指上那枚戴上去就無法脫下的「后土」猛然間共鳴。劇烈的痛楚傳入她的內心，那個瞬間，她覺得自己的血肉也同時被車裂。

白瓔下意識地閉一下眼睛，絕望地想：遲了。

不是遲了片刻，而是遲了十年。整整十年！

作為六部之首的「白」，歷代空桑皇后的「白」，以「后土」的力量對應「皇天」的「白」——本來，作為族中最強者、空桑的太子妃，她，白瓔郡主，該要擔負起的責任有多少。享有那樣的力量，卻沒有擔起相應的重任，十年來，她只是為了一己之私在逃避，眼睜睜看著一切發生，終至無可挽回。

那些絕望號哭的百姓，那些死戰到底的戰士，那些孤身陷入重圍的各部之王……還有她那八十高齡卻代替女兒出戰，然後戰死在亂兵中的父親。

這是她的國家、她的子民，她本該與之並肩血戰的下屬和同僚！

空桑要滅亡了……空桑要滅亡了嗎？

恍惚間來不及多想，她已經衝到了城頭，看著呼嘯著被帶往天際的頭顱，只是點足一掠，整個人宛如白虹一般從女牆上掠起。

那樣的速度，讓城上城下所有人目瞪口呆。

等大家回過神來，只看到那一襲華麗的羽衣從天而降，面色蒼白的少女一手執著光劍，一手抱著被奪回的皇太子真嵐的頭顱，翩然落在伽藍內城的女牆上，雪白的長髮垂到腳踝，宛如神仙。

「太子妃！是太子妃！」眾人幾乎不相信自己的眼睛，然而在看清楚穿著婚典嫁衣的少女正是白王之女時，所有空桑人都沸騰般大喊了起來：「太子妃從天上回來了！空桑有救了！」

「天佑空桑！」她站在城頭，將真嵐皇太子的頭顱高高舉起，振臂高呼。

「天佑空桑！」忽然間，那個頭顱微笑著，開口回應。

所有人都呆住了，片刻後，全城的空桑人發出了震天的歡呼——天啊！皇太子殿下竟然還活著！他沒有死，他真的沒有死！

連陷入苦戰的四王都振奮了精神，仰天大呼，聲浪一直傳到了天闕。

第六章　澤之國

百年前的傾國之難已經成為血色暗淡的回憶，空茫的無色城裡，伴隨著十萬昏睡的空桑遺民的，只有四分五裂的皇太子和成為冥靈的太子妃。

「白瓔。」寧靜中，許久許久，旁邊金盤上的頭顱忽然輕輕喚了一聲。

「嗯？」白瓔從出神中驚醒過來，應道。

「他回來了。」真嵐皇太子轉過頭看著她，淡淡地說。

「誰？」她有些詫異地問，看到對方的神色有些奇怪。

真嵐皇太子笑了笑。「那個鮫人。」

「啊？是嗎？」黑色的面紗後，女子的明眸睜大了，有毫不掩飾的吃驚。「果然是蘇摩回來了？他回來幹什麼？」

「不會是找妳吧？」拍了拍妻子的手背，真嵐皇太子笑了。「老實說，他變得很強，強到令我吃驚。我不知道他此次歸來的意圖，所以一路上不敢和他碰面。」

「他……唉，性格孤僻偏激，是個很危險的孩子。」白瓔抬起頭，在虛幻的城市裡嘆了口氣。她對丈夫說起「那個人」的語氣是如此平靜從容，彷彿並不是說著一個和自己少女時代有過驚天戀情的故人。

百年來，作為空桑太子妃，她守著真嵐的頭顱，過著枯寂如同死水的生活。她已經不會衰老，也不會死去，但是她也沒有感到自己活著。和那個名義上的「丈夫」之間的關係，是在潛移默化中融洽起來的——不知道哪一天，她開口回答了身邊這個頭顱的一句話，從無關痛癢的瑣事開始，漸漸地，交談就變得不那麼困難。

那顆孤零零待在水底的頭顱或許也是百無聊賴，樂於傾聽她斷斷續續的言語，然後用他自己的方式給予意見。幽默輕鬆的調侃，往往能在片刻間將她那些沉重絕望的情緒撫平。

已經記不起她第一次對真嵐提起那個鮫人少年是多少年前了，「蘇摩」兩個字剛出口的時候，她看到那顆頭顱扯了一下嘴角，忍不住大笑起來。真嵐笑得從未有過地輕鬆，和她說，其實這個禁忌的話題他忍了好久沒敢觸及，都快憋死了，終於等到她自己開口提及的那一天。

那一瞬，她也不由得訥訥地笑了。

最終，他們之間最後一塊禁域也消除，兩人變成無話不談的朋友，對於所有往日的成敗榮辱，都能夠坦然平靜地面對。

真是奇怪的情況。在世的時候，一個是率性而為的儲君，一個是孤芳自賞的郡主，錦衣玉食的他們不曾有機會相互瞭解彼此。然而當實體消滅之後，命運居然給了兩個人百年的時光，幾乎是逼迫他們不得不相互聆聽和支持，漸漸成了無所不談、彼此最信賴投契的伴侶。

她無法想像自己居然變得這麼多話，那樣一說就是幾個時辰的情況在以前看來簡直是荒唐的。在神廟獨居的那段日子，寂寞和孤獨幾乎剝奪了她的說話能力，哪怕是和蘇摩在一起的時候，她都不曾開口說過這麼多的話。

如果不是真嵐，百年的孤寂只怕早已徹底凍結了她。

「嗯，那麼他現在更危險了。」聽到她那樣評價蘇摩，那顆頭顱笑了起來。「因為那個孩子現在長成一個大男人了。」

「哦？」顯然是有些意外，白瓔詫異地說道：「他選擇成為男人？我還以為他那樣的人是永遠不會選擇成為任何一類的。因為除了自己，估計他誰都不愛。」

「是呀，他變身了，不知道是為了外頭哪個姑娘。妳有沒有覺得自己很失敗……」頭顱對著她眨眨眼睛，詭笑道。「哎呀！」

「一邊去！」白瓔反扣住那隻斷手，狠狠砸在他腦袋上。「沒個正經。」

「呃……女人惱羞成怒真可怕。」可憐他根本無法躲閃，挨了一下。頭顱大聲叫苦，眼裡卻是釋然的深笑。真嵐一直以來都擔心那個人的驀然回歸會打破無色城的平衡，讓空桑人多年的復國願望出現波折，然而，如今看來真的不必太擔心了。

墮天的時候，白瓔郡主十八歲。如今，空桑太子妃已經一百一十八歲。

時光以百年計地流淌而過，有一些東西終將沉澱下去，成為過去。

「蘇摩現在變得很強，我們一定要小心。」真嵐的語氣收斂了笑鬧，慎重叮囑：「你們六個人每晚輪著出巡，也要防著他。你們雖然成了不滅之魂，但是六王的力量在打開無色城封印的時候幾乎消耗殆盡，除了同時身負劍聖絕技的妳，其他人恐怕未必是蘇摩的對手。」

聽得如此說法，白瓔吸了一口氣。「那孩子……如今有這麼強？」

「他不是孩子了。」頭顱微笑了起來，再度糾正，搖頭道：「這次歸來，他不知道是敵是友，小心為好。」

停頓了許久，真嵐臉上忽然露出悲哀的表情。這樣罕見的神色出現在皇太子臉上讓白瓔嚇了一跳。

「白瓔。」真嵐抬起眼睛，看著空茫一片的無色城，慢慢開口道：「我這幾天和那個中州丫頭在一起，忽然覺得很羞愧……那個小姑娘拚了命爬到慕士塔格，就是為了來雲荒。中州人都說，雲荒這邊沒有戰亂、沒有災荒，這裡的人都相互敬愛、尊重老人、保護弱小……只要來到這裡，就不再有一切流離苦痛。」說到這裡，真嵐垂下眼睛，黯然道：「那天晚上，天闕下面一群中州亂兵在強暴一個姑娘，帶著我的那個小姑娘哭得很厲害，她大概覺得到雲荒便不會再有這種事了吧……但是……但是，要怎樣跟她說，真正的雲荒並不是一個如她所想的地方？」

「真嵐。」白瓔嘆了口氣，伸手拍拍他的手背，安慰道：「是他們想得太美好。只要是陽光能照到的每一寸土地，便會有陰影。」

「不。」真嵐搖頭。「那時候我忽然很難受。其實，我曾有機會改變這個大陸的種種弊端。就在父王病入膏肓，我作為皇太子直接處理國政、軍政的那幾年，我是有機會讓一切變好的。」真嵐笑了一下，眼神黯然。「但我那時候在幹嘛呢？和諸王鬥氣，反抗太傅，鬧著要回到砂之國去——能做一點什麼的時候，我又在做什麼？看不慣空桑那些權貴的奢靡殘暴，那時候我甚至想，這樣的國家，就讓它亡了也沒什麼不好吧？抱著這樣的想法，在冰夷攻入的第一年，我根本無心抵抗。」

「其實，空桑是該亡的。」只有兩人獨處的時候，白瓔低低說出了心底的話。「承光帝在位的最後幾十年裡，雲荒是什麼樣的景象？那樣腐爛的空桑，即使沒有冰夷入侵，上天的雷霆怒火也會把伽藍化為灰燼吧。從塔上跳下去的時候，我對空桑、對一切都已不抱任何希望了。」

「那麼，最後妳為何而戰？」想起九十年前最後一刻白瓔忽然出現，空桑皇太子微笑著問道。「那時候雖然我說我必然會回來，可是看到冰夷居然設下了六合封印，其實心裡也沒有抱持多少希望了。那樣說，只是為了不讓所有百姓絕望……但是，妳醒來了。」

「為何而戰？」白瓔微笑一下，眼神似望向遠方。「為戰死的父親吧……或者為了你——不是作為我『丈夫』的真嵐，而是作為空桑人『唯一希望』的真嵐。空桑該亡，但空桑人不該被滅絕。」

「唉，那些冰夷怎麼會忽然出現在雲荒大陸上呢？」真嵐嘆了口氣，用手抓了抓頭髮，百年的疑問依舊不解。「還有，他們的首領是誰？怎麼會知道封印住我的方法？」

兩人在無色城裡面面相覷，始終找不到答案。

天闕山頂上，孤零零的苗人少女百無聊賴地看著夕陽。

那笙一個人在林中空地已經不耐煩地來回走動了上百次。太陽一分分落下，她的心跟著一分分下沉，周圍密林裡有看不見的東西活動著，發出奇怪可怕的聲音，她忍不住哆嗦，卻忘了自己戴著皇天，本不用懼怕這些飛禽走獸。

「他……他不會拿了東西就扔下我不管吧？」她喃喃說著，幾乎哭出來。「騙子！騙子！」

就在這時候，她聽到樹林裡「簌簌」的腳步聲，還有慕容修的說話聲：「就要到了。歇一下吧。」那笙歡喜得一躍而起，朝著身影方向奔過去，大叫：「慕容修！慕容修！」

一條蛇無聲無息地向她溜過來，那笙一聲驚叫跳開去。等看清楚那是一條會行走的藤蔓時，慕容修一行人已經分開樹葉走了過來。

「哎呀！這是怎麼了？」那笙看到慕容修居然揹著楊公泉氣喘吁吁地走來，而楊公泉一隻腳已經腫得如水桶般粗，不由得失聲驚問。

「剛才被那個鬼姬嚇了一跳，跑下山去，一不小心掉到一個坎子裡，裡頭一窩的藍蠍子……」楊公泉趴在慕容修背上哼唧，痛得咬牙切齒。「居然咬了老子一口！」

「才咬你一口算便宜了！」看到慕容修累得額頭冒汗，那笙頓時對那個潦倒的中年大叔沒有好氣。「你可是踩了人家的老巢。」

「那笙姑娘，讓妳久等了。」慕容修將背上的楊公泉放下，喘了口氣對那笙道歉。那笙看他辛苦，連忙遞過一塊手帕給他擦汗。「沒關係，這裡風景很好，順便還可以看看日落。」

慕容修看她的手直往自己臉上湊來，連忙避了避，微微漲紅了臉。「姑娘妳繼續看日落吧，我得快點給楊兄拔毒。」

「呃……」那笙怔了怔，拿著手帕杵在地上。

慕容修拿出隨身的小刀，割開被繃得緊緊的褲腿。楊公泉的小腿變成了腫脹的紫醬色，一個針尖般大小的洞裡流出黑色膿水，他不由得皺了皺眉頭，想起《異域記》裡前輩留下的一句話：『天闕藍蠍，性寒毒，唯瑤草可救。』

楊公泉看到慕容修皺眉，知道不好辦，生怕對方會把自己丟在山上，連忙掙著起來說：「小兄弟，不妨事！我可以跟你們下山去。」

然而，他還沒站穩，腿上一用力，大股膿水就從傷口噴出來，濺了慕容修一臉。楊公泉也痛得大叫一聲，跌回地上。

「算了，還是用吧。」慕容修擦了擦臉，並未露出嫌惡的表情，遲疑了一下，彷彿下了個決心，轉身將掛在胸前的簍子解下。那個背簍他本來一路揹著，揹上楊公泉之後便掛到胸前，竟是片刻不離。

他沒有打開背簍的蓋子，只是把手探進去，小心翼翼地拿出一件東西來。那笙好奇地湊上去看，等慕容修攤開手掌後，握在他手心的卻是一枝枯黃的草，她不由得大失所望。

慕容修摘下一片劍狀的葉子，放在楊公泉腿上傷口附近。只見奇怪的事情發生了，縷縷黑氣彷彿浸入草葉裡，被草葉慢慢吸收、延展上去。而那枯黃的葉子也發生驚人的變化，先是變成嫩綠，然後變成深藍，最後忽然化成火，一燃而盡。

「瑤草！瑤草！」那笙還沒拍手稱奇，冷不防楊公泉死死盯著，脫口大叫起來：「老天爺，那是瑤草！」

「什麼啊，那不就是苦艾嗎？」那笙撇撇嘴，一眼看出那不過是中州常見的苦艾。「少見多怪。」

「中州的苦艾，過了天闕就被稱為瑤草。」慕容修笑了笑，調和兩個人的分歧。「經過祕制後，被雲荒大陸上的人奉為神草仙葩。」

「呀，那一定很值錢吧？」那笙看著剩下那半枝「瑤草」，左看右看都不過是苦艾，忽然沮喪無比。「原來雲荒沒有苦艾嗎？早知道我就揹一簍子過來了。」

慕容修看她瞪大的眼睛，不由得笑了笑。「當然不是所有苦艾都是瑤草，需要祕方煉製過了，才有克制雲荒上百毒的效果。」

「啊……我明白了。」楊公泉看著面前的年輕人，恍然大悟。「你是中州商人！是拿著瑤草換取夜明珠的商人吧？」

慕容修有些靦腆地頷首，笑道：「初來雲荒，以後還請楊老兄多加關照。」

「哪裡的話！小兄弟你救了我的命啊。」楊公泉連連擺手，然後踢了踢腿，發覺腿上疼痛已經完全消失，立即站了起來。「咱們快下山，寒舍就在山下不遠處，大家就先住下吧。」

站起來時，楊公泉看了看那只背簍，暗自吐舌不已。天啊，一簍子瑤草！

一行五人相互攙扶著走下山去，沿路上那笙左看右看，大驚小怪。

夕陽下，天闕上風景奇異，美如幻境，奇花異草、飛禽走獸皆是前所未見。有大樹，身如竹而有節，葉如芭蕉。林間藤蔓上紫花如盤，五色蛺蝶飛舞其間，翅大如扇。枝葉間時見異獸安然徜徉而過，狀如羊而長四角，楊公泉稱為「土螻」，以人為食。又有五色鳥如鸞，翺翔樹梢，名為「羅羅」，歌聲婉轉如人。

然而那些飛禽走獸只是側頭看著一行人從林中走過，安然注視而已。那株木奴蜿蜒著引路，一路昂著梢頭，「啪啪」在空氣中抽動，發出警告的聲音，讓四周窺視的凶禽猛獸不敢動彈。

岩中有山泉湧出，色作青碧，漸漸匯流，順著山路叮噹落山。

「這就是青水的源頭吧？」看著腳邊慢慢越來越大的水流，慕容修問。

楊公泉點頭說：「這位小哥的確見識多廣。不錯，這就是雲荒青赤雙河中，青水的源頭。」

『天闕之上，青水出焉，西流注於鏡湖。自山至於湖，三千六百里，其間盡澤也，故名澤之國。是多奇鳥、怪獸、奇魚，皆異物焉。其水甘美，恆溫，水中多美貝，國人多以魚米為生。』

——想起《異域記》的記載，慕容修暗自點頭。

那個小姐本來一路啼哭，看到眼前的奇景也不由得睜大了眼睛，止住哭聲。

「真乃天上景象，非人間所有啊……」

扶著她的書生本來心煩意亂，不知如何勸慰表妹，此刻心境也好了起來，想起了什麼，忍不住搖頭晃腦地脫口念詩：

「秦妃捲簾北窗曉，窗前植桐青鳳小。

王子吹笙鵝管長，呼龍耕煙種瑤草。」

慕容修扶著楊公泉，聽得是中州那首〈天上謠〉，不由得搖搖頭，看看這個吃了如此多苦頭，卻依舊把雲荒看成天上桃源的書生老兄。

「哎呀！」那書生吟詩得興起，忽然間額頭撞上一件東西，下意識仰頭看去，不由得臉色慘白，大叫一聲，放開手來便往後跳。身旁的小姐被他那麼一推便跌倒在地，抬頭一看也驚叫起來。

原來路邊大樹上懸掛下來的是一個腐爛的人，橫在樹上的上半身已經只剩骨架，下半身卻完好，在樹上掛著晃晃悠悠。

「是雲豹。」楊公泉也退了一步喃喃道：「雲豹喜歡把東西拖到樹上存起來慢慢吃。」

果然，話音未落，樹葉間傳來一聲低吼。純白的豹子以為有人動牠的食物，從枝葉間探頭出來，對著樹下眾人怒吼。木奴昂起梢頭，「啪」地虛空抽了一鞭，算是警告。雲豹藏起爪子，對著幾個人吼了一聲，懶洋洋地繼續小憩。

「哎呀，小兄弟你真是了不得，不但身手好，還通神啊？」看到靈異的樹藤，加上一路上已經見識了慕容修許多厲害的地方，楊公泉嘖嘖稱讚。「若不是遇到小兄弟，我這條命肯定是送在天闕了。」

「走吧。」慕容修笑了笑，也不多說，扶著一瘸一拐的楊公泉繼續上路。沿路看到很多屍體，橫陳在密林間，想來都是從中州過來，卻死在最後一關上的旅人。

『別小看那個小土坡，那裡死的人可不比這座雪山上要少。妳能一個人過去，就算妳厲害。』——忽然間，慕士塔格雪山絕頂上那個傀儡師的話語響起在耳側，那笙打了個寒顫，一時間失了神，便一頭撞上一棵樹，發出一聲驚呼。

樹洞裡露出一張腐爛的人臉，被菌類簇擁。

「呃……檉柳又吃人了。」楊公泉搖頭嘆氣，連忙招呼那笙。「快回來，別站在樹下，小心檉柳把妳也拖進去當肥料了。」

然而已經是來不及，那棵類似柳樹的大樹彷彿被人打了一下，忽然間顫抖起來，千萬條垂下的枝條無風自動，彷彿一張巨網向著那笙當頭罩下。

「哎呀！」那笙驚叫一聲，下意識地抬手護住自己，檉柳枝條一下子捲住她的手腕，往樹洞裡面扯過去。慕容修正待上前救助，忽然間，那棵樹迅速鬆開枝條，發出了一聲淒厲的鳴叫，從樹梢到根部都劇烈顫抖起來。葉子簌簌落地，整棵樹以驚人的速度萎黃枯死，根部流出血紅的汁液。

「啊？」那笙揉著手腕，向後跳開，看著眼前詭異的一幕。

「快過來！」慕容修一把上前拉開還在發呆的苗人少女，把她扯回大路上，遠離那棵正在死去的檉柳。「妳沒事吧？」

「奇怪……怎麼回事？」那笙自顧自驚訝地看著那棵樹，直到看見樹根底下露出森森白骨，才皺眉轉頭不看。「我沒事，放心。」

慕容修放開她的手，上下打量一番，微微吃驚地問道：「姑娘的右手怎麼了？受傷了嗎？」

「呃……是的，扭傷了。」那笙抬起自己包紮得嚴實的右手，看了看，心裡猛然明白為什麼那棵樹無法傷害自己，連忙答應。

暮色已經越來越濃的時候，一行人來到山腳，底下的村落房屋歷歷可見，炊煙縈繞，阡陌縱橫，看上去頗為繁華。

「山下便是敝鄉。」楊公泉立住腳，站在山道上指著山下，介紹道：「是澤之國十二郡之一。因為這裡靠著天闕，澤之國先民最早從中州來的時候，都說是桃花源到了，於是這裡古老相傳，就叫桃源郡。」

「喏，那間沒冒炊煙的破房子就是寒舍。」楊公泉苦著臉，指點著某處。「家裡老婆子一定又是沒米下鍋了……我這次白跑了一趟天闕，也沒帶回什麼可以吃的。只怕除了留宿各位，都沒法待客了，先告個慚愧。」

慕容修看著楊公泉面有菜色、衣衫襤褸，想了想，從背簍中拿出一枝瑤草，放到他手心說：「楊兄不必煩惱，待下了山，拿這枝瑤草去賣，也好將就過日子。」

楊公泉大喜，連忙一把攥住了，連連道謝不迭，竟連腿上也不覺得疼。

「我也要！」那笙在一旁看得心動大叫。那一對書生小姐只是遠遠看著，目露羨慕之色，但讀書人畢竟自矜，並未開口。

慕容修沉吟了一下，走過去將方才給楊公泉治傷留下的半枝瑤草遞給那位書生，拱手道：「雖素昧平生，但畢竟和這位兄台一路同行，分別在即，些微薄物，兄台也好留作紀念。」

書生把瑤草拿在手裡，知道此物珍貴，心知對方是出於憐憫兩人不幸，心中頓時狷介之氣湧起，便想謝絕，但轉念一想前途茫茫，身無長物去到雲荒終究不好，便不由得低頭受了，也拱手回禮：「如此，多謝慕容兄大禮，此恩此德，沒齒不忘。」

「我呢？我呢？」看到慕容修拿出瑤草分贈左右，那笙越發心癢，伸出手，掌心向上伸到他面前。然而慕容修只是看了她一眼，淡淡道：「那笙姑娘，女仙託付在下沿路照看妳，妳的衣食起居自然不必擔心，又何必索要瑤草呢？」

那笙不服地說：「我只是好奇要拿來看看嘛，小氣。」

慕容修沒去看她，只是低頭看著她包紮得嚴實的手，笑說：「或者，姑娘如果願意拿手上的東西跟我換，那也是可以的。」

那笙看他溫厚卻銳利的目光盯著自己包裹好的右手，猛然燙著般跳了開去，紅著臉說：「什麼、什麼嘛……發臭的繃帶你也要？真奇怪。」

慕容修笑笑，不再多話，繼續趕路。

再走了一程，旁邊楊公泉猛然驚呼起來：「快看！怎麼回事？這些人都死了！」

一行人聞聲過去，看到楊公泉正在山道邊翻看幾具新死的屍體。暗淡的斜陽下，只見那幾個人也是中州打扮，風塵僕僕、衣衫襤褸，堆疊在一起。

然而令人驚訝的是，那些人致命的原因，卻不是剛才沿路上看見的凶禽猛獸所為。他們身上的斷箭、遍布的刀痕，顯然是被人屠殺。

這裡離山下已經很近了，難道又有強盜出沒？

這時，山下草叢忽然分開，幾十張勁弩從草葉間露出，瞄準了一行人。

楊公泉看到那些弓箭手一色青白間雜的羽衣，認得那是澤之國官衙中行走的衛隊，連忙揮手大叫：「官爺莫射！官爺莫射！這些都是中州來的百姓，不是強盜歹人！」

「就是要殺中州來的！」帶頭的侍衛一聽，反而冷哼一聲，一揮手。「今早郡守大人接到傳諭，凡是今日從天闕東來的人，通通殺無赦！」

聲音一落，勁弩呼嘯而來，一行人連忙躲避，往後逃去。那位小姐腳小走不動，跌倒在山路上，身旁那位書生想拉她，但是勁弩如雨般落下來，頓時將他們射殺在當場。

「快跑！」慕容修一把拉住那笙，回頭狂奔而去。

夜色籠罩雲荒大地，彷彿一塊巨大的黑色天鵝絨輕輕覆蓋上明淨光滑的鏡湖。霧氣瀰漫在一望無際的湖面上，似乎在雲荒大陸中心拉開了龐大的紗幕。

霧氣煙水中，影影綽綽，無數幻象在夜幕下遊蕩。

星垂平野，天狼已經脫出了軌道，消失在地平線以下。然而昭明星卻出現在雲荒上空，白色而無芒，宛如飄忽的白靈，忽上忽下。那是如同天狼一樣不祥的戰星，它所出現一宿的相應分野，必將會興起戰爭。

夜幕下，同時默默仰望那一顆戰星的，不知道有幾雙眼睛。

「哎，汀，妳看……」一個坐在篝火旁邊的黑衣男子拉起披風，阻擋入夜的寒氣，望著天空，招呼旁邊汲水過來的少女。「是昭明星啊。天狼已經脫離了軌跡，現在昭明也冒出來……雲荒看來是又免不了大亂一場。」

「對主人來說，無論這個天下變成怎樣，都無所謂吧？」水藍色頭髮的少女提著水笑吟吟地走過來，從行囊中取出一個皮袋。「反正主人只要有酒喝、有錢賭就可以了。」

「呵呵，妳昨天還說沒有酒了？」接過皮袋晃了晃，聽到裡面的聲音，黑衣男子開心地大笑起來。「汀，妳這個小騙子。」

「明天才能到桃源郡，我怕主人喝光了，今天晚上就要饞了。」那個叫做汀的少女開始借著火光準備晚飯，把鮮魚剖開放在火上烤著，噘起了嘴說：「但我說啊主人，你就不能一天不喝酒給汀看看嗎？」

「那妳就不能不叫我『主人』嗎？」仰頭喝了一大口，擦擦嘴角，黑衣男子皺眉道。「小傢伙，說過多少次了，不許這樣叫。我又不是那些把鮫人當奴隸的傢伙。」

汀用汲來的清水洗著木薯和野菜，抬頭對著黑衣人微微一笑。「正是因為主人不是那種傢伙，汀才會叫主人『主人』的呀。」

被那一連串的「主人」弄得頭暈，黑衣男子知道辯不過伶牙俐齒的汀，只好拿起皮袋來喝了一大口，卻發現裡面的酒只剩下幾滴，更感覺鬱悶，嘟噥道：「如果走得快一些，大約明天下午就能到桃源郡了吧？聽說那裡有家如意賭坊，裡面老闆娘釀得一手好酒⋯⋯」

「主人先別引饞蟲了，吃魚吧。」聽到黑衣人肚子咕嚕叫，汀忍不住笑了起來，把烤好的魚遞到他手裡，然後又低下頭去削塊莖的皮。

黑衣人拿著用樹葉包好的魚，卻沒有吃，只是借著明滅的火光看一旁辛勤勞作的少女。

雖然已經一百多歲，作為鮫人的她卻還像個孩子，身材嬌小，手和腳踝都很纖細，彷彿琉璃般易碎。汀有著一頭美麗的水藍色長髮，這種明顯的特徵，在雲荒上無論誰都能一眼認出這位少女的鮫人身分。為此，不知道曾有多少官府的人在街上攔截住兩個人，要求看起來落魄潦倒的他拿出這個鮫人的丹書，以證明他的確是她名正言順的主人。

這樣的盤查全都以他拉著汀逃之夭夭，背後留下一堆被打倒的士兵而告終。

「汀。」看著她，他忍不住叫了一聲，等她放下手中的野菜，轉過頭來詢問般看著他時，他嘆了口氣。「跟著我太辛苦了，經常在野外露宿，吃的是野菜，時不時還要遇到決戰的對手，不知道會死在哪裡……這可不是女孩子該受的。我覺得妳還是自己走吧。反正妳的丹書我早就燒掉了，妳是自由的。」

「主人，看來你又喝糊塗了。」汀白了他一眼，毫不客氣地將一大片爛菜葉子丟到他臉上。「我不在，你喝醉酒躺到馬道上誰拖你回來？我不在，你難道天天吃生魚、啃生菜？我不在，你又輸光了誰去贖你？」

「呃？」爛菜葉子「啪」的一聲拍到黑衣人臉上，他想了想，倒真的想不出那幾個「我不在」會如何收場，訥訥了半天，終於抓抓頭笑起來。為緩解尷尬，他捏住菜莖把貼在臉上的菜葉子扯開來，放在眼前看了看。「好大一株葵蕨啊……」

「是紅芥！」汀沒好氣地翻白眼。「連這都分不清，看不餓死你！」

晚飯終於完成了，汀坐到了他身邊，用樹葉包著野菜飯糰，一小口一小口地吃。許久，看著曠野上顯得分外璀璨的星空，忽然開口道：「主人，其實我真的很想跟你去桃源郡……我想去看看『那個人』。」

顯然知道少女想見的是誰，黑衣人微微皺眉說：「妳真的相信那個傳言嗎？妳覺得那個人真的就是你們鮫人的海皇？」

「嗯。」汀轉過頭，很認真地看著主人，點頭道：「復國軍裡其他兄弟姊妹都說，近日鮫人的英雄就要返回雲荒了。復國軍的左權使預先通知了他的到來，各位兄弟姊妹都想去桃源郡迎接少主歸來。」

「你們傳言裡的那個救世英雄是叫蘇摩吧？」黑衣人看著星空淡然搖頭，他年紀看起來在三十歲左右，眼睛很深邃，笑起來的時候有風霜的痕跡。他冷笑道：「那傢伙算什麼英雄？如果不是他，白瓔怎麼會從那麼高的地方跳下去……」

「那些空桑人活該！」汀冷笑起來，那個笑容讓她本來明亮純真的臉忽然冷酷起來。「還說我們鮫人卑賤，不是人是畜生。這樣說來，那個迷戀上鮫人的空桑太子妃，豈不是更賤？」

「住口！」黑衣人猛然沉下臉厲斥。

然而正說得暢快的汀沒有聽從，繼續宣洩：「海皇回來了，龍神也一定會騰出蒼梧之淵。等我們鮫人重新復國，就把雲荒上所有人都通通殺……」

啪！黑衣人眉間怒氣閃現，不等她說完，一揚手將汀打倒在地。

「主人……」嘴角被打出了血，汀愣了一下，掙扎著從地上爬起，忽然哭了起來，抱住他的腳。「對不起，我知道錯了！我忘了白瓔郡主是主人的師妹……但是、但是我一想起那些空桑人，就忍不住……」

「汀……妳知道妳現在說話像什麼樣嗎？和那群妳所憎恨的禽獸沒區別了。」黑衣人嘆了口氣，低下頭撫摩她的長髮，看著她沉聲問：「妳想殺光所有空桑人和冰族是嗎？但我也是空桑人啊。」

汀抽噎著，訥訥道：「可是主人是好人。」

「我以前也殺過很多人，也養過鮫人奴隸。」他的目光深遠起來，微微嘆息。「沒有任何一種東西是絕對的。汀，妳還太小，不瞭解這個世間的複雜紛繁。但是，既然妳跟著我走遍雲荒，希望妳能從中學到讓妳成長的東西，讓妳的心能容下黑夜與白晝。」

「嗯。」汀用力點頭，抱住他膝蓋。「主人，我會好好學的，你千萬不可以扔下我。」

黑衣人微笑著拍了拍她的頭。「小傢伙，我如果要扔下妳走掉，妳哪裡能跟得上呢？好、好，別哭了，妳看眼淚都一大把了，連我們走到中州去的旅費都夠了。」

他抹著汀的臉，為她擦去淚水，然後展開了手掌，掌心上一把淚滴狀的明珠熠熠生輝，那就是被稱為「鮫人淚」的明珠。鮫人織水成綃、墜淚成珠，陸上之人對珍寶無止境的貪婪，也是鮫人一族世代遭到捕獵、被蓄養為奴的重要原因。

汀連忙擦眼睛，在草地上尋找散落的珍珠。她已經很久不曾哭過，此刻多攢一點，日後也可以換錢。

沉默許久，黑衣人的聲音黯然下去，看著星光下天空盡頭那座白色的塔。「多高的塔啊……那丫頭眼一閉就跳了下去。想想那個時候她的心情吧。剛聽說那個消息的時候，我一瞬間想把所有鮫人通通殺光！」

「主人。」聽到那樣充滿殺氣的話，汀有些畏懼地問：「你、你也曾那麼憎恨過鮫人嗎？那為什麼空桑人被激怒，要屠殺帝都所有鮫人的時候，你卻拚了命地袒護我們呢？如果不是那樣，主人也不會被驅逐啊。」

「呵……跟妳說過，沒有任何一種東西是絕對的。」黑衣人笑了起來，搖搖頭。

「以殺止殺是永遠沒個頭的啊……身為空桑大將軍、劍聖的傳人，讓我屠戮手無寸鐵的奴隸？我做不到的。當然了，也是因為那時候可愛的汀用那雙大眼睛一眨不眨地看著我吧。」他笑著，轉身躺下。「妳吃吧，我飽了。」

汀紅著臉啃了幾口，忽然忍不住開口：「主人……」

「嗯？」黑衣人在篝火旁躺下，用披風裹著身子，把靴子墊在頭底下，已經昏昏欲睡，心不在焉地應了一聲，睡意沉沉。

「我小時候眼睛很大嗎？」汀咬著木薯，探過頭照了照桶裡的水，沮喪道：「那為什麼現在反而一點都不覺得比常人大呢？難道是我的臉長胖了？」

許久沒有聽到回答，汀回過頭，看見黑衣的主人已經枕著靴子酣然入睡。

「這樣都睡得著……真是雲荒最『強』的劍客啊。」少女微微搖頭苦笑。「居然不覺得靴子臭嗎？」

同樣的星辰照耀下，鏡湖上，駿馬的雙翅輕輕掠過湖面的霧氣，於煙水中騰起。飛馬背上，今夜領軍的是一朱一青兩名男女騎士。

「青原，你看，昭明星出現在伽藍城上空。」朱衣女子勒馬望天，喃喃地對同伴說。她已非青春年華的少女，一舉一動都有成熟女子說不出的動人風姿，美豔而尊貴。她撥了撥髮絲，看著天空。「唉……平靜了九十年，終歸要打仗了。」

然而青衣少年沒有回答，只是看著遠處伽藍帝都的方向，忽然開口：「紅鳶，滄流軍團！」

所有馬上的騎士都齊齊一驚，朱衣女子手一揮，身後所有黑衣騎士陡然幻滅無蹤。她轉頭看過去，只見星光下，遠處伽藍白塔頂端彷彿有一片烏雲騰起，飛速向著東方掠過去。

映著明月，可以看見那些烏雲般雲集著迅速移動的，居然是展開雙翅的黑色大鳥，排成整整齊齊的列隊。然而奇怪的是，那些翅膀不似一般鳥類拍動，只是平平掠過空氣，發出奇怪的聲音。

「是『風隼』！」紅衣女子失聲。「他們從伽藍城裡派出了風隼！除了那次鮫人造反之外，幾十年來，沒見過滄流帝國出動過軍團中的風隼。看來這一次十巫是動真格的了……東方慕士塔格雪山上的事，這麼快就被冰族得知了嗎？

「什麼？」青原吃了一驚，看著天空勒住了天馬。「冰夷不是嚴禁國人相信怪力亂神的東西，說那是空桑流毒嗎？可現在……他們居然乘著神鳥飛天？」

「那不是真的鳥，青原。你不常出來巡邏，所以沒有看過它們吧？」叫做紅鳶的女子溫和地微笑，耐心地向年少的同僚解釋。「那是用木頭和鋁片做成的木鳥，完全靠著人手技藝做成的機械。那些木隼從六萬四千尺的白塔頂端滑翔而下，空中轉折輕靈，可以三日三夜不落地，飛遍整個雲荒。」

「木鳥也能飛？」青衣少年抽了一口冷氣，看著天空。「那些冰夷，奇技淫巧竟以至於此？不用神力，也能上天入地？」

「滄流帝國製造這些東西，也是預備著將來和無色城開戰吧？不然如何能對付我們的天馬和冥靈戰士？」紅鳶點頭嘆息，目中流露出擔憂之色。「據說除了風隼之外，滄流帝國的征天軍團裡，還有更高一級、能翱翔十日而不落的『比翼鳥』，以及至今誰都沒有見過的『迦樓羅金翅鳥』。」

「他們那麼強？」青原喃喃自語，臉有憂色。「如果這樣，我們空桑人要重見天日，不知道要等到什麼時候了。」

「後悔了嗎，青原？」紅鳶笑了起來，看著少年。「當日如果你跟著父親投靠冰族那邊，如今該在北方九嶷那裡封地為王了呢，哪裡需要過著這種不見天日的生活。」

「赤王，妳不要諷刺我了。」青原低頭笑笑。「我哪裡後悔過？」

赤王紅鳶沒有說話，看了看這位諸王中最年輕的青王，忽然點頭說：「那麼我問你，當年你為什麼不和你父王走？為什麼要和我們其餘五部之王留守伽藍這座孤城呢？誰都知道伽藍城遲早要完了，你哥哥都隨著你父王走了，你為什麼不走呢？」

「赤王，妳懷疑我嗎？」彷彿受到傷害，青原猛然抬頭看著年長自己一輪的女子。「我為了空桑已經把命都獻上了，妳還要我用什麼來證明自己？」

「別生氣。不愧是夏御使的遺腹子……在這糜爛的王朝裡，還是有風骨的。」紅鳶撥了撥頭髮，悠然笑了起來，低下頭拍拍馬脖子。「我們快點回去把冰夷出動風隼的消息稟告皇太子和大司命吧。」

天馬昂頭長嘶一聲，展開雙翅。

在駿馬騰空時，美麗的赤王回頭看了一下雲荒的東方。「奇怪……皇太子都返回了，那些風隼為什麼還要前往東方呢？」

同樣的星空下，有人憑窗而望。那是一名中年美婦，身著雪青灑花百褶裙、紅綾抹胸，豐肌勝雪，頸中掛著白玉瓔珞，臂上戴著翡翠點金臂環，長髮綰起，用一根五鳳含珠簪綰住了。眉如黛畫，目橫秋水，卻是裹著濃重的風塵味。

這個顯然在風塵中打滾的女子只是仰望著天空，那些近在咫尺的喧鬧聲、吆喝聲、笑謔聲、推牌九擲骰子聲，全都到不了心頭。她看著天空盡頭那座矗立在夜幕下的白色巨塔，喃喃自語：「昭明星都出來了……亂離起了，他……也該來了吧？」

「如意夫人！來來，一起喝個同心杯吧！」身後忽然伸來一隻手，摟住她的肩膀，醉醺醺地嚷著，酒氣撲面而來。那位被稱為如意夫人的女子被打斷心思，暗自皺了一下眉頭，臉上卻堆起笑容，轉過身說道：「喲，薛爺今夜氣色好得很啊，應該是贏了不少錢吧？」

「嘿嘿，是啊，老子今夜手氣好得緊！來來來，老闆娘快來喝一杯！」滿臉紅光的漢子大笑著攬住女子，把喝了一半的酒盞遞到她面前。「你們坊裡釀的『醉顏紅』，可如同夫人妳一樣，讓人一聞就醉醺醺。」

如意夫人也不推辭，笑著低下頭，就著他手裡的酒盞喝了一口。「如意賭坊果然能如薛爺的意吧？以後薛爺可要多多照顧才好。」然後，她轉頭揮了揮帕子，大聲喚：「翠兒，妳這個小妮子死哪裡去了？還不快過來招呼薛爺去那邊下注發財？」

好不容易應付了那些客人，賭坊的老闆娘轉到屏風後。旁邊的喧鬧聲不停傳來，燈紅酒綠、觥籌交錯，捲袖划拳之聲震天價響，如意夫人卻是避開眾人，獨自繼續對著夜空發呆。

「夫人。」忽然間，貼身侍女采荷匆匆從內而出，臉色驚疑不定，疾步湊到如意夫人耳邊，低聲道：「夫人，內堂有個人在那兒說要見妳。」

如意夫人正在出神，冷不防嚇了一跳，劈頭罵一句：「小蹄子，妳昏頭了嗎？有客來也是從外頭進來，怎麼說在內堂等？」

「不。」采荷臉色白了白，咬著唇角，指了指內堂。「那個人不知道怎麼就進去了！外邊那麼多姑娘小廝，居然都看不住！夫人……我看那個人有點邪呢。」

「哦？」聽侍女這麼說，如意夫人不但沒有驚懼，眼睛裡反而閃出了光亮，身子驀然顫抖起來，推開采荷往裡疾步就走。

內室還如她出去之時那樣只點了一根蠟燭，光線暗淡，傢俱的影子在四壁上投下扭曲怪異的影子，影影綽綽。如意夫人一進去就反手關門，想點起四周的燈。

「不用點燈了，反正也看不見。」忽然間，一個聲音從房間的陰影處傳來，冷淡而疲倦。水聲「嘩啦」響起，一個人擰著濕淋淋的頭髮，將頭從臉盆上抬起。

昏暗的燭光下，如意夫人看到一頭湛藍色長髮——那是同族的標誌。雖然是男子，但陌生來客的十指上都戴著奇異的戒指，上面連著微微反光的透明絲線，絲線的另一端連著一個放在他懷中的小偶人。

如意夫人怔怔看著陰影中的陌生來客，那個高大男子的整個人都在黑暗裡，只看得見輪廓。一束燭光投射在他側面，讓半張臉自黑暗中浮凸出來，如同雕塑。

雖然只是那樣的半張臉，卻讓閱人無數的如意夫人驚得呆住。

「你、你是……」她顫抖著聲音，看著站在黑夜裡的那個人，因為激動而說不出話來。

黑暗中浮凸的半張臉上忽然有了奇異的微笑，男子將手巾扔到臉盆裡，從陰影中緩緩走出來，伸出手說：「如姨，妳不認得我了嗎？一百年了，你們還在等我回來嗎？」

「蘇摩少主！」如意夫人驀然撲過去跪倒在那個人腳下，抱住他的雙腳，用額頭觸碰他的腳尖，激動得哭出聲來。「滄海桑田都等著你回來！」

第七章　桃源

夜色籠罩住桃源郡的時候，一間破落茅舍外響起了急促的敲門聲，驚起鄰家黃狗聲聲號叫。那敲門之人一哆嗦，左右看了看，壓低聲音急促地哀求：「老婆子、老婆子，快點開門！」

「誰啊？」房內一燈如豆，傳來一個婦人有氣無力的問話聲，拖曳著腳步過來。到了門邊，一聽門外男人的聲音，那個婦人倒豎雙眉，不但不開門，反而隔著門扠腰大罵：「死老賊！一整天死去了哪裡？家裡灶冷鍋破，米也沒一粒，菜也沒一顆，是想餓死老娘啊？虧你還有臉回來！」

被她大聲一罵，鄰家黃狗叫得越發大聲，撲騰著要過牆來。

「老婆子、老婆子，先開門好不好？」楊公泉生怕驚動鄰居，用破袖掩著嘴，小聲地哀告：「讓我先進去，妳再罵個夠，啊？」

婦人冷笑一聲：「罵？要罵也要有力氣！嫁了你這個窩囊貨，老娘就是個餓死的命！」「啪」的一聲，她把門一摔，逕自進屋去了，一路上罵個不停。

楊公泉沉著臉進門來，沒有同平日那樣低聲下氣地哄老婆，只是從屋角缸裡舀了一瓢水喝，抹了抹嘴，坐到那盞昏黃的豆油燈下，任由婦人嘮叨，從袖子裡摸出一物來，在燈下晃了一晃，斜眼看那婦人說：「妳看，這是啥？」

婦人瞟了一眼，冷笑起來：「幾片破葉子也當寶？窮瘋了不成？」

「婦人家見識！」楊公泉鼻子裡不屑地哼了一聲，將那草葉子放在燭火上方，稍微烘烤了一下。忽然間，那片枯黃的葉子顏色就起了奇異的變化，並且馨香滿室。

「哎呀！」婦人看呆了，用力揉了揉眼睛。「天啊，那是什麼？」

「瑤草！沒見過吧？」楊公泉洋洋得意，將草葉子從燈上拿開。「知道值多少錢嗎？說出來嚇死妳！」

婦人想拿過來看看，楊公泉卻是劈手奪回，自己收了冷笑道：「妳這個死老婆子，多年來蛋也不曾下一個，成日只是嘮嘮叨叨，我受了妳多少氣！這回得了奇寶，我買良田美宅自己享著，娶房年輕女子，再不用每日聽妳數落。」

婦人聽楊公泉這般說，心下倒是慌了，臉上堆起笑來，扯著他的衣袖，低聲下氣道：「你莫不是真的惱了我吧？我也是為你好，何曾真的嫌棄過？」

楊公泉冷哼一聲，轉向壁裡坐著。婦人再上前軟語求饒，他只是不理。

婦人說了幾句，也覺得尷尬，便頓住了口，一時間房子內安靜得出奇，只聽得風聲「嗖嗖」穿入破了的窗紙，吹得桌上燈火亂晃，瑟瑟生寒。靜默間，婦人忽然捂著臉，嗚嗚咽咽哭起來：「嫁了你十幾年，頓頓吃不飽，能一句不說嗎？我若真嫌你，早另尋出路了，哪還能天天在這裡挨餓？」

楊公泉嘆了口氣，轉過臉來看著自家老婆乾草葉似的臉，粗服蓬頭，四十多的婦人已經白了一半頭髮，心下也是惻然，於是放緩了語氣開口：「今日吃了飯不曾？」

婦人聽丈夫開口問她，喜得笑了起來，一邊擦淚一邊道：「你昨日出門後，已經兩天沒揭鍋了，哪裡來的飯？」

楊公泉驚道：「為何不去隔壁顧大嬸家借些米下鍋？」

「哪裡還好意思去？」婦人擦擦眼睛，苦笑道：「前些日子陸續借了一升，一次都沒還過，平日抬頭見了，人家即使不催，我這臉皮還是熱辣辣的。」

說著，婦人站起身走入灶下，端了個破碗出來，放到桌上，裡面盛著一塊棗糕。「前日東邊陳家添了個胖兒子，分喜糕給坊裡鄰居，我怕你出門回來肚子空空，就給你留到現在，只怕有些餿了。」

楊公泉拈了一角嘗嘗，果然已經發餿，眼角不由得濕了。「老婆子，辛苦妳了。」

婦人強笑道：「你這幾日去哪裡？怎生得了這個寶貝？」

「唉，我左思右想，實在找不出什麼法子，便想去天闕那邊的雪山上碰碰運氣。」楊公泉便把這兩日遇到的事一五一十說給老婆子聽，接著嘆了口氣說：「最後下山的時候，那群官兵不由分說就要砍殺我們，幾個人便散了。幸虧那時天黑，我又熟悉天闕山裡的路，爬爬滾滾下得山來，但不知道慕容公子他們如何了。」

「哎呀，難怪今日村裡人都說官府來了好多人封山，凡是從山那邊過來的人通通殺了，屍首都堆在路上。」婦人聽得膽顫心驚，蒼白了臉，狠狠擰了他一把。「死鬼！你怎麼跑到那裡去？不要命了嗎？被官府知道可要捉去殺頭的！」

「不拚出命來，哪裡得來這寶貝。」楊公泉笑，把那枝瑤草放到老婆手上。「妳好生收著，找個時間去鎮上賣了，然後買房買地，好好過日子。」

婦人歡喜得不得了，慌忙細心拿帕子包了。「你也餓了吧？待我去弄些酒菜來，好好吃一頓。」

楊公泉看著婦人出去，一個人抱膝坐著，在漏風中縮了一下頭，心下又後悔起來，覺得不該被一塊餿了的糕感動，便把那枝瑤草這樣交付給老婆，而該存下來做私房錢才是正經主意。想著想著，他肚中饑餓難忍，在榻上輾轉反側。

窗外忽然傳來一陣窸窣聲，剛開始他還以為是風吹窗紙，然而那聲音卻是一直前行到了門外，然後停住。楊公泉悚然驚起，在榻上豎起耳朵聽外面的動靜。只聽外面果然有人壓低了聲音在說話，聲音頗為耳熟。

楊公泉明白了是誰，不由得鬆一口氣。聽得窗下輕輕一響，開了一條線，四隻眼睛齊齊排著看進來。屋裡燈光暗淡，還不等兩人看清楚，窗子卻忽然「吱呀」一聲大開了。那笙失聲叫起來，引得隔壁黃狗又吠了起來。

「噓，快進來！」楊公泉本來想嚇一嚇兩人，反而被那笙嚇了一跳，連忙過去開門。慕容修拉著那笙進門來，楊公泉左右看了看，發現沒有驚動鄰居，立刻閂了門，在燈下將兩人從頭到腳看了看，又驚又喜地說道：「慕容公子，你們怎生逃下來的？讓我白擔了半日心！」

「我們在山上藏到天黑，木奴回去找了鬼姬來，讓比翼鳥送我們下山來的。」慕容修也是一臉疲憊，卻依舊應對從容。「幸虧還記得老兄你白日裡指過的家舍方位，便摸黑帶著那笙姑娘投奔過來。在下冒昧，麻煩楊兄了。」

「哪裡的話！」楊公泉搓著手笑起來，忙把兩人往裡請。「沒有慕容公子，我早在天闕上被強盜殺、被野獸啃了！」

楊公泉看看家裡別無長物，只能舀了兩碗清水過來，苦笑道：「我家老婆子剛出去買吃食了，兩位稍等就好。」

疲憊交加，慕容修道了聲謝，接過來一口氣喝下。

那笙卻是怔怔坐著，忽然落下淚來。
「怎麼了？」慕容修喝了水，緩了口氣，吃驚地看過來。
「那個姑娘的命真是苦……一路上吃了那麼多苦，眼看就要和相公逃到雲荒，卻慘死在山腳。」那笙擦著眼淚，眼眶紅紅。「我沒辦法幫到她。」
「唉，女人命苦，多半是因為跟錯了男人。妳沒見被強盜擄掠後，一路上那個書生的孱頭樣子！」楊公泉也跟著嘆了一口氣，看著面前一對風塵僕僕的青年男女，笑謔道：「哪像那笙姑娘有眼光，託付到慕容公子這樣的人。」
那笙正在喝水，聽得這句話差點嗆到。慕容修也頓時鬧了個大紅臉，連連擺手說：「楊兄，你誤會了……」
一語未落，聽得外頭拍門聲響起，屋裡三人立刻噤聲。
「死鬼！關門幹嘛？老娘手裡拿滿了東西，怎麼開？」外面婦人聲音嚷了起來，用腳踹著門。「重得不得了，快來開門！」
「不妨事，是老婆子回來了。」楊公泉舒了口氣，上去開門。
那婦人一腳跨進門來，自顧自嘮嘮叨叨數落，只見她左手抱著一斗米，米上放了一塊熟牛肉、幾樣雜碎，右手提了一壺酒，還捉著一隻咯咯亂叫的母雞。
「為何買那麼多？」楊公泉關了門，一回頭看見婦人這樣也呆了，脫口道：「妳這是要開店嗎？」

「老頭子，這兩位是……」婦人看著房內兩位不速之客，驚疑不定。

「哦哦，老婆子，這就是我方才對妳說的慕容公子和那笙姑娘。」楊公泉連忙過來介紹。「他們可是我的救命恩人，不然我的命早送在天闕上。慕容公子，這是我家老婆子，娘家姓黃。」

兩頭介紹了，分別行禮見過，黃氏便將滿手的東西放下，堆起笑說：「兩位是貴客！少坐，正好買了東西，待我下廚切了送上來。老頭子，你陪著客人說話。」楊公泉唯唯諾諾慣了，不由得便答應，坐著陪兩人說話，黃氏則轉到了後面灶間去切菜。

少時便料理好了，那笙幫著端上來，滿滿擺了一桌子。四人圍著入座舉筷，一個個都是餓得狠了，竟是顧不上客套，悶頭吃了起來，等吃得差不多，才吐了口氣，斟上酒來。黃氏代丈夫敬了慕容修一杯，堆笑問道：「公子從中州來，可是要去葉城做買賣？」

慕容修點頭。「小可帶了些貨物，準備在澤之國出手一些，然後去往葉城。」

「如此，便多留幾日。外頭這幾日不知怎的，只管要砍要殺天闕東來的客人，公子兩人還是先避過風頭再上路。」黃氏言語伶俐，殷勤留客。「只管在我家住下，也好報公子救命之恩。」

「多謝了。」慕容修忙用手拉了拉那笙衣袖，兩人一起道謝。

不一時吃完，黃氏讓丈夫收拾碗筷，自己下去整理一間多年不用的房間出來。由於家裡被褥只有一套，又不好出去借，只得將自己房裡的破褥子抱出來鋪上，出來對慕容修道：「只有兩間房，被褥也破爛，讓兩位見笑了。你們將就著宿一夜，我明日便去買新的來。」

「什麼？」那笙倒沒看那床破被子，只是跳起來指著慕容修說：「要、要我和他住一夜？」

「怎麼……兩位不是夫妻嗎？」黃氏不明底細，只聽說兩人是一同從中州來，年貌相當，又不像兄妹，便如此猜測。

「不是不是，夫人誤會了！」慕容修紅了臉，連忙擺手。「我在外面桌上趴一宿便是了，不必費心。」

「啊？」黃氏生性精明，見慕容修為難，沉吟間便有了主意。「這樣吧，如果那笙姑娘不嫌棄我這個老婆子，晚上就和老身歇一處，慕容公子則和我家老頭一間房，如何？」

「好、好。」慕容修舒了口氣，連連點頭。

那笙斜了他一眼，見他紅了臉，看上去更見俊秀，心下忽然大大後悔。

入睡前，黃氏端了盆水來，招呼那笙洗漱，一看見那笙右手上包裹得嚴嚴實實，便驚道：「姑娘可是受了傷？如此包著可要爛了傷口，快敷點草藥才好。」

那笙嚇了一跳，連忙把手放到背後。「不用不用，沒受傷！」

黃氏愣了一下。旁邊慕容修只是冷眼看著那笙的窘態，嘴角露出一絲笑意——果然，是為了掩飾什麼吧？作為商人，他天生對寶物有一種奇異的直覺，那笙身上那種無以言表的貴氣是他從未遇見過的。如果能想辦法從這個頭腦簡單的女子手上換取寶物，那應該不虛此行。

慕容家大公子心裡打著算盤，卻不料那個計算中的少女也在計算著他，心心念念要釣金龜婿。

兩個各懷心思的人，就這樣開始了相依為命的異鄉跋涉之旅。

那笙洗了很久，洗下滿盆的灰塵汙垢，原本黝黑的臉頓時變得雪白晶瑩。雖然五官平常，但是長眉大眼，鼻子翹翹的，看上去倒也爽利喜人。她照照水面，滿足地嘆了口氣。這一路的顛簸總算到頭了，也算看到了自己乾淨的臉。

「姑娘生得真端正。」知道女孩子愛美，黃氏在一旁誇一句。那笙美滋滋地擦乾臉，解開頭髮梳理起來，轉過了身。然而轉身之間，她忽然呆住。

慕容修也掬水洗漱完畢，散開一頭墨似的長髮重新打了個髻。原本風塵僕僕的時候還不大顯真容，如今一旦塵垢去盡，只見豐神俊秀，便是潘安再世、宋玉重生也不過如此。

「哎呀。」那笙看得呆住，手裡的梳子「啪」一聲掉到地上。而黃氏雖是快半百的年紀，此刻乍一見居然也看得發怔。

慕容修轉頭看見這兩個女人直勾勾地看著自己，心下大窘，臉上不覺一熱，忙進了裡間。

那笙還在發呆，黃氏卻回過神來，拉了一把剛燒水進來的丈夫，把他拉到廚下，壓低聲音急急道：「老頭子！這位慕容公子只怕有些怪異，未免生得太俊了。」

楊公泉失笑：「老婆子，妳年紀一把，怎生看到英俊後生也動心了？」

黃氏擺擺手，示意他低聲：「噓……不是，我是覺得他俊得太過。你不覺得那樣的面容，活生生像個鮫人嗎？」

「鮫人？」楊公泉嚇了一跳，立刻否認：「不對不對，鮫人都是藍髮碧眼，但慕容公子可是黑髮黑眼睛，和我們一樣。而且，他明明是從天闕那邊過來的，中州哪裡來的鮫人？」

「這倒是。」黃氏想了想，依然心事重重。「私自收留鮫人可是死罪！老頭子啊，我眼皮老跳個不停，只怕留下他們會引來大禍呢。」

「胡說，哪有那麼巧……一定是和我一般，運氣不好撞上壞日子了。」楊公泉壓低嗓音呵斥，但是忽然頓了頓，聲音也猶豫起來。「不過……方才我無意看見那小哥的耳後，似乎真有鮫人那樣的鰓呢。」

「真的有？」黃氏也嚇了一跳。「我就說他是個鮫人！這回可惹了大禍！」

「但是，鮫人不是都和魚一般全身冰冷嗎？但我碰了碰他的手肘，明明是溫的。」楊公泉分辯，但畢竟是安分守己的百姓，心裡也有點惴惴不安。「而且他的頭髮、眼睛都不似鮫人的樣子啊。」

「反正是個禍患，還是不要往家裡招了。」黃氏壓低了聲音。

楊公泉為難道：「人家救了我的命，總不能趕人家走吧？」

黃氏冷笑說：「救你命是順手罷了，如果官府查過來，那可是連坐！到時候可要賠老娘的命進去。一進一出，你說是賺了還是虧了？」

「人家說不定不是歹人，是規規矩矩的客商。」楊公泉壓低聲音回答，終究沒忘了愛財，低聲道：「人家有一簍子瑤草呢！咱們招待好他了，能少了好處？」

「嘁！沒見識的老骨頭！」黃氏不屑地冷笑一聲，在暗中戳了丈夫一指頭。「指望人家手指縫裡漏一點下來，還不如……」

「噓。」楊公泉嚇了一大跳，連忙去堵老婆的嘴，仔細聽了聽隔壁的動靜，低聲罵：「糊塗！妳活得不耐煩了，敢打人家主意？妳知道那個慕容公子多厲害嗎？連天闕上的鬼姬都和他客客氣氣地說話！妳幾個膽子敢這麼想？」

「那……報官如何？」黃氏想了想，繼續出主意。「說這兩人是今日從天闕那邊過來的。讓官府來，咱們還能拿些賞錢。」

「作死！」楊公泉冷笑，罵了一聲。「我是和他們一路過來的，官府來了他們一攀供，還不把我也抓進去？」

這麼一說，黃氏倒是不言語了，過了半天，笑了一聲道：「說得也是。老頭子，去睡吧。」

楊公泉嘆了口氣，也回房去睡，喃喃道：「不過這兩人的確來路蹊蹺，留得久了只怕是惹禍……怎生打發他們快些上路才好。」

雖然連日奔波辛苦，慕容修卻沒有睡著，睜開了眼細細聽著外頭談話，臉色漸漸嚴肅。窗外淡淡的月光照進來，年輕的商人忽然輕輕嘆了口氣，臉上有「果然如此」的表情。他透過破窗看向外面，那漆黑的夜色後是莫測的新大陸。人心險詐，前途莫測，沒有一個人是可以信賴的。

這裡是住不得了，明日就走吧，總得趕在人家下定殺心之前。

隔壁房間裡，那笙已經睡去，呼吸舒緩平穩，月光透過破碎的窗櫺照在她臉上，彷彿有一種發光的安詳——這真是個什麼也不會的女孩。自己一時貪圖寶物答應帶上她，真是一件虧本生意呢。

想著，慕容修苦笑了一下。

奔波了太久不得好睡，這次一頭倒下，醒來時已經日上三竿。

那笙迷迷糊糊睜開眼，日光照射在臉上熱辣辣的。她打著呵欠出去，只見桌上已經整整齊齊擺了三四樣小菜、兩雙筷子、兩碗稀飯。楊公泉一見她出來，便站起來招呼：「姑娘總算醒了。慕容公子等著妳一起開飯呢。」

「不好意思、不好意思……」那笙急急忙忙洗了一把臉，便跑到桌子旁坐下，手一伸，只管下筷子。慕容修連忙拉住她，橫了一眼，轉頭對楊公泉道：「楊兄為何不來一起吃？」

「我和老婆子起得早，早吃過了。」楊公泉笑著推辭。

慕容修暗自察言觀色，見他說話之間並無不自然之色，心裡防備稍微放下幾分，然而還是細細看了看桌上飯菜，手裡暗自夾了一根銀針，逐一試過去——銀針沒有變色。慕容修還是不放心，自己舉筷每樣嘗了一點，確定無毒，才放開手讓那笙下筷。

「如何不見大嫂？」吃著飯，四顧不見黃氏，慕容修又問。

楊公泉搓著手笑道：「老婆子說兩位一路奔波，衣衫破舊，去城裡買幾件新衣裳給兩位替換，也免得穿著中州式樣的衣服走在街上顯得太過招搖。」

「好呀好呀！」那笙雖然昨夜折騰了半夜，但畢竟天性爽朗，一醒來就恢復活力，拍手道：「你們的衣服是羽毛製成的吧？很好看，我喜歡。」

「那笙。」慕容修看了她一眼，轉頭對楊公泉道：「如此，多謝楊兄和大嬸了。換了衣服，我們也正好繼續上路。」

楊公泉愣了一下，有些意外。「慕容公子這麼快便要走嗎？」

慕容修點了點頭，含笑道：「在下和一位朋友有約，得按時趕去赴約才行。」

「哦，如此，倒不便耽誤了。」楊公泉沒料到對方只住了一夜便要走，倒是正和他心意，正好順水推舟。

說話間，門一響，卻是黃氏抱了一包衣物進門來，口裡道：「住一夜就走？如何不多盤桓幾日？」

慕容修見那花白頭髮的婦人滿口留客，揣摩到對方的心思，心裡冷笑，然而口裡只推說和人約好了日子，非得快點去城裡不可，執意要走。

黃氏一再挽留，無法，便只好解開包裹，拿出兩件新買的羽衣來，定要送給兩人穿上。羽衣一大一小，都是男式，上頭還用金線繡了一個如意，做得十分精緻。那笙看了喜歡，便搶過那件小的在身上比了比。

慕容修知道中州裝束不好出門，這些衣服是必需的，倒不推辭，只道：「讓楊兄破費，如何好意思？」便從袖中又拿了一枝瑤草出來，作為謝禮。楊公泉笑得眼睛都沒了，推辭一番收下，接著要兩人換了新裝出來看看。

換上新裝，果然氣象一新，兩襲青衣，翩翩兩少年。那笙為了行走方便，也扮了男人裝束，黃氏又殷勤指點兩人將頭髮解開，重新按照澤之國的風俗編好，垂下來擋住耳朵。

等裝束妥當了，兩人對視，都忍不住笑起來。那笙看了慕容修半日，忽然道：「還是看著奇怪。」

「哪裡奇怪？」慕容修轉了轉身，覺得並無不妥，奇怪地問道。

「長得太好看了，扎眼。會被雲荒的強盜當大姑娘劫了。」那笙開玩笑，看著他惱怒地漲紅臉，連忙吐舌頭，一個箭步躥出去。「上路了上路了！」

慕容修無法，只好揹起背簍，對著楊公泉夫婦作別。

「謝天謝地，這兩個災星總算是送走了……」看著兩人一前一後地離去，楊公泉長長舒了口氣，看著手裡的瑤草眉開眼笑，彷彿炫耀般對黃氏道：「妳看，我說得沒錯吧？不用太擔心，妳看人家還再給了一枝呢，這回發財了。」

「沒見識的窮鬼！」黃氏啐了丈夫一口，從袖子裡掏出一物，往楊公泉眼前一晃，冷笑道：「你看這是什麼？」

楊公泉奪了過去，定睛一看竟是一疊銀票，不由得失聲：「一千金銖？妳如何得來這許多錢？就是賣了我給妳的那枝瑤草，也換不得這些錢啊？」

黃氏得意洋洋地笑了起來，劈手奪回銀票。「還是老娘有本事吧？你猜猜我今兒一早去幹嘛了？」

「不是去城裡替他們買衣服嗎？」楊公泉不解。

「衣服是買了，不過老娘也順路把他們兩個賣了好價錢。」黃氏掩嘴笑起來，看著路上快要走得看不見的一男一女，洋洋得意。「我去和如意賭坊的總管說，從中州來了個帶著一筐瑤草的商人，可是好大一票生意。你也知道，如意賭坊暗地裡做些見不得人的勾當吧？剛開始那個總管還不信，我把那枝瑤草給他看了，他就不言語了，然後給了我這一疊銀票。」

「妳……」楊公泉瞪了婦人半日，忽然笑起來。「好歹毒的婦人，虧妳想得出借刀殺人的把戲。」

黃氏揮了揮手中銀票，得意道：「你看，這樣既不用我們下手，也不用驚動官府，就能白白得這一筆，多划算。」

楊公泉想了想，跺腳道：「那如何讓他們走了？等如意賭坊的人來了怎生交代？」

「那還用得著你提醒？我早想好了。」黃氏不屑地白了他一眼，冷笑道：「沒見我給他們穿的那件新衣？上面繡的那個金如意就是暗號。桃源郡是如意賭坊的天下，這個記號一做，他們兩人能跑到哪裡去？如意賭坊正派了人手往這裡來，這一下兩隻肥羊可是半路就送上門了。」

楊公泉跟在她後面諾諾，心裡卻是倒抽一口冷氣，暗道：「乖乖，不得了，這婦人何時變得如此歹毒？」

第八章　風起

如意賭坊今日生意依舊很好，賓客盈門，喧鬧非常。

老闆娘如意夫人坐在閣樓雅座上，挑起簾子，看著底下熱鬧的賭場，旁邊的丫頭給她扇著扇子、捶著背。她喝了一口茶，視線逡巡一圈，落在西南角那位客人身上。

那位客人並不顯眼，穿著普通，外貌也不出眾，落拓不得志的樣子，個子挺高，坐下來也比旁人高出一截，喝酒喝得很猛，賭錢也賭得很猛，只是手氣一直不好，和同桌幾個人猜點數老是輸。

讓如意夫人注意他的原因，是跟在他身側的深藍色頭髮的絕色少女。那樣的髮色，一看便知是個鮫人。

居然公然帶著鮫人露面？要知道，在滄流帝國的律令中，鮫人只能待在兩個地方：葉城東市的商舖，或者私養的內室。

然而，那個少女卻彷彿習慣了在人世走動，毫不拘謹，站在那名男子身後聽從他的吩咐，給他倒酒捶背，恭敬順從，看得旁邊那些賭客垂涎欲滴。

果然是世代伺候人慣了的鮫人，被訓練得奴性十足……如意夫人冷眼看著，鄙夷地笑。

「夫人，少爺醒了。」采荷過來，俯身輕輕稟告。如意夫人連忙站起說：「伺候少爺洗漱過了嗎？快迎來這裡用餐。」采荷應了一聲卻不走，遲疑著，臉色有些發白。「但是、但是……」

「但是什麼？」見采荷吞吐，如意夫人斥道：「快說，別見了鬼似的。」

采荷定了定神，貼耳輕輕道：「但是，昨夜去伺候少爺的銀兒死了。」

「死了？」如意夫人也嚇了一跳，脫口問：「怎麼回事？」

采荷蒼白著臉，顯然驚魂未定。「奴婢也不知道……一大清早去少爺房裡，就看見銀兒裸著身子死在床上，手腳血脈被割破，滿床是血。蘇摩少爺則已經起了，在內堂沐浴，洗下滿桶血水來，嚇得奴婢掉頭就跑。」

「怎……怎麼這樣？」如意夫人也聽得呆了。「難道說……」

「如姨。」不等采荷回答，雅座的珠簾忽然被掀起。

「蘇摩少爺？」如意夫人意外地看見傀儡師走進來，連忙揮手讓采荷退下，上去迎了他進來，恭謹道：「如何自己過來？少爺眼睛看不見，萬一……」

「我看得見。」蘇摩打斷她的話，逕自走進來，挑了個位置坐下。

「看、看得見了？」如意夫人眼睛閃出了亮光，過去看著他的雙眸，驚喜交加。

「少爺小時候就失明……如今真的能看見了嗎？」

「眼睛還是看不見的。」蘇摩淡淡笑著，深碧色的眸子暗淡無光。「但是我學會了不用眼睛看東西。」

如意夫人看著眼前的人，滿是喜悅。「恭喜少爺！少爺一回來，我們鮫人真的有望解脫了啊！」

「解脫？我是永遠不能解脫了。」忽然間，傀儡師沒頭沒腦地說了一句，眉目間有說不出的複雜情緒，混合著自厭、自棄和傲慢，有些煩躁地將臉埋入掌中。「如姨，我完了……我徹底完了。」

「少爺怎麼了？」如意夫人吃了一驚，連忙問：「是為了銀兒的事嗎？一個小丫頭，少爺不必放在心上，她服侍得不好就該死，少爺不用為此煩惱。」

「不，她服侍得很好。」蘇摩笑了笑，抬起頭來，聲音忽然變得很怪異，神色恍惚。「很媚，臉很漂亮，身子也溫暖……如姨，妳有沒有覺得冷過？我們鮫人的血都是冷的吧，和魚一樣……但是，為什麼我常常覺得很冷呢？這些年來不抱著女人，晚上我就睡不著。」

聽到那樣恍惚的話語，如意夫人不知如何回答，只看著年輕的傀儡師睜著空茫的眼睛，擺弄懷裡的那個小偶人——偶人的手上也沾了血。見她注意到自己，小偶人忽然睜開眼睛，詭異地咧嘴笑了笑。

「天啊！」如意夫人這一驚非同小可，手上的杯子「啪」地摔得粉碎。她直直瞪著蘇摩懷中的偶人，脫口驚呼：「它、它怎麼在笑？」

「阿諾總是很煩。我讓它活過來之後，它就變得很煩。」蘇摩毫不驚訝，漠然回答，狠狠轉過手捏合了偶人的嘴巴，眉間則有露骨的厭惡。「它總是不停對我說話，總是想做一些我不願意做的事……上次它要非禮那個苗人女孩，這次又殺了銀兒……我說抱著她，我已經能暖和了，它卻非要說人血才夠暖……」

如意夫人倒吸一口冷氣，擔憂地看著面前一直自言自語的蘇摩，有些口吃：「你、你說什麼？他、他不是沒生下來的時候就死了嗎？」

「阿諾是早就死了……」傀儡師撫摸著小偶人的秀髮，喃喃道。那個小偶人面貌栩栩如生，和蘇摩彷彿孿生兄弟，精巧得纖毫畢現。「我不要他被埋到土裡腐爛掉，就把阿諾做成傀儡……我切斷它的關節，用提線串著，讓它動起來，像活著一樣，到哪裡都帶著它……」

「蘇摩少爺。」如意夫人看到蘇摩的神色，心底冷了起來。

蘇摩嘴角忽然浮現一絲笑意。「後來我去了中州，學會操縱死屍，阿諾就真的能自己動了……可是它越來越不聽話、越來越不聽話……它快要脫離我了，怎麼辦啊？」

「蘇摩少爺！」如意夫人低喚，想把眼前年輕人的神志從崩潰邊緣拉回來。

傀儡師嘴角的笑意慢慢消失，眼神空茫，忽然重新用手埋住臉，渾身顫抖。「如姨，我完了！我沒救了。」

「蘇摩少爺，別這樣，不會有事的。」雖然暗自擔心對方的精神狀況，然而如意夫人依然柔聲安慰著少主人。「你是我們所有鮫人的希望……要振作一點，很快復國軍左權使他們就要來看你，你可不能這樣說話。」

「復國軍？」傀儡師怔了怔，喃喃自語。「復國，復國……是的，海國。但是，為什麼非要我不可呢？為什麼要我復國？」

如意夫人震驚地看著語無倫次的蘇摩。「蘇摩少爺，你是海皇的後裔呀！也是我們鮫人的英雄，大家都盼著你回來。百年來，你不是也為此一直苦苦修煉，尋求著更強大的力量嗎？」

「是為了這個嗎？」傀儡師有些恍惚地回答，忽然從掌中抬起頭，「英雄？可笑……難道因為我逼得那個空桑人的太子妃跳了樓？你們以為那就是我們鮫人的勝利？哈哈哈……可笑至極！」

如意夫人完全不能理解地看著面前的人自言、自語、自笑，擔憂之色更深。忽然間蘇摩不笑了，俯過身來，彷彿透露什麼重大祕密似的，在她耳側詭異地低聲道：「告訴妳，如姨……其實我們輸了。」

看到對方不解的神色，蘇摩再度大笑起來，懷中的偶人再次隨著他咧開嘴巴，一起笑得詭異。蘇摩抬手，指指自己說：「還不明白嗎？如姨，妳看看如今的我，真的還不明白嗎？」

「蘇摩少爺！」恍然明白了他的意思，如意夫人臉色雪白，不知道說什麼好，眼神絕望。「怎麼會這樣……蘇摩少爺。那、那怎麼辦才好……」

「我也不知道。如姨，我是沒救了……」蘇摩微微苦笑起來，眼睛茫然望著遠方。從祕密雅座的窗子朝外看出去，可以看到佇立在天地盡頭的白塔。

傀儡師靜靜看著，終於，彷彿心裡平靜了一些。他提起引線，讓偶人站到茶几上，擺了一個姿勢，許久淡淡道：「我剛才都說了些什麼……這個腦子只怕也快要到極限了，經常不受控制地胡言亂語。如姨，妳莫要當真。」

蘇摩頓了頓，看到如意夫人那張蒼白的臉，抬手扶起她，笑了笑說：「復國軍的使者什麼時候來？是不是該準備一下了？」

「那麼少爺你……」詫異於對方片刻間的反常平靜，如意夫人反而怔了怔。

傀儡師輕輕動著十指，讓桌上的偶人做出各種姿勢，淡淡道：「我沒事……我還會有什麼事呢？一切在開始之前就已經結束了。」

懷著擔憂莫名的心情，如意夫人走出祕座，迎面遇上前來稟報的總管。

「剛剛已經派人出去抓那個商人了。」總管晃動著肥胖的身體，滿身金光。「如果那個老婆子的密報沒錯，這回可是頭大大的肥羊啊，夫人。」

「你給了那個老婆子多少？」如意夫人點頭問道。

「一千金銖。」總管搓著手，拿出一枝瑤草。「包括這個在內。」

「嗯……就讓她美一陣子吧。」如意夫人接過瑤草，只是放在鼻下一嗅便辨明真假，冷笑道：「等抓到肥羊讓他吐出了錢，再撕票，把屍體扔去那個老婆子家，跟官府說是那家人謀財害命。那一千金銖就是證據。」

「夫人端的是好計謀！」總管聽得吩咐，並不意外，只是問了一句：「可是，官府那邊……」

「放心，官府那邊我會去疏通打點。」如意夫人笑了笑，揮揮絹子。「這點事我還擺不平嗎？」

總管也笑了，彎腰領命：「是，夫人的面子，官衙上下誰不賣？屬下這就去準備。」

「慢著。」如意夫人卻叫住他，對著門外揚了揚下巴。「這事不急。鏡湖大營來的貴客還沒到嗎？你先去看看。」

總管搓著手，也有些不安。「剛剛看過了，還沒到。奇怪了，屬下一早便派人去城外候著，可是水路和陸路都不見有人來。」

「奇怪……左權使怎麼會失約？他素來是守信的人。」如意夫人的臉色微微一變，秀眉蹙了一下，以手指絞著絹子。「你再派人往城外遠點的地方看看，我覺得事情有點不對。」

「是。」總管領命轉身，然而就在這時候，如意夫人忽然聽到什麼聲音，臉色大變，幾步奔到了窗前，探出頭往天上看。這時總管也注意到了風裡那一縷猶如利箭呼嘯般的聲音，臉色同樣變了，脫口而出：「這、這是……風隼？」

湛藍的天宇下，白塔佇立在天空盡頭，一隊巨大的黑翼掠過桃源郡上空，木質的機械飛鳥滑翔著，在半空裡盤旋，發出尖厲的呼嘯。

「他們出動了風隼！」如意夫人的臉色蒼白，手絹陡然被她生生扯裂。「是知道少主要回來了嗎？還是知道今天復國軍要來？他們、他們怎麼會知道？我們鮫人裡面……復國軍裡面，難道有叛徒嗎？」

「夫人，事情未必這麼糟糕。」總管搓手的速度明顯加快，肥胖臉上的肉一跳一跳。「說不定他們並不是為此而來，不然為什麼不直撲賭坊，而是去了天闕的方向？」

「哦……」如意夫人怔了怔，看著在桃源郡上空盤旋不落的風隼，神色稍微定了定。「你說得也是。」

「風隼是來找空桑的帝王之血。」忽然間，祕座裡傳來一個聲音。蘇摩挑開了簾子，站在那裡，淡淡回答：「滄流帝國怕的是帝王之血。關於海國的消息，他們尚未真正重視。」

「帝王之血？」如意夫人看著走出來的傀儡師，脫口驚呼：「難道、難道是慕士塔格雪山上……」

蘇摩點了點頭，聽著風裡的呼嘯，淡淡道：「第一個封印被解開了。」

「什麼？」如意夫人和總管猛然驚住。

「那麼說來，六王會聚，無色城已經迎入第一個封印中『王的右手』？」回到雅座，聽完了慕士塔格雪峰和天闕上發生的事，如意夫人驚詫地問道：「那麼，外頭的風隼為何還在桃源郡停留？」

「他們應該是在找『皇天』的持有者。」蘇摩喝了一口酒，聽著外面隱約的風聲，笑了一下說道：「滄流怕了吧？那個人既然能解開第一個封印，當然也能解開剩下的四個封印……『皇天』將指引持有者前往封印之處。而十巫，是絕不會讓那個女孩子活下去。」

「蘇摩少爺，你既然碰見那個女孩，為什麼當時要讓她走掉呢？」如意夫人不解。「十巫如果殺了她，對我們也沒什麼好處吧？」

蘇摩拿著酒杯，空茫的眼睛注視著杯中嫣紅色的美酒，搖了搖頭說：「如果我帶著她走，必然會暴露我的行蹤。那個女孩什麼事都不懂，實在是個累贅。她甚至還沒有能力隱藏『皇天』的力量。」

「哦……這應該算是好事。」如意夫人長長舒了口氣，外頭的風聲聽起來也不那麼刺耳了。她端起酒杯喝了一口說：「『皇天』的出現引開滄流帝國的注意力，兩股力量交疊著同時進入雲荒，少主的存在就被掩飾掉……你看，老天都在幫我們呢。」

「天？天算什麼？」蘇摩冷笑起來，一口喝乾杯中的酒，奇異的嫣紅泛上蒼白的臉頰。那種魔性之美，彷彿陡然四射的光芒，讓同為鮫人的如意夫人都為之目眩。

難怪……百年前，才會為面前這個人引發了「傾國之亂」吧？此後滄海橫流、屍橫遍野，這個人卻揚長遠去，並不曾看見那遍地的烽火狼煙。

靜默中，樓下那幫賭徒的喧鬧聲便更加刺耳。

「為何想起要開賭坊呢？」喝得太快，傀儡師微微咳嗽起來，問道：「我走的時候，如姨還是一個嬌怯怯的，被空桑權貴養起來的美人啊。」

「做這個來錢快啊。空桑亡國了，我的財路就斷了。只要能賺錢，我什麼生意都做，賭博、賣笑、殺人越貨……」如意夫人笑了起來，搖搖頭低聲道：「復國軍要物資財物，而我們鮫人又都是奴隸。我不這麼做，還能如何？」

蘇摩低下頭，側耳聽著樓下不絕於耳的笑罵聲、吆喝聲，淡淡道：「要開這樣一家賭坊，可不是容易的事吧？如姨好能耐。」

如意夫人怔了怔，掩口笑了起來。「少爺果然目光犀利……不錯，如意賭坊當然有靠山，不然如何能在桃源郡立足？」

蘇摩沒有問下去，然而如意夫人頓了頓，臉上忽然不知是什麼樣的表情，慢慢道：「我是澤之國高舜昭總督的……怎麼說呢，下堂妾？」美婦笑了起來，用絹子掩住嘴角。「應該連妾也不算吧，鮫人怎麼能做妾呢？只是情人罷了。」

蘇摩回過頭，用空茫的目光注視著童年時代就認識的如姨，沒有說話。

「那時候舜昭迫於十巫的壓力，把我從府中遣出，但私下給我一面令符。」如意夫人微笑著，從密室的暗格裡拿出一個玉匣。「他說，我如果遇到什麼殺身之禍，而他又不能及時相助，那麼，執此令符，可以調動澤之國下屬的所有力量。」

一面白玉令符，晶瑩溫潤，放入了傀儡師蒼白修長的手中。

「這是雙頭金翅鳥，滄流帝國的最高令符，本來是伽藍城滄流帝國的十巫賜給派出的屬國總督的最高權柄象徵。」如意夫人淡淡解釋。「整個雲荒，也不過五面。」

「總督權柄，成了鮫人的護身符？」蘇摩微微笑了起來。「色令智昏啊。」

如意夫人猛然收斂了笑容，雖然面對著少主，她的眼神卻是毫不退讓。「不，少爺，如果不是十巫逼迫，舜昭他定然會如約娶我！」

蘇摩只是微微冷笑說：「如姨也昏頭了嗎？誰會真的娶一個鮫人？」

如意夫人臉色蒼白，又不敢冒犯少主，憤然而起，準備離席。

「妳看，人們只會那樣對待鮫人。」蘇摩沒有留她，只是側臉聽著樓下的聲音，淡淡地笑，隔著簾子指著樓下西南角一群狂熱的賭徒。「鮫人只會被那樣對待。」

將黑衣人面前的最後一串錢掃過來後，看著囊空如洗的對方，贏得滿面紅光的光頭賭徒聽到大家起哄，咧嘴笑了，探過身去，一把將站在黑衣人身後的少女拉到了中間。「沒錢沒關係！押這個，算你五萬銖！我們繼續賭！」

深藍色頭髮的鮫人少女被粗魯地推搡著，踉踉蹌蹌到了人群中央，彷彿貨物般被人圍觀。無數雙眼睛上下打量，嘖嘖垂涎。「押這個，押這個！」樓下西南角的賭桌上，賭徒們紅了眼，圍得水泄不通，大聲起哄。

「五萬銖……也值這個價錢了，是個女的，看樣子又不到一百五十歲，相當年輕呢。」

「嘿嘿，再過三十年大約就能拿到東市賣出好價錢！」

「就算她不會織綃，這幾十年裡光收收鮫人淚，拿去當明珠賣也有好幾斛。」

「也太冒險了吧？臉蛋是不錯，但身體有沒有瑕疵要脫了衣服才知道。」

「對對，如果破身破得不正，兩條腿不夠直，這個鮫人就不值錢啦。」

光頭賭徒出了價，眼睛發亮地等著對方答覆，然而聽得旁邊圍觀的人那樣議論，也有點動搖了，連忙追加條件：「當然，得先剝了衣服看看貨色再給錢。怎麼樣？五萬銖不算少了，你可還欠我三千銖呢，準備脫光了褲子還我嗎？那也不夠呀。」

旁邊圍觀的賭徒一陣大笑，那個輸光的黑衣人滿臉晦氣，喃喃道：「唉，真是沒辦法啊……那個慕容小弟怎麼還不來，害我一邊等一邊就輸了個精光。呸呸！」

「怎麼樣？沒錢就把這個鮫人奴隸賣給我吧？」光頭賭徒看著少女，目光淫猥，一步跨過去，準備撕開衣服當場看看貨色，旁邊一群閒漢頓時哄笑起來。

「哎，算了，汀，妳就讓他看看吧。」黑衣人想喝一口酒，晃了晃卻發覺空了，喪氣地扔到一邊，吩咐藍髮少女：「聽話，讓這位大爺見識一下妳美麗的腿吧。」

旁邊閒漢聽得那個鮫人的主人那麼吩咐，發了一聲喊，個個都睜大眼睛等著看，連別桌的賭徒都停下來，擠過來看熱鬧。

雅座裡，如意夫人皺了皺眉頭，手指用力握緊，然而終究不好插手賭客間的交易。蘇摩默默聽著，嘴角浮起一絲冷笑，慢慢喝了一口酒，手指指著樓下，漠然道：「妳看，在人類眼裡，鮫人不過就是件貨物而已。」

「來啊！快脫啊！沒聽到妳主人的吩咐嗎？」光頭賭徒一看黑衣人都同意了，更是兩眼放光，幾乎要盯到少女的裙子裡。

「是的，主人。」聽到那樣的吩咐，深藍色頭髮的少女居然毫不遲疑，恭謹地領命，然後退了一步，撩起了垂地的長裙。

整個賭場發出了尖叫和口哨聲——

忽然間，眾人眼前一花，只見長裙飛舞，藍髮少女雙腿閃電般地連環踢出。盯得眼睛都要凸出來的光頭賭徒尚未反應過來，那個叫「汀」的少女已經連著踢出兩腳。第一腳狠狠踢在褲襠，第二腳正中胸口，把他龐大的身子踢得飛了出去，砸倒大片看客。

大家還未回過神來，那個鮫人少女已經停手，退回到主人身側，長裙垂地，冷冷看著周圍，一絲不動。

「怎麼樣？她的雙腿美麗吧？」黑衣人拍手大笑起來，看著在地上蜷縮成大蝦狀哀號的光頭賭徒。「看清楚了沒？要不要再看一次？」

「居然敢偷襲老子？知不知道，知不知道……老子們是遊俠！」光頭賭徒斷續地抽著冷氣，被同伴扶起，目露凶光。「兄弟們給我、給我……」

一聽「遊俠」兩字，一群看客哄笑，知道賭場裡又要上演一場全武行，紛紛自動讓出一塊場地來。因為雲荒大地上，連滄流帝國的律令都無法管束的，便是這一群尚武好鬥的遊俠了。

黑衣人笑了起來。「不看就算了，咱們要不要繼續賭？告訴你，汀是絕對不會『賣』的，因為她不是貨物。要賭就賭這個……」

他抹了抹嘴邊的酒水，伸手進懷裡掏了半天，怔了怔，然後扒開了破衣，還是沒找到，便轉頭問身側的藍髮少女，發火問道：「汀，我的劍哪裡去了？妳收起來幹嘛？快給我！」

光頭賭徒被他那麼一打岔弄得愣了一下，看清他故弄玄虛以後更加暴怒，咆哮著：「兄弟們！給我把這個找死的傢伙拖出去剁成八塊餵狗！」

和他同來的賭客紛紛拔劍殺了過去，其他賭徒慌亂地回避。要知道那些遊俠都是遊蕩在雲荒大地上的亡命之徒，以武犯禁，連滄流帝國的嚴厲刑法也奈何不了他們。

「呃……就這個，找到了！」在這個時候，黑衣人終於找到他的劍，「啪」的一聲拍到了賭桌上。「押十萬，幹不幹？」

聽得「十萬」，所有人都怔了怔，凝神向桌上看去，想看看是什麼樣的寶劍，但一看之下不由得同時發出噓聲。那哪是什麼寶劍？只是一根銀色的圓筒，光澤暗淡，分明是破銅爛鐵。上面刻著一個小小的「京」字。

然而，光頭賭徒那夥人衝到黑衣人面前三尺處，卻彷彿被施了定身咒般呆住了，幾雙眼睛瞪得似要凸出來，看著銀色圓筒和圓筒上刻著的那個「京」字，那些遊俠彷佛忽然被人抽去了筋，「呼啦啦」癱倒在地上，連連磕頭說：「是……是西京大人駕到？小的們瞎了狗眼！」

喧鬧的賭場裡忽然間靜止，所有聲音、動作、表情都是暫停的。賭場裡所有人的目光都投注在那個落魄的黑衣人臉上。如果那人是塊黑色的煤，在如此熾熱的凝視下一定早已冒起了煙。

西京，一個光芒四射的名字，遊蕩在雲荒大地上，千萬遊俠中號稱第一，身為前朝名將，滄流帝國通緝百年都無法奈何，當代空桑的劍聖！

那是所有習武之人仰望的神話。

劍聖一門的傳說，在雲荒大地上已經流傳幾千年，甚至在遠古「魔君神后」開創空桑王朝的神話裡，就出現了關於劍聖的描述。在星尊帝開創毗陵王朝後，劍聖一門漸漸銷聲匿跡，似乎重新退回歷史的幕後。

原本劍聖一門，每一代都有男女兩位劍聖，分別繼承不同流派風格的劍術，如同晝與夜、光與影一般並存。可是不知道為什麼，自從一百年前的劍聖雲隱去世之後，接替他的便只有一位：劍聖尊淵。另一位和他並稱的女劍聖慕湮，則從未在江湖上出現過。

傳說中，尊淵為了完成傳承，代替慕湮收了男女兩名弟子，其中大弟子西京，便是空桑夢華王朝末期的名將。自從空桑亡國以後，最後一代劍聖傳人便消失在了雲荒大地上。

雲荒上的遊俠都在猜測，劍聖西京是不是用了「滅」字訣在某處避世沉睡，不願意回到這個由冰夷統治的帝國。沒有料到，在桃源郡的這個賭坊裡，竟然看到了光劍上刻著的「京」字。

認出對方身分後，那一群自稱是遊俠的賭徒在地上磕頭如搗蒜。「小的們有眼無珠，竟敢在大人面前拔劍！請大人挖出我們的眼睛，把這群無知的狂犬斬了吧！」

「呃，好誇張……算了，汀也踢了你兩腳，彼此扯平吧。」黑衣人西京看著面前那群遊俠，抓抓頭，興致不減。「咱們繼續來賭吧，用這個押十萬，賭不賭？」

「大人的光劍，任何一個遊俠都沒有資格碰上一下！」聽西京如此說，那群賭徒反而更加緊張，磕頭不停。「如果大人缺錢，小的們全部錢財都可以雙手獻上，只求大人收我們為徒！如果大人不答應，小的們就長跪在此！」

遊俠都是這樣，把劍技看作高於生命的東西，如果有幸能得到劍聖門下的傳授，更是他們捨棄一切都願意去換取的東西。西京撓了撓腦袋，看著地上那群人，那群遊俠也抬頭看著他，那熱切的目光讓他感到毛骨悚然。

糟糕，又遇到他最頭痛的情況。

「汀！快逃！」西京忽然間大叫一聲，抓起光劍，轉身奪路而走。

「是！」深藍色頭髮的少女乾脆俐落地應了一聲，同時點足跟著主人掠起，兩人身法都是極快，整個賭場裡的人只覺得一陣風吹過，便已看不到兩人的影子。

掠出了大堂，往大門邊跑去的時候，汀卻忽然拉了西京一把，往樓上掠去。「這邊，主人！」

「幹嘛要上樓？」西京愣了一下。

汀一邊跑一邊回答：「我要看『那個人』啊。主人，你忘了嗎？我昨天夜裡就已經和你說過了。」

說話之間，兩人已經掠上二樓。然而明白了汀的意圖後，西京卻驀地在走廊裡頓住了腳，淡淡道：「那麼，妳自己去吧，我在這裡等妳。」

汀垂下眼睛，低聲道：「主人……你、你還是不想見他嗎？」

西京笑了笑，抬手摸摸少女的頭髮，眼裡卻是漸漸騰起殺氣。「嗯，妳自己去吧，我怕我看見那個傢伙會……」

「會如何呢？」本來平整的牆壁忽然裂開，露出裡面的密室。珠簾捲起，年輕的傀儡師舉步走出來，眼神空茫地看著黑衣劍客，淡淡地說：「西京將軍，好久不見。」

「該死的畜生！」西京的臉色驟然大變，光劍瞬間出鞘，吞吐的白光宛如閃電，斬向年輕的盲人傀儡師。

迎面而來的劍氣，逼得蘇摩一頭深藍色的長髮拂動起來，獵獵如旗。在如意夫人的驚叫聲中，蘇摩神色絲毫不動，不還手也不抵抗，只是站在密室中——光劍抵到他的鼻尖處凝住，然而即使如此，強烈的劍芒還是在傀儡師臉上割出一條裂痕，從額頭經眉心至下頷，齊齊裂開，將絕美的臉龐劃破成兩半，血如同紅珊瑚珠子一樣滲出，凝聚在蘇摩高而挺的鼻尖，滴落。

「有種。」西京眼裡是鷹隼般的冷厲，直直看著蘇摩，許久，忽然冷笑收劍。

「如果是空有面容的小白臉，老子就一劍殺了你。」

「主人！」汀心驚膽顫地上來拉住他。「別殺他！他是我們鮫人的少主啊。」

「嘿，我還未必能殺得了他呢，妳擔心啥？」西京甩開汀的手，向後一屁股坐到密室椅子上，冷笑著拿起一瓶醉顏紅，仰頭「咕嘟咕嘟」大口喝了起來。「妳看看他的臉吧。」

汀轉過頭，不由得輕輕脫口驚呼——只是一轉眼，蘇摩臉上的傷痕已經泯滅無蹤。

「好劍法。」傀儡師淡淡笑著擊掌。「不愧為劍聖門下。不知道將軍的授業恩師是劍聖尊淵，還是女劍聖慕湮？」

西京冷笑一聲，只顧自己喝酒，斜了汀一眼。「妳不是來看你們少主的嗎？有什麼事快辦，別囉囉唆唆說些別的，我這壺酒喝完就走。」

「主人……」汀知道主人的脾氣。如果他一旦看某人不順眼，那便是費多少唇舌都不管用，只好有些抱歉地轉過頭來，恭恭敬敬地對著蘇摩行禮：「少主，我家主人就是這個臭脾氣，您不要介意。汀是鮫人復國軍下屬第三隊隊長，特來見過少主。」

如意夫人驚訝地掩住嘴——鮫人歷來都處於嚴酷的奴役之下，難得自主活動。而二十年前那一場起義，又被滄流帝國派出的巫彭鎮壓下去，鮫人的數量經此一役減少了五分之一，十幾年後才重新組建了復國軍。為了防止滄流帝國發覺，復國軍的編制極其機密，每個高層戰士更是隱藏得很深，即使如意夫人身為後方負責糧草的主管，但除了和執掌日常事務的左右權使直接聯繫之外，也不大瞭解復國軍有哪些人。

「我不是什麼少主，看來非得讓你們失望了。」然而，聽得汀那樣熱切又崇敬的稟告，蘇摩卻是漠然回答。「你們把我捧上那個位置，那是你們的事。我絕不是你們復國軍眼裡的那個英雄和救世主。」

聽得那樣的回答，汀瞠目結舌。

「蘇摩少爺的脾氣很怪，別被嚇到啊，汀姑娘。」看到傀儡師那樣回答，如意夫人忙不迭地上來打圓場，拉起了汀。「放心，蘇摩少爺將帶領我們為獲得自由、重歸碧落海而戰。是不是，少爺？」

聽得如意夫人的問話，蘇摩沉默了許久，最終還是沒有反駁，抱著懷中的傀儡，緩緩點頭。

「我們出去一下吧，讓蘇摩少爺和妳主人好好說話。」如意夫人長長舒了口氣，拉著汀退出去，壓低了聲音說：「汀姑娘，左權使也說過今日要代表復國軍來迎接少主，可不知道為什麼居然還沒到。妳知道出了什麼事嗎？」

汀也有些愕然。「還沒到？不可能啊，左權使大人一向嚴謹守時。」

如意夫人和汀離開後，密室裡，兩個男人各自沉默著，氣氛彷彿凝固了。

自顧自地喝完最後一口醉顏紅，西京滿足地嘆了口氣，斜眼看著對面擺弄著偶人的傀儡師，忽然冷笑道：「你倒還算有自知之明，知道自己根本算不上什麼英雄。」

蘇摩的手指輕輕牽著線，小偶人在桌子上歡快地翻跟斗，一個又一個。傀儡師嘴角露出漠然的笑容，帶著某種奇異的自厭說道：「我當然不是，將軍才稱得上那兩個字吧。百年前葉城那一戰，足以名留史冊。」

「呃？」倒是沒有料到對方會這樣回答，受了恭維的西京有些尷尬地抓抓頭。「那個啊……不是打輸了嗎？有什麼好提的。」

「雖然那時候我還被囚禁在青王的離宮，但也聽說了那一戰。」蘇摩聚精會神地低頭操縱著偶人，淡淡回答：「聽說那時候四方屬國都陷落了，而作為通往帝都的唯一要道、兵家必爭之地，葉城被十萬大軍包圍。當時將軍帶領區區三千殿前驍騎軍對抗冰族大軍，堅守空桑咽喉，居然抵抗了足足一年多。」

「那個啊……」似乎不願多提百年前的事，西京又抓了瓶酒，喝了一大口。「不管這個國家如何，百姓總是無辜的。作為戰士，為效忠的祖國戰鬥到底，不過是本分而已。」

蘇摩沒有抬頭，只是淡淡笑了笑。雖然眼前這個人如此簡單地一筆帶過，然而無可否認，是這個落魄酗酒的男人，讓百年前那一場空桑人和冰族的「裂鏡」之戰出現了轉折，從而名留史冊。

百年前那場戰爭剛開始的時候，面對不知從何處忽然出現在雲荒大陸的外來鐵騎，荒淫腐朽的夢華王朝根本無法抵擋，節節敗退。戰爭開始的第二年，澤之國為求自保，首先歸附了冰族，然後北方的砂之國幾個部落相繼脫離夢華王朝，或是自己封王割據，或是歸附冰族。剩下以霍圖部為首的幾個部落做了抵抗，然而根本不是冰族軍隊的對手。

最要命的是，沒落的夢華王朝內部四分五裂。六王之間勾心鬥角不說，因為對積重難返的空桑感到了絕望，連新任軍隊統領的真嵐皇太子都無心抵抗。

戰線是摧枯拉朽般地往大陸中心推進的，冰族軍隊在十巫的率領下，很快就對鏡湖中心的伽藍帝都形成合圍之勢。伽藍帝都唯一對外的通道，便是與葉城之間的湖底水道。若是葉城被攻克，那麼空桑人最後的土地，伽藍帝都便糧水斷絕，成了徹底的孤城。

葉城是雲荒大陸上最繁華的城市，雲集著最富有的商賈，城裡到處是恐慌的情緒。但除了富商之外，城裡的奴隸和鮫人都認為冰族到來，便能讓他們從奴役下解脫，所以暗地裡準備裡應外合。

在這樣的情況下，十巫認為葉城內無強兵、外無援軍，人心惶惶，攻克不過是旦夕間的事。何況從兵家來看，攻城之時，攻守雙方兵力之比在三比一以上便有獲勝的把握，如今葉城守軍不到七千，在冰族十萬大軍面前簡直不堪一擊。

一開始的情況，的確如同十巫所料，葉城守軍不到十日便傷亡過半。多處城牆被炸開缺口，甚至冰族兩個小隊的戰士已經突破上了葉城城頭，撕開空桑人的防線。

「日落之前，葉城城門將為您打開。」半個時辰向金帳中的智者彙報一次戰況，長老巫咸信心十足。

然而那位神祕的智者仔細聽了聽外面的聲音，忽然搖了搖頭說：「不可能，他來了。」

「誰？」巫咸震驚地抬起頭，看到登上城頭的那一隊冰族戰士忽然紛紛滾落到了城下。城頭號角嘹亮，兵刀尖利，旌旗閃動交替，忽然間甲冑的色彩變了。

「驍騎軍！殿前驍騎軍來了！」葉城中爆發出了歡呼。

巫咸臉色蒼白，震驚地喃喃道：「驍騎軍？他們還是派出了驍騎軍？」

這一日，開戰以來一直所向披靡的冰族軍隊，在葉城下遭遇到第一次慘敗。眼看葉城快要被攻破，驍騎軍卻通過湖底水道趕到葉城及時增援，迅速和疲憊不堪的守軍接防完畢。

接下來的戰鬥成了冰族惡夢的開始。驍騎軍只有三千名士兵，首輪投入戰鬥的不過一千多名，然而平均每個人卻防守著兩丈長的城牆，平均每個戰士要面對至少二十名的敵人。戰鬥從早上打到黃昏，又從黃昏打到深夜，冰族攻城的軍隊倒下一批又一批，屍首堆積如山，卻始終不能前進一步。那些突破上城的冰族小隊，在和驍騎軍短兵相接的白刃戰中，如湯沃雪，轉瞬被化整為零地就地殲滅。

看到忽然逆轉的戰況，十巫目瞪口呆。進入雲荒到現在，他們從未看到空桑有這樣強大的軍隊。

「看到了吧？這才是當年星尊帝時代征服雲荒和七海的空桑戰士……可惜這個荒淫靡爛的帝國裡，也只剩下這麼一點往日的榮耀。」金帳中，看著城頭上戰鬥的驍騎軍戰士，智者頓了頓，淡淡道：「再攻一年看看吧。」

於是，僵持第一次出現在雙方之間。

葉城雖然於一年後被攻破，但那一場守衛戰，卻成了空桑和冰族「裂鏡」之戰中的轉捩點。空桑人被打擊到幾乎摧毀的信心開始恢復，即便是在葉城被攻破之後，在真嵐皇太子的親自指揮下，伽藍孤城依然堅守了十年之久。

「聽說葉城被攻破的時候，三千驍騎只剩下你一個？」聽著美酒咕嘟咕嘟流入對方的咽喉，蘇摩面無表情地操縱著偶人，驀然問了一句。

那句話猛然刺入西京的胸口。他劇烈地咳嗽起來，彎下了腰。

「很痛苦吧？聽說葉城是從內部被攻破的。那些城中的富商為了保全自己的身家，暗中聯合起來，出賣了葉城。」傀儡師慢慢讓偶人擺出一個痛苦抽搐的姿勢，跌倒在桌上。「那一日，商會借著犒勞軍隊，在驍騎軍的酒裡面下了毒……上千戰士就這樣倒下了。葉城的城門是從裡面被打開的，衝進來的冰族軍隊全殲了驍騎軍。你看，無論果殼多堅硬，如果果子是從裡面開始腐爛的話，也無濟於事啊。」

「住口。」錫製的酒壺在西京手中慢慢變形，他沉聲喝止。

「我還記得你隻身回到伽藍城請皇太子賜死的情形。多麼恥辱啊。」蘇摩彷彿沒有聽見，反而微笑起來。「所有下屬都戰死了，作為將軍你卻還活著。你為什麼沒死呢？就因為你是個滴酒不沾、自律極嚴的軍人？」

「住口！你這個瞎子給我住口！」黑衣劍客猛然暴怒，將捏扁的酒壺扔到蘇摩臉上，酒水潑了傀儡師一頭一臉，滴滴答答順著蒼白的臉滴落。

然而蘇摩毫不動容，繼續淡淡道：

「但讓你痛苦的不止於此吧？葉城陷落以後，為了報復，冰族進行了七日七夜的屠城，除了少數富商，無數平民奴隸被殺，好像其中也包括了你的家人吧？真是愚蠢，為什麼不舉家逃走呢？可惜真嵐皇太子不肯用死刑來結束你的痛苦……所以讓你痛苦的事情還是接二連三發生。」

似乎對往日瞭若指掌，傀儡師說著，聲音忽然也有些顫抖。

「你唯一的師妹從白塔上跳下來自殺，伽藍城裡的空桑人因此要屠殺鮫人洩憤，你卻無力阻止……最後你擅自開放地底水閘，放走水牢裡的大批鮫人奴隸。這一次，真嵐皇太子也無法維護你，只好剝奪了你的一切爵位，永遠放逐。

那之後你去了哪裡呢？誰都不知道……我猜，你是用了劍聖的『滅』字訣在某處避世沉睡吧？然後在醒來的間隙偶爾遊走於雲荒大地，成了一名遊俠。世上的百年，對你來說不過是醉醒間的一夢，你的歲月是凝定的，所以保持這樣的不老容顏。」

似乎終於說完了，蘇摩摸索著拿起了一杯醉顏紅，對著西京舉了舉，微笑道：「為往日，乾杯。」

西京沒有動，看著這個英俊的傀儡師喝下酒去，冷冷問道：「蘇摩，你說這些，是為了什麼呢？」

「因為……」喝完了一口酒，傀儡師微笑著將白瓷酒杯放到頰邊輕輕摩挲，吐了口氣。「在你開始報復我之前，不妨先讓你狠狠地痛一下吧。」

西京看著他，彷彿想看出這個盲人傀儡師眼裡哪怕一絲的真實想法。

沉默的對峙持續許久，忽然間，落魄的劍客笑了起來，手腕一動，將銀色的光劍在手心拋起、接住，嘴角扯了一下，似笑非笑。「老實說，老子真想一拳打到你這張臉上。」

「打啊。」蘇摩也是微笑了起來，挑釁似地回答。

「打了也是白費力氣。」西京拋動著手中的光劍，忽地冷笑。「本來老子發誓，如果見到你，非得替阿瓔報仇，把你大卸八塊扔去餵狗。但是……」

「但是什麼？」蘇摩冷笑，「但是你怕了我嗎？」

黑衣劍客斜眼看了看蘇摩，眼神驀然鋒銳起來，大笑說：「但是聽你剛才那麼說，忽然就改變主意了。百年前你是個孩子，百年後還是個孩子。既然阿瓔自己都不記恨，老子和一個孩子計較什麼？」

「你說什麼？」蘇摩的手指忽然停滯，在對方那樣的大笑中，他漠然的表情倏地凍結，空茫的眸子裡，閃過觸目驚心的殺氣。「不許笑！不許用那樣輕慢的語氣和我說話！」傀儡師猛然站起，手指間光芒一閃，厲聲道：「沒人是個孩子！給我閉嘴！」

西京側身向左滑出，閃電般反手拔劍，「錚」的一聲，白光吞吐而出。

桌上的偶人手足彷彿被無形的力量牽動，十枚式樣各異的戒指在空氣中飛旋而來，方向、力道完全不同，帶動著透明的引線，宛如鋒利的刀鋒般切割而來。

「糟了，他們還是打起來了！」聽到聲響，汀急得跳起來，連忙想衝進去。

「別去。」如意夫人一把拉住少女，皺眉道：「他們兩人動上手，誰還能拉得開？」

「不行呀！這樣下去，主人和少主有一個要受傷的！」汀跺腳道。

如意夫人笑了，意味深長地看著她。「那麼，妳希望哪一個受傷呢？」

汀忽然呆住，說不出話來。

「如果西京站到我們鮫人的對立面上，汀姑娘，妳要如何？」如意夫人拉著少女，尖尖的指甲幾乎要把鮫人少女粉嫩的手臂掐出血痕來。「妳會忠於『主人』，還是忠於我們鮫人一族？」

藍髮少女張口結舌：「不，主人他不會這樣……他是我們鮫人的恩人啊！」

如意夫人美豔的臉上忽然有可怕的表情，抓住少女，壓低聲音，幾乎是逼迫般地說：「我是說萬一……萬一他要是傷了、殺了少主，妳要如何？」

「我……」汀臉色慘白，手劇烈地發抖，低聲道：「那我就殺了他！」

「好孩子。」如意夫人終於微笑起來，放開了藍髮少女，撫摸著她的秀髮說：「好孩子，妳和妳那個叛國的姊姊，終歸還是不一樣的。」

在她的低語中，密室的門轟然倒了，一個人踉蹌著破門而出，勉強站定。

「主人！」汀一聲驚叫，衝上前去，看到主人臉上裂開了一道傷口，血流披面，形狀可怖。

「好！」西京推開她，卻是將光劍換到左手，抬起受傷的右手，用拇指擦了擦臉上的血，放入口中舔了一下。他的眼睛看著室內漠然而立的傀儡師和桌上二尺高的偶人，緩緩開口：「好一個『十戒』！好一個『裂』！」

「好快的『天問』。」蘇摩淡淡回答。

「汀，我們走。」西京手腕一轉，「唰嚓」一聲收回光劍，對著藍髮少女吩咐：「我可不想跟這種不像人的人待在一起。」

「是的，主人！」汀愣了一下，急忙跟了上去。

如意夫人奔入密室，看到毫髮無傷的傀儡師，忍不住地歡欣鼓舞：「天啊……蘇摩少爺，你居然贏了西京嗎？」

蘇摩沒有回答，彎腰低下頭，手指在地上摸索著，撿起一枚戒指——那是方才被西京一劍削斷落地的戒指。傀儡師極其緩慢地把戒指戴回手上，右手的無名指指根忽然冒出了一道血絲。

與此同時，被斬斷的引線另一頭，桌子上偶人的右手肘部，慢慢地居然也有血跡透出。

「蘇摩少爺？」如意夫人倒抽一口冷氣，連忙上去扶住傀儡師。「你怎麼了？」

「我沒事。」蘇摩回手捂住自身的右手肘部，指間鮮血淅瀝而落。他看了看同樣位置正在出血的偶人，眼神複雜。

「主人，我們不在賭坊等慕容公子了嗎？」出了門來，汀惴惴不安地問：「我們還是回去吧？您的傷也要找個地方包紮一下呀。」

「不回去！」黑衣劍客皺眉，斷然道：「我可不想和不像人的人靠那麼近！」

「呃？」汀愣了一下，不明白方才主人已經說過一遍的這句話是什麼意思，仰頭遲疑著問：「主人、主人是罵蘇摩少主不是人嗎？主人看不起鮫人？」

「想哪裡去了？」西京無奈地皺眉。「我是說他沒人味兒。那樣的人還是人嗎？可怕……怎麼會變成這樣？」

「變成……怎樣？」汀莫名其妙地看著主人，從懷中拿出手絹給他擦著臉上的血，惴惴不安道：「主人，你不喜歡蘇摩少主嗎？你、你會殺他嗎？」

「殺他？」西京一把拿過汀的手絹，粗魯地三兩下擦乾淨。「他不自殺就是奇跡了。」頓了頓，握著染滿鮮血的手絹，落魄劍客沉吟著，苦笑道：「多少年了，我還是第一次被人傷到。能有個那樣的對手很難得呀，他死了就可惜了。」

「主人？」汀看著西京，憂心忡忡。

西京用手巾胡亂包紮著右臂的傷，吩咐：「汀，妳回如意賭坊看看慕容修那個小子來了沒，我就不去了。還有……」頓了頓，劍客彷彿沉吟了一下，臉色凝重。「還有，妳回去告訴那個傢伙，要他小心一些。如果不趁早斬斷引線，他遲早要崩潰。那法子太惡毒，難怪他越修煉越不像人。」

「什麼法子？」汀依舊莫名其妙。

西京苦笑起來，拍拍汀問道：「丫頭，妳看到那個小偶人了嗎？」

「看到了啊，和少主一模一樣。」汀點頭道：「像孿生兄弟一樣，好可愛。」

「可愛？那就是『裂』啊……」西京嘆了口氣，臉上有憂慮的神色。「妳沒聽過吧？我本來也以為不會有這種術法的——那傢伙，是把自己的『靈』硬生生分裂開來，把另一半『惡』封入了那個傀儡裡，然後通過本體，用引線操控傀儡殺人。」

「為什麼要分裂開來呢？」汀聽得目瞪口呆。

「大約是為了避免『反噬』吧。」西京點點頭沉吟。「雖然我學的是劍道而非術法，卻也略知一二。所有術法都有反作用，如果施用法術失敗，在施法者沒有防護的情況下，咒語將以起碼三倍的力量反彈回施術者本身；即使施用成功，也會有一定的力量反彈回來，造成潛移默化的不良影響。所以許多修煉術法的人，到最後無法再進一步，就是因為承擔不起施法的同時帶來的巨大反彈。」西京對著汀解釋。「如今蘇摩硬生生將自己一部分的神魂分裂出來，封入傀儡中，用傀儡作為替身來承受反噬，那麼他就可以無止境地提高自己的修為……這一百年來，他大概就是這樣修行的吧。」

「難怪少主這麼厲害。」汀似懂非懂地點頭。「可是，這樣有什麼壞處呢？」

西京搖搖頭說：「後果是很可怕的。蘇摩自以為能控制那個傀儡，卻不知在他本體修為提高的同時，承受反噬力折磨的傀儡力量也在積累，漸漸脫離他的控制——到最後是他控制那個傀儡，還是傀儡控制了他，那可說不定……」

「啊？但是那個傀儡，本來不也是他的一半神魂嗎？」汀還是不解。「怎麼會有誰控制誰呢？」

「傻瓜，一個是『本來』的他，一個是『惡』的他。一個身體裡面有兩個截然相反的靈魂激烈爭奪著，妳說最後會如何？」黑衣劍客嘆了口氣問道。

汀怔住，半晌才喃喃道：「會……發瘋？」

「必然會。」西京緩緩點頭，目光卻是雪亮。「目前看來，蘇摩還能控制那只傀儡，但也已經到了極限吧？如果不儘快斬斷十戒上相連的引線，全面的崩潰只是遲早的事了。」

「天啊，我馬上和如意夫人說！」汀驚住，跳了起來。「得讓少主切斷引線！」

西京嘆息，搖搖頭。「其實說了也是白說，他哪裡肯啊……事到如今，引線一斷，偶人自然死去，但是他多年苦修得來的力量也要隨之散去，全身關節盡碎，成為一個廢人。他這般孤僻桀驁，目空一切，又哪裡會肯……」

風裡的呼嘯聲還是隱約傳來，那些風隼似乎往東邊去了，變成了小黑點。仰頭看著雲荒湛藍的天宇，劍客緩緩嘆息：「那傢伙對誰都是毫不容情……當年阿瓔遇上他，被他害成那樣，也是劫數吧。」長風吹動劍客的髮絲，看著天宇，他微笑起來。「明庶風起了……從東邊吹來的青色的風啊。汀，春天到了。」

走到岔路口的時候，看到那笙沒跟上來，慕容修不由得停下腳步回頭看了看。那個苗人少女停在岔路口，雙手撐著膝蓋，彎下腰去看地上的什麼東西。

「呃，慕容，好像很不妙呀。」那笙聚精會神地看著散落的蓍草，那是她一路走一路摘來的。「我們如果走這條路，前面一定有大難。」

慕容修無可奈何地看著她。這個女孩子自稱會占卜，一路上不停卜卦算命，連過一座橋都要掐指算半天。他搖頭，堅決反對：「不行，非得去不可。妳別磨磨蹭蹭的，天色晚了就糟了。」

「哎呀！你怎麼就不聽呢？」那笙看他自顧自地走開，連忙小跑著跟上去。「我不是吹的！我算命真的很準！如果你要走這條路，一定有大難！」

「那麼大仙，妳另外選條平安的路走不就得了？別跟著我。」慕容修不耐煩至極。

「喂，你這人怎麼這麼說話？我是為你好耶！你以為我胡說是不是？好，我替你算算，你聽著——」那笙鬱悶，卻忍著氣跟在後面，一邊走一邊掐指計算。「你叫慕容修，揚州人，巨富之家的長子……二十一歲，父親已去世，母親……呃，母親健在……什麼？她兩百四十七歲了？哇，妖怪！」

在苗人少女詫然驚叫的同時，慕容修猛地停住腳步，回頭看她。那笙埋頭掐算，幾乎一頭撞到他懷裡。

「妳怎麼知道？」慕容修不可置信地看著她問道：「妳究竟是什麼人？」

「我是那笙啊。」那笙笑了起來，得意道：「我說我會算命……你信了吧？真的，聽我的，別去郡城了，這條路凶險得很啊！」

慕容修不說話，看著眼前笑靨如花的少女，第一次覺得那樣明亮的笑容有點看不見底。他是不信什麼能掐會算的胡說，但這個少女居然對他瞭若指掌，顯然是調查過他的底細，才一路跟著他。而自己，居然對這個半路相遇的人一無所知。

雖然是鬼姬託付的，但是這個陌生的女子真的可信嗎？

那笙不知慕容修心下起疑，只是一味勸阻他不要走這條路去桃源郡，卻不料她越是勸慕容修不要走大路、不要去郡城，慕容修心裡就越是覺得蹊蹺。但是，他只是沉下臉冷冷道：「西京大人在如意賭坊等我，我怎能不去？妳若不肯，也不必跟來。」

說完，他頭也不回地往前走。那笙看他黑了臉，心下有點怕，跺了跺腳，無法可想，只好垂頭喪氣地跟上。兩人默不作聲地走了一程，那笙腳有點痛了，不停斜眼覷著慕容修，看他還是沉著臉，便不敢開口說要停下來休息。

慕容修為人謹慎，冷眼看見她面色不定，心下越來越覺得可疑。又走過一個岔路，看到前邊越發荒涼，只怕是殺人越貨都無人察覺。他忽然有了個主意，便指著路邊幾塊石頭道：「走得也累了，坐下來歇歇吧。」

那笙就是盼著他這一句，連忙一屁股坐下，大口喘氣。「天啊，還有多遠……我都累死了。」

「妳歇歇，我去那邊給妳舀水來。」慕容修笑了笑，卸下肩上的小簍子。「妳替我看著瑤草。」

「呃，好吧。」那笙抬頭，對他笑了笑。

那樣明亮的笑靨，宛如日光下清淺的溪水，刺得慕容修不禁閉了一下眼睛，心下驀然有些猶豫起來——難道……難道是自己多慮了嗎？

然而，雖然年輕，出身於商賈世家的人都是謹慎老練的。

「試試看就知道了吧。」他想著，把價值連城的瑤草筐子留下，走了開去。

慕容修從河中取水，故意在河邊多逗留一下才往回走。他摸了摸羽衣下纏腰的褡褳——寬大的羽衣遮蓋下，誰都看不出他腰間繫著昨夜打包整理的褡褳。那丫頭如果有歹心，應該已經不在原地了吧……不過她一定不知道，為了以防萬一，筐裡昨夜就被自己換上了一團枯草。

一邊想一邊往回走，還沒轉過河灣，已經看見石頭上坐著的少女果然不見了，連著那只筐子一同消失。年輕的商人站在樹下怔了一下，手裡水壺「啪」的一聲掉到地上，然後他俯下身默不作聲地撿了起來，苦笑。

「逢人只說三分話，未可全抛一片心。」自小，家族裡長輩在帶他行走江湖經商的時候，就這樣教訓過年少不更事的他。這世上又有誰不見財起意呢？已經吃了多少明槍暗箭的算計，自己居然還沒長進，差點被那個丫頭給騙了。

他重新整頓羽衣，走回大路上，急急趕路。天黑前他必須趕到桃源郡城去見母親託付的那位西京大人，不然，孤身懷有重寶的自己，只怕隨時可能送命。

「喂！喂！你幹嘛？」才走了幾步，忽然間身後有人清脆地喚他。「你想扔下我一個人跑嗎？」

慕容修霍然回頭——回首之間，只見一襲青色羽衣閃動，怒氣沖沖的少女從路邊樹叢衝出來，大呼小叫地追上來，緊緊抱著一只筐子。

東面來的明庶風緩緩吹著，雲荒上一片初春的嫩綠，鮮亮透明，而大片深深淺淺的綠意中，那個穿著羽衣的女孩宛如一隻剛出蛹的小小蝴蝶，努力拍著翅膀飛過來。

不知為什麼，忽然感到心裡一熱，他忍不住就笑了起來。

「慕容，你要我！」追得上氣不接下氣，那笙大怒，指著他的鼻子大罵：「你想趁機扔掉我不管嗎？該死的傢伙，你就不怕我把你一筐子瑤草當樹葉燒了！」

慕容修想板起臉冠冕堂皇地說幾句，但不知為何居然忍不住地歡喜，只問：「妳剛才去哪裡？」

「我、我去那邊林子裡……」那笙忽然結巴了，臉紅地低下頭，細如蚊蚋般回答：「人家、人家好像早上吃壞了肚子……」

「啊？哈哈哈！」慕容修再也忍不住地大笑起來。

「笑什麼？等一下你一定也會鬧肚子！」那笙惱羞成怒，惡狠狠地詛咒，把抱著的筐子扔到他懷裡。「不過我可是替你好好看著它，一直隨身帶著。」

「我不要了。」慕容修連忙把筐子扔回給她，撇嘴道：「一定很臭。」

「你！」那笙鬧了個大紅臉，揭起蓋子聞了聞，如釋重負道：「明明不臭！」

慕容修看她居然老實地去嗅那一筐葉子，更是忍不住大笑起來。

「很好笑嗎？」那笙倒是被他弄得有些莫名其妙，看著一路上顯得拘謹靦腆的年輕商人這樣子大笑。

少年老成的慕容修似乎記不起自己多久沒有這樣舒暢地笑過了，心裡只感到說不出的輕鬆愉快，搖搖頭說：「好，我不笑了、不笑了。我們快趕路吧。」

兩人並肩走著，苗人少女看著慕容修，嘆了口氣道：「你笑起來真好看，應該多笑笑才是。你不笑的時候，看上去好像誰都欠你錢一樣，老了十歲呢。」

「呃？」被她那樣心直口快的話弄得愣了一下，慕容修忽然再次笑了起來。「不能怪我，我自小都跟著家族長輩學習商賈之道，不夠老成，人家哪裡和你談交易？」

「嗯？那麼你家裡那麼多兄弟姊妹，就不跟你玩嗎？」那笙詫異。

「慕容家年輕一輩為了家產勾心鬥角，長房就我一個嫡子，明槍暗箭都躲不及，哪裡有閒心玩？」慕容修卻愣了一下，嘴角忽然有一絲苦笑。「對了，以前我有個九妹妹，是三房庶出的，性格就和妳一般，後來稍微長大，就完全變了。慕容家是個大染缸啊。」

「呃？」終究不明白大家族裡面的複雜鬥爭，那笙表示了一下不解。慕容修也不想多費口舌，只是道：「反正，這次來雲荒，如果做不好這筆生意，我就連家都不能回了。」

那笙驚訝道：「不會吧，你父親、你爺爺不疼你嗎？」

「爺爺？」慕容修笑了一下，搖頭說：「我是鮫人的孩子，怪物一個，怎麼會疼？」

「鮫人？是不是就是『美人魚』啊？」那笙怔了怔，吃驚道：「聽說個個都是美人，而且會唱歌、會織布，掉下來的眼淚是夜明珠……不過那只是傳說啊。鮫人和你有關係嗎？」

「嗯。」慕容修微笑著點頭，開始對這個少女說起他的身世祕密。「妳真的挺厲害，不錯，我的母親今年的確兩百四十多歲了。她是個鮫人，二十多年前我父親來到雲荒……」

慕容修一路走，一路將自己的身世說了一遍，滿以為那笙會聽得目瞪口呆，不料那笙只是半信半疑地抬眼看看他，訥訥道：「聽起來……好玄啊，比我給人算命時還唬人。」

「我幹嘛騙妳？」慕容修有些不快，拂開垂落的髮絲，壓過耳輪。「妳看，鰓還在。」

「哎呀！」那笙跳了起來，湊過去看，嘖嘖稱奇。「真的和魚一樣呢！」

「是吧。」慕容修不等她動手動腳便放下了頭髮。「不過我父親是中州人，所以我頭髮和眼睛顏色都是黑的，而且和一般人一樣，二十多年就長成現在這樣。」

「好可惜……如果你像母親，就能活好幾百年了。」那笙嘆氣。

「那有什麼好？」慕容修搖頭。「到時候看著身邊人一個一個死去，你自己不死是很難受的。妳沒見過我母親現在多寂寞。」

「嗯……為什麼她不再嫁呢？」那笙思忖著提議：「幾百年，她可以嫁好幾個……」

話沒說完，看到慕容修驀然沉下來的臉，她連忙噤聲。

本來好好的氣氛忽然又冷下來，慕容修默不作聲地繼續趕路，那笙背著乾草簍子跟在後面，怏怏不樂，暗自抱怨前面這個人翻臉的速度真是讓人受不了，都不知道哪些是他的死穴不能碰。

前方是一片荊棘林，兩人一前一後走入，小心翼翼地避開那些倒刺，尋覓著草叢中的路徑。慕容修走得快，幾乎要把她甩下，那笙心下一急，往前跑了一步，不小心「刺啦」一聲衣服就被鉤住了，她跪在地上，手忙腳亂地解開，最後還是以硬生生扯下一塊來告終。

看著嶄新的羽衣缺了一塊，那笙大為心疼，忽然看到走在前面的慕容修急匆匆地折返回來，臉色蒼白，彷彿背後有人追著他一樣。

「噓……」她剛要開口，慕容修忽然伏下身捂住她的嘴，急急道：「別出聲，有人追我！看樣子像是殺人越貨的強盜。」

「強、強盜？」耳邊聽到有一批人走近，那笙結巴問。

說話間，那群人已經追進林子，越來越近，一邊罵罵咧咧一邊細細搜索。

「明明剛才迎面遇到了那個小子，居然一回頭就跑了，機靈得和兔子一樣！」

「別急，這林子不大，荊棘又多，他跑也跑不快，我們慢慢搜就是了。」

「耽誤了時間，總管又要罵我們飯桶。等抓到那小子，非砍殘了他不可。」

一群人顯然訓練有素，呈扇形散開，慢慢打草搜樹，腳步聲漸漸走近。

那笙立時聯想到天闕上那一群殘暴的亂兵強盜，只嚇得手心冒冷汗。忽然身上一輕，那只簍子已經被他拿走，手裡則被塞來一樣東西。她要問話，耳邊聽到慕容修低聲吩咐：「等一下我跑出去引開他們，妳待在原地別讓他們看見。好好拿著這個褡褳千萬別丟了，雪罌子也放回妳身上，免得落到他們手裡。」

「不行！」雖然害怕，但聽到那樣的安排，她還是用力搖頭表示反對。

「笨蛋，妳趕快去如意賭坊找西京來！我會沿路留下記號的。」慕容修狠狠按著她的頭，躲在荊棘下急急吩咐：「這是最穩妥的安排，不許不聽！不然兩個人一起死！」

聽得搜索的聲音越來越近，他不再多話，一把將那笙按到荊棘底下，將那個裝著枯草的簍子揹起，跳起身來，迅速往荊棘林外跑去。

「在那裡！在那裡！」果然他一動就被對方看見，那群強盜立刻追了上去。

那笙大急，想站起來跑出去，然而荊棘鉤住她的衣服和頭髮，等她好不容易站起來時，那群強盜已經追了出去，往大路上跑去。

「慕容修！慕容修！」她大叫著站起來，衣服破了、頭髮散了，狼狽不堪。一站起來她衣服上的東西就落到地上：一個褡褳，一個用金簪子刺著的雪罌子，還有那本《異域記》——幾乎是他的全部家當。

那笙解開褡褳，一眼看到裡面的瑤草，陡然就明白過來。

「該死的，算計我。」想起方才的事，她訥訥地罵，站在荊棘林中，把包著的右手舉起，放到眼前呆呆看著，忽然眼睛就紅了一下，忍不住想哭。

「要是我告訴你我有『皇天』，你就不用逃了啊，怎麼不聽我說完就跑出去了？」那笙喃喃說著，忽然用力踢著地上的土，哭了出來。「該死、該死！我不該瞞著皇天的事！這一回害死他了！」

那笙忽然間感到了徹底的孤單和無助，一個人站在荊棘林裡，一邊解著被勾住的頭髮和衣服，一邊嗚嗚咽咽地哭。她悔恨了半天，好不容易解開那些倒椥的勾刺，已經衣衫襤褸、髮如飛蓬，臉上手上被劃出了道道血痕，這時候才忽然想起正事：

「啊，如意賭坊！去找西京救命！」

她不敢怠慢，揹上褡褳、收起雪罍子和冊子，跌跌撞撞爬起來走出林子去，沿著大路往前走，忽然脫口喃喃道：「糟糕……我不認識路！完了！」

薄暮時分，如意夫人打點好蘇摩的事情，下樓來招呼生意，在場子裡轉了一圈，忽然聽得有人在頭頂上輕輕叫她。美婦吃驚地抬頭四顧，頂上華麗的錦帳撩起，一張少女美麗的臉探了出來——梁上居然坐著一個人。

「汀？」她吃驚地問，沒料到這個藍髮少女還留在如意賭坊。

「如意夫人。」汀確定那群光頭遊俠都不在了，看了看周圍，輕輕躍下地。如意夫人奇怪地看著她問道：「妳怎麼沒有走？待在那兒幹嘛？」

「等人啊……」汀無聊地嘆了口氣。「待在梁上容易看得清楚些，我已經等了整整一天……主人答應做某個中州來的傢伙的保鏢，約在這裡碰面。」

「哦？」如意夫人掩口笑起來。「能請動西京出手，雇主一定塞了很多錢吧？」

「才不呢……主人這次是一文錢不收，看來還要倒貼。」汀臉色有些複雜，嘆息道：「沒辦法，因為他欠紅珊好大的人情，人家讓他幫忙，他能說個『不』嗎？」

「紅珊？」聽到名字，如意夫人霍然記起這個同族頗負盛名的姊妹，恍然大悟。「她以前似乎跟過西京大人一段時間吧？但她不是二十多年前嫁人去了中州嗎？」

「嗯……我們鮫人裡，也許她的命最好吧？」汀微笑起來，臉色複雜。「堂堂正正嫁了人，跟著丈夫安家立業，如今她兒子已長大成人，要回雲荒做生意了，所以紅珊才來拜託主人照顧他呢。」

「什麼？」不知為何，如意夫人心裡一跳，臉上色變。「紅珊的兒子？最近他到雲荒來了嗎？叫什麼名字？」

「慕容修。」汀沒有看到旁邊如意夫人的臉色，隨口回答。「如果沒有意外，應該今天會到桃源郡。他和主人約好在這裡見面，可是居然遲到那麼久，真是的。」做一個商人，能那麼不守信用嗎？

「糟糕！」如意夫人一拍扶手，脫口驚呼。

「怎麼了？」汀嚇了一跳，莫名其妙地轉頭。

「可能辦錯事了……」如意夫人喃喃道，連忙轉身，吩咐一個看場子的小廝：「快！去叫總管過來，有急事！」

然而，不等小廝去通報，總管胖胖的身軀便從後面走過來，看到汀在旁邊，他到如意夫人耳邊壓低聲音稟告：「夫人，那個中州來的人抓到了，但是貨沒在他身上。小的們正在地窖裡用刑，不怕那傢伙不吐出放哪兒。」

「快停手！」如意夫人臉色陣紅陣白，脫口回答：「快放了他！」

總管吃了一驚，眨著細細的眼睛問：「夫人，放了？好肥的一隻羊啊。」

「蠢材！那是自己人！」如意夫人柳眉倒豎，忍不住扇了總管一巴掌，打得他滿臉肥肉震顫。「他母親是鮫人！你怎麼不調查清楚就劫了？還不快給我放了！」

總管一迭聲答應，捂著臉狼狽而去，心裡罵哪有搶劫還要先調查清楚人家祖宗三代的？然而看到如意夫人發火，忙不迭地跑了下去放人。

「你們、你們……劫了慕容修？」汀慢慢回過神來，指著如意夫人，因為錯愕而有點結結巴巴。「怪不得他沒來，原來是你們半路劫了他？」

「誤會，誤會而已……」精明幹練的如意夫人從未有過這一刻的狼狽，用帕子擦了一下額頭的冷汗，苦笑道：「妳也知道我們什麼生意都做，他又帶著重寶……真是見笑了。」

「可真糟糕。夫人，妳快好好安撫慕容公子吧。」汀也苦笑起來。「萬一主人看到他要保護的人被你們嚴刑拷打，脾氣一上來，我拉都拉不住啊。」

「好、好，我馬上去。」如意夫人連忙點頭，站起身來，卻嘀咕：「貨不在他身上？人不是有兩個，怎麼少抓了一個？那麼貨是在另一個同伴身上嗎？」

揹著瑤草、身負求援重任的那笙，此刻還在離郡城十多里的荒郊野外，孤身一人迷了路。本來她遇到岔路口就卜一卦，用來決定走哪一條路，可是漸漸地離開了大路，越走越荒僻，到最後居然連路都隱沒在荒草裡看不見。

夕陽西下，天色漸漸暗淡，四野暮雲合璧，風聲也呼嘯起來。

那笙拉緊了破得滿是窟窿的羽衣，揹著滿褡褳的瑤草，站在茫茫荒野中又急又怕，跺著腳不知如何是好，生怕趕不及去如意賭坊，誤了慕容修的性命。

「對了，沿著水流走……或許可以碰到人家問問路。」聽到遠處水流聲，那笙終於有了個主意，眼睛放亮，立刻拔腳循著水聲追了過去。

那應該是青水的支流，水色青碧，那笙掬水喝了一口，甘美溫暖。她沿著水流走了幾步，詫異地看見水中居然散落著點點嫣紅的桃花花瓣，浮在青色的水面上，美麗不可方物。

「雲荒也有桃花？」那笙一路走，一路詫異地四顧，卻沒看見周圍有花樹。「奇怪。」

她忍不住彎下腰去，想撈一片上來，然而奇怪的事發生了，那些漂浮的桃花花瓣一觸及她的手指，陡然間紛紛沉沒到了水裡。

「哎呀。」她再去抓，然而那些花瓣彷彿活的，紛紛散開、沉沒，非常好看。

「算了。」那笙洩氣道。

換作平日，以她的心性非要抓到幾片才罷休，但如今一想到慕容修落到了那些歹人手裡，她就顧不上玩。待要起身，忽然看到水上漂下一物，她順手撈起來看，竟是一塊衣物，上面有淡淡的殷紅。

「啊，附近有人！」那笙精神一振，整整衣服，沿著水流小跑起來。

跑出十幾丈的時候，轉過一叢蘆葦，果然看到前方河岸上有個人，正俯下身來掬起一捧水，長髮從肩頭瀑布般垂落水中，掬水的手裡落下點點嫣紅的桃花。

「喂！」那笙喜不自禁，邊跑邊招手，上氣不接下氣。「喂，請等一下……」

那人顯然聽見她的招呼，轉過頭來。然而不知為何，看見她沿著河岸跑過來，忽然鬆開手，「呼啦啦」將那捧桃花撒掉，縱身跳入水中。

「喂！喂！妳……妳幹嘛？」

那笙被那個人嚇了一跳，只見那個人「撲通」一聲跳入水中，水面鏡子般裂開，整個人就無聲沉沒下去。

「糟了，她要尋短見！」

那笙看到那個人已經沉入水中，只餘下一頭長髮載浮載沉，便來不及多想，甩了褡褳，也不管自己水性多差，一頭跳入水中，奮力游近，去拉那個投水的女子。然而，等她好不容易來到那人身側，去拉溺水者的時候，手忽然一緊，卻被那個人一把狠狠拉住。

「放開，放開……」那笙忽然覺得喘不過氣來，奮力往水面游去，冒出頭吸了一口氣，就被那個溺水者死死拉著，沉甸甸墜入水底。

如果她水性精良，便應該料到瀕臨死亡的溺水者在遇救的一剎那，會下意識纏住救人者的手足，很容易將救人者同時拉下去。此時，應該當機立斷地重擊溺水者後頸使其鬆手，然後從背後攬住溺水者，將其拖上岸。然而那笙自己水性也不是很好，更從未有水下救人的經驗，被咕嘟咕嘟嗆了幾大口水，頓時頭昏腦脹，分不清東西南北，直往水底沉下去。

她下意識地用力，想掙開那個溺水者的手，然而那個人毫不放鬆。那個人的長髮在水裡散開來，居然是奇怪的深藍色。掙扎之間，透過水藻一般拂動的髮絲，那笙忽然看到那個人近在咫尺的眼睛，充滿了殺氣和狠厲，狠狠按住她，往水底摁去。

那個人……那個人是故意的？她、她為什麼要……

那笙在水下大口吐著肺裡的空氣，眼前浮動過大片的嫣紅色桃花，意識恍惚的剎那間，她忽然認出來了——原來是水母啊……

神志開始渙散，每一口呼吸都嗆入了水，她陡然覺得後悔，居然就要這樣莫名其妙送命在這裡嗎？慕容修還在那一幫強盜手裡，還等著她回去救他呢！

一念及此，一股不甘頓時湧起，那笙用盡了全力亂踢亂動。忽然間，不知道她踢中了哪裡，那個人全身猛地震一下，手指鬆開來，整個人往旁邊漂了開去，清冽的水中漂著一路的血紅。

那笙顧不上別的，立刻踢著水往上游去，浮出水面大口呼吸，手足並用濕淋淋地爬上岸去，狼狽不堪地大口喘氣。暮色中，她看見自己下水時甩下的褡褳扔在數十丈外，原來水底那一路掙扎，居然不知不覺就順流漂下了那麼遠。

簡直是逃出生天，那笙連忙爬起身來，跌跌撞撞地跑向褡褳。確定到了安全的地方，她一連嘔出幾口清水，感覺筋疲力盡。

斜陽已經快要隱沒在西邊山頭，從這裡看過去，天空盡頭的白塔高入雲霄，一群又一群白色的飛鳥繞著它盤旋，翅膀上披著霞光，宛如神仙圖畫。然而，在這個桃源仙境般的地方，她這幾日來遇到的人和事，居然和紛亂的中州沒任何區別，甚至更加危險和邪異。

『只有你們這些中州人才把雲荒當桃源。』

雪山頂上那位傀儡師的話語忽然又冒出來。經歷了那麼多顛沛流離，那笙從未退卻過，但是在水底求生的剎那間，筋疲力盡的她忽然間感到灰心——或許，那個叫蘇摩的詭異傀儡師說得沒錯，自己如今的確是到了夢碎的時候。

然而，待喘息稍微平穩，那笙便掙扎著起身，揹上褡褳，繼續往前走去。無論如何，她得趕快跑去郡城找西京救人，不然慕容修的命就完了。

方才那個奇怪的人沒有再上岸，然而她還是提心吊膽地遠離河邊行走，一直到走出一里地，來到一處淺灘上，她才鬆一口氣，停下來辨別路徑，但無可奈何地發覺自己還是迷路，不知身在何處。她漫無目的地亂走，真不知何時才能到桃源郡城。

走著走著，腳下忽然踢到什麼東西，她低頭一看，忍不住驚叫了一聲，一下子跳開來。

有一個人躺在那兒，應該是被沖上來的，身子斜在灘上，肩膀以上卻浸在水裡，一動不動，頭髮隨著河水拂動沖上岸來，居然是奇異的深藍色。

「呀！」認出了是剛才在水底要淹死自己的那個傢伙，那笙嚇了一跳，退開幾步。

不過她隨即看到那個人躺在那兒，似乎已完全失去知覺，身下一汪血紅色的河水。臉襯在深藍色的長髮內，更顯得蒼白得毫無血色，卻又是令人側目的美麗。

「活該，真的淹死了？」那笙看到那個人這個樣子，舒了一口氣，退開幾步，喃喃自語。「真是的……這麼漂亮的女人，幹嘛平白無故要殺我？難道是個找替身的水鬼嗎？」

彷彿回應著她的話，那個躺在水裡的人，手指忽然微微動了一下。

那笙嚇得又往後退開幾步，然而那個人只是動了一下手指，沒有別的動作。她鬆口氣，忽然覺得有些不忍起來——如果這樣走開來，這個人大約就要活活死在這裡。然而，想起方才對方不分青紅皂白就要溺死自己，那笙打了個寒顫，又猶豫著不敢上前。猶豫之間，她低頭看到自己包紮著的右手，忽然眼睛一亮。「對，我怎麼又忘了？我有『皇天』啊，怕什麼？」

於是她壯著膽子，涉水過去，俯下身用力將那個人從水中拖出來。這個苗人少女卻忘了想想，如果皇天像方才她溺水時那樣都不顯靈，她又該如何？

幸虧那個人的確是奄奄一息，被從水裡拖出來的時候一動也不動，手足如同冰一樣寒冷，臉色慘白、雙眼緊閉。

「啊，不會已經淹死了吧？」那笙喃喃自語，忙不迭地將那人扶起，靠在河岸石塊上，撥開那一頭顏色奇怪的頭髮，探了探鼻息——頓時，有一絲絲冰冷的氣流觸及她的手。

「還好，有救。」那笙長長舒了口氣，卻又不知道怎麼辦才好，手忙腳亂地拍著那個人的後背，想拍出她嗆下的水，然而折騰來去卻不見那個人吐出一點。正當那笙橫了心，準備使出最後一招，嘴對嘴給對方渡氣時，那個人忽然低低呻吟了一聲。

那笙聽得她出聲，脫口驚喜道：「哎呀，妳醒了嗎？」

「呃……」彷彿有極大的苦痛，那個人發出低呼，緩緩睜開眼睛，目光剛開始是散亂的，然後慢慢凝聚起來，落到那笙身上。那笙碰到她的目光，又下意識地往後退了幾步，卻歡喜說道：「我還以為妳淹死了呢。」

「淹……死？」那個人終於出聲說話，聲音卻是有些低啞，並且有些奇異地看著那笙，彷彿在審視著她。許久，她目光裡再度閃過痛苦之色，似乎已無法忍受，低低問：「妳、妳不是……不是滄流帝國派來的？」

「滄流帝國？」那笙愣了一下，似乎隱約聽說過這個名字，搖頭道：「不，我是中州來的，半路被強盜搶劫，迷了路。請問一下，姑娘妳知道往桃源郡城怎麼走嗎？」

「中州……」那個人低聲重複一遍，有些不信地看了看那笙，忽然大聲咳嗽起來，全身顫抖，慢慢縮成一團，似乎又失去知覺。那笙嚇了一跳，也忘了躲避，連忙過來拍著她的後背說：「快吐出來！妳一定嗆了很多水，不吐出來不行！」

一語未落，她忽然覺得窒息——那個人瞬間出手，卡住了她的脖子，把她按到了地上。

「妳、妳……」咽喉上的手一分分收緊，那個女子的手勁居然大得出奇，她怎麼都無法掙脫。那笙沒料到自己真的會被二度加害，急怒交加，漸漸喘不過氣來。

「真的是普通人啊？對不起。」在她快要失去意識的時候，那隻手忽然鬆開。只聽那個人低低說了一句，彷彿忽然失去力氣，沉重地癱了下來，倒在那笙身上。

那笙尖叫一聲，這時候才發覺那個人背部深深插著一枝箭，滿身是血。

天快黑的時候，那笙守著那個呼吸越來越微弱的人，終於不再猶豫了。她一咬牙，閉著眼睛，狠狠拔出那枝箭。

血噴濺到她的臉上——奇異的是，那居然是沒有溫度的、冷冷的血。

箭頭拔出的一剎那，那個人大叫一聲，因為劇痛而從昏死中甦醒過來。那笙嚇白了臉，忙拿撕好的布條堵住背後那個不停湧出鮮血的傷口，手忙腳亂。

「別費力了……」忽然間，那個人微弱地說了一句：「箭有毒。」

那笙大吃一驚：「有毒？」

她撿起那一截箭頭，看到上面閃著藍瑩瑩的光芒，果然是用劇毒淬煉過。她吃驚地看著那個臉色蒼白的女子。「妳……妳得罪了誰啊？被人追殺嗎？」

「拿、拿來……」那個人勉強開口，伸出手來。「讓我看看。」

那笙把箭頭交到她手裡，那個人把那枝射傷她的毒箭放到面前，仔細看了片刻，眼神慢慢渙散下去。「哦……『煥』，是他，是他啊。」輕輕說著，手忽然一垂，彷彿力氣用盡。

「喂、喂，妳別閉眼！」那笙看她眼睛又要合上，心知不好，連忙推她。那人在她一推之下勉強振作精神，睜開眼睛看了看她，喃喃道：「妳、妳叫什麼名字？」

「我叫那笙。」她老老實實回答，同時翻開包袱找東西給她治傷。

「那笙姑娘……」那個人忽然撐起身子看著她，蒼白得沒有血色的臉上有垂死前的陰影，費力地開口：「妳、妳能否幫我帶個口訊，去桃源郡……如意賭坊？」

「如意賭坊？」那笙眼睛一亮。「我正要去那裡呀！但是迷路了……妳認得路嗎？」

那人點點頭，手指緩緩在河灘上畫著，畫出一張圖。「妳從這裡……沿河一直走，五里路，左轉……咳咳，然後，然後看到一條大路……就是進城的路。」

「好呀！」那笙如無頭蒼蠅般奔波了半日，不由得大喜過望。「多謝姑娘！」

「咳咳，我、我不是……女的。」那個人露出些微的苦笑，低聲回答。

「呃？」那笙正在扯開「她」上身的衣服，準備清理傷口，果然看到一個屬於男人的平坦胸部，猛然呆住。雖然不像漢人女子般靦腆拘謹，但她還是鬧了個大紅臉，口吃道：「你、你……你是男的啊？」

那個人似乎已經衰弱到了極點，沒有開口回答，只是緩緩搖頭否認。

「呃，不是男的，也不是女的？」那笙糊塗了，摸了摸那人的額頭，觸手冰冷，根本沒有發燒。

「我是個鮫人……」看到那個中州少女的神色，聯想起方才她居然會問自己是否「淹死」，那個人苦笑起來，不得不費力解釋了一句，然後知道精力不多，不等那笙驚詫地反問，斷斷續續地交代：「請、請妳去如意賭坊，找如意夫人……說，炎汐半途遇上風隼，戰死，無法前來迎接少主……」

那笙認真記著他的話，沒有仔細去想，只是重複：「你說，炎汐，半途遇上風隼，死了，沒辦法來——是不是？」

「嗯……」那個人神志再度渙散，用了最後的力氣，將那枝箭頭遞給她。「帶、帶回去……給我的兄弟姊妹……告訴他們，小心……小心滄流帝國的雲煥少將。」

「啊？」怔怔地接過箭頭，看到上面刻著一個「煥」字，那笙腦子才轉過彎來。

「你說什麼？你就是那個什麼炎汐，是不是？」

那個人微微點頭，似乎為這個中州少女如此遲鈍而焦慮，然而毒性迅速發作起來，他只覺得力氣慢慢從這個身軀裡消失。「拜託了。我死後，可以把我的雙眼挖出來，送給妳，算是報酬……不要埋葬我……把我扔到水裡去……」

「什麼？」那笙聽得毛骨悚然，跳了起來。「挖出雙眼？胡說八道……呸呸，胡說八道。你才不會死！」

那個人看到她這樣的表情，還要說什麼，但那笙再也不聽他的話，解開褡褳，抓了一枝草出來。「你看，你看，這裡有瑤草……有一包瑤草！所以，別擔心！」邊說，她邊把那枝瑤草嚼碎了，敷到他背後的傷口上去。其實她也不知道該如何使用，但是想想不是口服就是外敷，乾脆雙管齊下。雖然這是慕容的東西，但是人命關天，此時也顧不得了。

「瑤、瑤草？」看到居然有那樣神妙的藥草，那人昏暗的眼神亮了一下，顯然也是大出意外，然而又轉瞬暗淡。「沒用……瑤草……不能治這種十巫煉製的毒……」

「呃？不會吧！」那笙正要把另一枝瑤草送入炎汐口中，聽他那麼一說愣住了。「慕容還說瑤草能治百毒，怎麼還是不行？」

「因為箭頭上是、是十巫煉製的毒……」炎汐苦笑著搖了搖頭，深藍色的長髮垂下來，掩住他半張臉。他眼睛緩緩合起說：「除非、除非……」

「除非什麼？」那笙急了，湊過去聽，然而炎汐只是淡淡道：「說了也沒用……妳、妳快去如意賭坊吧……這個，送妳。」不等那笙發問，他忽然用盡最後的力氣抬起了手，挖向自己的雙目。

「哎呀！你幹嘛？」那笙嚇了一大跳，連忙撲過去拍開他的手。

「哦……」炎汐的手被她用力拍開，然而，彷彿更加確認了什麼，他點點頭，放心地說：「託付妳，果然、果然沒錯……妳不知道吧？鮫人的眼睛叫做凝碧珠……如果挖出來，是比夜明珠都貴重的珠寶……價值連城……」

「血淋淋的，再值錢我也不要！」那笙想著挖出來的眼珠，不禁打了個寒顫。

「那麼……我沒什麼可以報答妳了……」炎汐搖搖頭，聲音微弱如游絲，催促道：「妳快走吧……我怕……風隼還會過來……」

那笙看看天色，已經完全黑了，她心下也開始擔心慕容修的安危。方才自己是迷了路，無可奈何被困住，如今知道路，真是恨不得立刻飛了過去找西京回去救人。

她重新打了個包袱，揹起褡褳，準備上路。

然而，回頭看見河灘上半躺著的炎汐蒼白的臉。他靜靜地合上眼睛，清秀的臉上有大片淡淡的黑氣——這個人，就要死在這個荒郊野外嗎？那邊是人命，這邊又何嘗不是一條人命？

她終究不甘心，忍不住回過身來，搖著他的肩膀，接著追問他方才說一半的回答，做最後無望的努力。「你告訴我，要解你的毒，除非什麼？」

「除非……」被劇烈搖晃著，在開始失去意識的剎那間，炎汐終於吐出幾個字：

「雪罌子……」

「哎呀！」那笙忽然大叫一聲，抱著失去意識的人歡呼起來。

黑暗，黑暗……還是無盡的黑暗。為什麼看不到藍色？

海國的傳說裡，所有鮫人死去後，都會回歸於那一片無盡的蔚藍之中，脫離所有桎梏、奴役、非人的虐待，變成大海裡升騰的水汽，在日光裡向著天界升上去、升上去……一直升到閃耀的星星上。如果碰到了雲，就會瞬間化成雨，落回到地面和大海。

所以，他從來不畏懼「死亡」。

那應該是自然而然的事，特別是對捨棄了一切、作為復國軍戰士的他來說。何況，鮫人都活得太久，很容易對這個世界感到厭倦和絕望。他已經快要三百歲，看過了太多的起落滄桑，對於生死早已淡然。

然而，為什麼眼前只是一片黑色？他死後到了哪裡？

耳邊有「呼呼」的風聲，和奇怪的「嗦嗦」聲，似乎在草中穿行。

「這是哪裡？」他忍不住低低地發出聲音來，不知道身在何處。

「哎呀！太好了，你醒了！」

回應他的居然是大得嚇人的歡呼。然後，他感覺身子忽然一沉，重重砸到地上──那樣劇烈而實在的痛楚，以及背靠堅實大地的感覺，讓他飄移的意識瞬間回到身體裡。

這是哪裡？眼睛看到的還是一片漆黑，然而，那空茫的黑色裡，忽然閃現出了幾點碎鑽般的光亮。

哦，原來……是夜空。

視線漸漸清晰。猛然間，夜空消失，一張滿是笑意的臉充盈了他的視野，因為湊得太近而看起來有些嚇人，張開的嘴裡有兩排小小的貝殼般牙齒，歡呼的聲音也大得有些嚇人。

那笙扔下拖著的木架子，跑到炎汐身邊，看著他睜開的眼睛歡呼。

「那、那笙？」好不容易認出面前的人，他費力地開口：「我……還活著？」

那笙用力點頭，笑得見牙不見眼，晃著懷裡那一簇雪罌子殘留的莖葉說：「你沒想到吧？我正好也有雪罌子！嘿嘿，厲害吧？我厲害吧？」

「真的嗎？」炎汐看著她的笑容，苦笑了起來。「妳、妳知道……雪罌子，能值多少錢嗎？」

「呃？應該很值錢吧？不然慕容那傢伙怎麼肯答應帶我上路？」那笙倒是愣了一

下，然後搖頭說：「不過再貴也只是一株草，跟人命怎麼能比？」

背後的傷口上火燒一般的刺痛已經消失，全身的痛楚也開始緩解，雪罌子的藥力居然那麼迅速。炎汐躺在地上，搖了搖頭說：「人命？咳咳，鮫人也算人嗎？」

「胡說八道！怎麼不算？」那笙詫異，甚至有些憤怒。「慕容修那傢伙就是鮫人的兒子！鮫人又怎麼了？個個都是美人，還活得比人長命，多好啊。」

炎汐看了看她，本以為她是一無所知才會如此對待自己，沒料到這個中州少女居然也知道鮫人的事，卻毫無偏見。他笑了笑，勉強坐起來。「我們到哪了？要趕快去郡城才好。」

「嗯，前面就是官道。我剛才拖著你走了五里路耶，厲害吧？」那笙指著前方依稀可見的城郭，洋洋得意地說道。

「辛苦妳了。」炎汐垂下眼。「所有對鮫人有恩的人，我們都永遠銘記。」

「嘻，別那麼一本正經。出門在外，相互幫忙是應該的。」那笙走過來幫忙扶著他，正色道：「如果沒有人幫我，我根本來不了雲荒，早就死在半路上了。」

說話間，她觸及炎汐的手，驚訝地發覺他的手臂居然依然冰冷。

「沒事，鮫人的血本來就是冷的。」不等她發問，炎汐看出了她的疑問，掙開她的手回答：「我可以自己走。」

那笙看著他用樹枝撐起身體，將肩背挺得筆直，一步步往前走，居然完全似沒有受過垂死重傷的樣子，不由得咋舌，連忙跟了上去，忍不住好奇地發問：「哎呀，難怪你這麼好看，原來也是鮫人？那麼你哭的時候，掉下來的眼淚能變成夜明珠嗎？變一顆出來讓我看看好不好？」

炎汐不知如何回答。對方是救命恩人，本來她提出任何要求，自己都應該竭盡全力去回報，然而這樣的要求卻讓人不得不皺眉。看著少女熱切的眼神，炎汐終於還是無法可想地回答：「這個……抱歉，那笙姑娘，我從來沒有哭過。」

「啊？」那笙愣了一下。

「復國軍戰士流血不流淚。」炎汐沒有看她，邊走邊看向天地盡頭的白塔，淡淡道：「特別是，不能流給那些奴隸主看，讓他們拿鮫人的痛苦去換取金錢。」

「呃？」那笙吃驚地睜大了眼睛。「有人拿鮫人的眼淚去換錢嗎？」

「當然有。」炎汐點點頭，夜風吹起他深藍色的長髮，他蒼白清秀的臉有一種介於男女之間的美，帶著某種吸引人的奇異魔性。那笙看著他深碧色的眼睛，隱約記起蘇摩也有同樣顏色的眸子，不由得打了個寒顫，口吃問道：「也、也有人挖鮫人的眼珠去賣嗎？」

「珠寶商們管那個叫『凝碧珠』，非常值錢。除非鮫人的眼睛哭瞎了，無法再收集夜明珠，而鮫人本身又年老色衰，奴隸主們才會殺掉鮫人挖取眼睛。一個鮫人只能有一對凝碧珠，所以，比夜明珠值錢多了。」炎汐淡淡解釋，面容平靜。那笙在一邊聽得目瞪口呆，喃喃道：「啊……真有這樣的事？我逃荒的時候聽說青州大旱，城裡的人都開始吃人肉，但是……但是這裡是雲荒啊，怎麼也有這樣的事？」

「有空的話，我再和妳說說這個雲荒大地上有關鮫人的事吧……」看到少女驚愕的表情，怕說得多了嚇到那笙，炎汐轉移話題：「妳從中州來的嗎？中州一定比雲荒好得多吧，妳為什麼要離開那裡來這個地方？」

那笙陡然愣住，不知道回答什麼才好。

忽然間，兩人彷彿都變得心事重重，只是不出聲地沿路走著，遠處的燈火無聲召喚著兩個在曠野中行走的人，風從耳邊呼嘯掠過。

『只有你們這些中州人才把雲荒當桃源。』

慕士塔格絕頂上，蘇摩冷笑著說出的那句話反復湧上心頭，那笙眼前閃現傀儡師空茫卻又彷彿看穿一切的眼神。忽然間，「喀嚓」一聲輕響，心裡有什麼東西，碎了。

炎汐走在前面，忽然聽到風裡傳來少女的哭聲，很小聲很小聲，似乎不想讓人聽到。他驚詫地止住腳步，回頭看那笙，看見她把臉埋在手掌裡，一路走一路嗚咽，夜風呼嘯，吹起她蓬亂的頭髮和破碎的衣衫。那笙忽然抬起頭看著他，眼神是無望而悲哀的，有夢碎後的暗淡。她啜泣道：「我、我不知道……會來到這樣的地方。但是……我沒地方可去了。我的家鄉被燒了……族人都已經死了。我……我以為，雲荒會是桃花源一樣的地方。」

炎汐無語，忽然後悔自己方才將血淋淋的事實，不加掩飾地告訴面前的少女。

就在這停步沉默的一剎那，寂靜中，荒郊的風聲忽然大了起來，風裡隱約有奇異的呼嘯一掠而過。

「趴下！」炎汐忽然大喝一聲，撲過來將那笙一把按到草叢中。

唰——眼角餘光裡，那笙只見一雙大得可怕的羽翼忽然遮蓋她所有視線，呼嘯著從頭頂不到三丈的地方掠過，帶起強烈的風暴，甚至將她和炎汐裹著吹得滾了開去。

她驚聲尖叫，看到那隻大鳥掠過頭頂，然後往上升起，盤旋在半空。夜幕下，她看清了星光下總共有兩隻這種大得可怕的鳥，在荒郊上空呼嘯著盤旋。

「風隼！」耳邊忽然聽到炎汐的聲音，鎮靜如他，聲音中也有一絲顫抖。「糟糕，被他們發現了！」

風隼是什麼？就是這種翅膀直直的大鳥？雲荒的鳥，怎麼都不拍動翅膀就能飛？

那笙來不及問，忽然間聽到耳邊響起了刺耳風雨聲，驟然落下。忽然間天旋地轉，炎汐護著她一路急滾，避開了從風隼上如雨射落的勁弩，然而畢竟重傷在身，動作遠不如平日迅速，還未滾下路基，左肩猛然一陣劇痛。

同一時間，那笙也因為右肩的刺痛而脫口驚呼——從風隼上凌空射落的勁弩，居然穿透炎汐的肩骨，刺入那笙的肩頭。

那是多麼可怕的機械力！

風吹得他們幾乎睜不開眼睛，炎汐抬起頭，看到方才發起進攻的風隼在射出一輪勁弩後，再度拉起，掠上了半空，而另外一隻盤旋著警戒的風隼立刻俯衝下來，起落之間，居然配合得天衣無縫。

「別擔心，沒有毒，還好來的不是雲煥。」在進攻間隙中，炎汐迅速拔出箭頭帶血的箭，急急囑咐：「妳快趴在草叢裡逃開，我大約能攔住它們半個時辰……妳要快逃！去如意賭坊！」

不等那笙說話，炎汐一把將她遠遠推開，自己從草叢裡站了起來，反手從背後拔出佩劍，迎面對著那一架呼嘯而來的風隼。

勁風吹得長草貼地，鮫人戰士一頭深藍色的長髮飛舞，提劍迎向如雨而落的飛弩。

炎汐身形掠起，揮劍劃出一道弧光，齊齊截落那些如雨落下的呼嘯勁弩，劍光所到之處，那些勁弩紛紛被截斷。然而，那些機械發出的勁弩力道驚人，借著凌空下擊之力更是可怖。炎汐的劍每截斷一枝飛弩，手臂便震得疼痛入骨，牽動背後傷口，彷彿全身都要碎裂。

「走！走啊！」瞥見那笙跌倒在長草中，猶自怔怔看著他，炎汐急怒交加地大喝。但聲音未落，手中光芒一閃，原來佩劍經不起這樣大的力道，居然被一枝飛弩震得寸寸斷裂。

他被巨大的衝力擊得後退，張口噴出一口鮮血，踉蹌跌落地面，背後的傷口完全裂開，血浸透了衣衫。

此時那架風隼射空了飛弩，再度掠起飛去。趁著那樣的間隙，炎汐回首，對著那笙大喝：「快走！別過來！滾開！」

疾風吹得那笙睜不開眼睛，然而她反而在草叢中朝著炎汐的方向爬過去，緊緊咬著牙，看著頭頂迎面壓下的巨大機械飛鳥，臉上有一種憎惡和不甘——為什麼所有人都要她走？她就只有逃跑的命嗎？炎汐分明已經重傷，還要他捨命保護自己？

何況，即使炎汐死戰，她也未必能逃得過風隼的追擊。

那笙跌跌撞撞、手足並用地爬到了炎汐身旁，卻被他踹開。她被踢得退開一步，但仍踉蹌著站起來，擋在前面，對著迎面呼嘯而來的風隼，張開了雙手。

螳臂當車是什麼感覺？

此刻她看著作夢都沒見過的可怕東西壓頂而來，而自己和同伴只有血肉之軀時，那笙恍然覺得，自己就是那隻被車輪壓得粉碎的螳螂。

她沒有力量，但至少她有那樣的勇氣。滿天的勁弩呼嘯而來，箭還未到，她的臉已經被勁風刺得生疼。她閉上眼睛，張開雙手迎接那些透體而過的勁弩——天啊……要是她有力量攔住那些箭就好了，要是她有足夠的力量讓它們停下來就好了……

「借妳力量，妳會滿足我的願望嗎？」

忽然間，心底一個聲音忽然發問——宛如那一日雪峰上斷手的出聲方式。

「可以！可以！」

隱隱地，她記起了在哪裡聽過這個聲音，然而來不及多想，便大聲回答。

勁弩呼嘯著刺入她的肌膚，炎汐掙扎著伸手，拉住了她的腳踝，她身體猛然失去平衡，向後倒去。

「去九嶷吧。」那個聲音回答：「我救妳。」

九嶷？那笙忽然想起了那個夢裡死死纏住她的聲音，恍然大悟，脫口而出：「是你！是你！好！我去九嶷！」

就在那一剎那，那些已經切入她血脈的勁弩瞬間靜止，彷彿懸浮在空氣中的奇異雨點。她忽然感到右手火燙，包裹著的布條憑空燃燒。

那火是金色的，璀璨耀眼，瞬間將束縛住她右手的布化為灰燼，皇天的光芒陡然如同閃電照亮天地。那笙只覺得右手從肩頭到指尖一陣徹骨的疼痛，彷彿從骨中硬生生錚然抽出了什麼東西。她跌倒，駭然睜大眼睛，看到自己右手指尖陡然發出了一道光芒。

失衡的身子繼續往後跌落，然而她的手彷彿被看不見的力量推動，盡力前伸，憑空劃出一個半弧。

從半空俯視下去，可見射出的勁弩居然中途被定住，風隼上的滄流帝國戰士驚駭莫名，負責操縱機械的戰士連忙扳過舵柄，調整風隼雙翼的角度，想借勢掠起，然而風隼彷彿被無形的力量定住，完全不能動。

這是怎麼回事？風隼上的數名滄流帝國戰士目瞪口呆，怔怔看著底下草地上那個跌倒在地的少女。

一切在她的知覺裡彷彿變得極其緩慢。那笙的手緩緩劃出一道弧，勁弩一枝枝被截斷，疾風勁吹，遍地長草如浪般一波波漾開。

一瞬間過後，她失去平衡的身子終於跌落地面，重重落到炎汐身側。忽然間，那些凝定的飛弩彷彿被解除禁錮，劈啪如雨掉落地面。半空中的風隼猛然也開始動了，重新掠起。

那一架風隼死裡逃生，急急轉向掠起，然而還沒有掉過頭，忽然聽到高空中另外一架風隼上的同伴驚呼：「小心！」

風隼內所有人的眼睛都睜得幾乎裂開，不可思議地盯著面前——隨著那笙手指方才劃出的方向，一道閃電般的弧形忽然擴散，迎面而來，不等他們掉頭，耀眼的光芒陡然間湮沒了所有一切。

「皇天！皇天！」驚駭呼聲從風隼上傳出，傳遍天地。

當那一道光芒照亮天地的時候，一齊仰望的不知道有幾雙眼睛。

「那丫頭終於能徹底喚醒皇天的力量了。」透過水鏡看著桃源郡的荒郊，金盤中，那顆頭顱微笑起來。「白瓔，方才一剎那，妳的『后土』也產生共鳴了吧？」

「可是她那樣一出手，只怕滄流帝國都被驚動了。」旁邊的大司命面色喜憂參半。「以目前皇天的力量，只怕很難保全她突破十巫的阻礙，破開餘下的封印。」

「她下面將去九嶷，那裡有第二個封印，我的右足。」真嵐皇太子頓了頓。「前去封印處的路途遙遠，還要經過蒼梧之淵，才能到達歷代青王的封地。得找人護送她才行。」

「我去。」白衣的太子妃出列，跪下請命，手上戒指熠熠生輝。「『后土』能和『皇天』相互感應，應該讓我去。」

「白瓔，別逞強。」真嵐皇太子搖頭。「妳如今是冥靈之身，白日裡如何能遊走於人世？」

一旁的大司命遲疑，顯然感到為難。「如今所有空桑人在白日裡都無法離開無色城，六王又是冥靈之身，如何能護得那笙姑娘周全？」

斷手托起頭顱，真嵐皇太子臉上忽然露出一個意味深長的笑容。「誰說所有空桑人都在無色城裡？雲荒上不還跑著一個？」

大司命和六王都猛然呆住，半晌想不起皇太子說的是誰。「裂鏡」之戰以後，伽藍城裡十萬空桑人全部沉入無色城沉睡，而雲荒大陸上殘留的空桑人遭到了冰族的殘酷血洗，一遍遍的篩選讓流離在民間的空桑殘留百姓無一倖免。如今時間已過去了百年，即使當初有僥倖存活的空桑遺民，也該不在人世了。

許久許久，白瓔猛然明白過來，脫口道：「大師兄？」

「對了！」看到妻子終於猜中，真嵐皇太子大笑起來。「就是西京，我的驍騎大將軍。當年我下令將他逐出伽藍城，永遠流放，也是為了留一手，預防萬一出現如今的局面。」

「皇太子聖明。」大司命和六王驚喜交集，一齊低首。

「呃，別說這樣的話，我一聽就全身不自在。」頭顱露出一個尷尬的苦笑，抓抓頭，卻忘了自己目前哪有「全身」可言，然後頓了頓道：「只是，畢竟過去了百年，就怕如今西京未必會聽從我的指令……」

「哪裡的話，西京師兄從來是空桑最忠誠驍勇的戰士，不然當年也不會那樣死守葉城。」白瓔抗議反駁，眼神堅定。「百年後，定當不變。」

「希望如妳所言。」真嵐嘆了口氣，有些頭痛地抓抓腦袋，看了看白瓔。「看來還是得讓妳去一趟了。不知道西京將軍如今在哪裡，要辛苦妳了。」

「這是白瓔的職責，殿下。」白衣女子單膝下跪，低首回答：「今晚我就出發。」

高高的白塔，俯視著雲荒全境。

那一道閃電照徹天地，映得觀星台上十位黑袍人的臉色蒼白、面面相覷。

「終於出現了……」巫咸看著東方，喃喃自語：「皇天。」

「我已經派出雲煥，帶領十架風隼前往桃源郡。」統管兵權的巫彭穩穩地回答，信心十足。「他將會帶著那枚戒指回來——即使把桃源郡全部夷為平地。」

「是雲煥領著風隼去？」巫姑怪笑了起來，用乾枯的手指撥動念珠。「巫彭，你對你的人放心得很嘛，派兵也不和我們商量一下。」

巫彭神色不動，淡淡回答：「滄流帝國境內的所有兵力調動，乃是我權柄所在，若事事經過公議，那只是白白耽誤時機。」

旁邊有人冷笑，巫禮抬起了頭說：「派出風隼如此重大的事情，誰都沒通知，澤之國也沒有事先接到入境通告，定會引起那邊的國民恐慌。這般行事，讓我如何與高舜昭總督交涉？」

「好了好了，大家不要爭執。」終於，十巫的首座巫咸開口調和：「現今找到皇天、消滅潛在禍患才是最要緊的事，不然智者要怪罪。巫彭在這方面是行家，不妨先讓他自主去抓人吧。大家看如何？」

「好吧，就這樣。」散淡的巫即合上書卷，那也是這位老人在會上說的唯一一句話。然後他蹣跚著站起身，招呼他的弟子：「小謝，回去幫我找找《六合書》，我要查一句話。」

「是。」遲疑了一下，最年輕的長老起身，跟在巫即身後離開。

巫即走著，花白的鬚髮在夜風中飛揚，老人一邊走，一邊吟唱著古曲。他的學生巫謝分辨著難解的言語，陡然明白那是百年前覆亡的空桑王朝流傳下來的歌曲。

『九嶷漫起冥靈的霧氣。
蒼龍拉動白玉的戰車。
神鳥的雙翅披著霞光。
擁有帝王之血的主宰者，
從九天而下，
將雲荒大地從晨曦中喚醒。
六合間響起了六個聲音：
…………』

聽得那樣的低吟，年輕的巫謝愣了一下，倒抽一口冷氣。滄流帝國統治下，對於空桑遺留下來的一切事物都銷毀了，不只民間不許提起任何有關前朝的字句，甚至在權勢最高點的十巫內部，關於百年前的事也是一個忌諱。

據說這一切，都是那一位自閉在聖殿中從來不見任何人的智者的意思，甚至無人敢問原因何在。就如百年來神祕智者在這個帝國中的地位。

時間以百年計地流逝，大家漸漸對前朝這個話題養成自然而然的避諱習慣，文字記載被消滅了，年老一輩見證過歷史的人紛紛去世，那一段歷史慢慢就變成空白。

雖然因為有養生延年的祕方，十巫中曾經參與過百年前「裂鏡」之戰的還有六位長老健在，然而他們紛紛選擇了緘口沉默。而百年中陸續新進的其餘四位長老，更加不會去探詢當年的究竟。

然而，如今居然出現了空桑亡國後的殘餘力量。這樣的情況下，為什麼還要避談當年的事？難道……智者意圖在隱藏什麼？或者，只是單純出於對那個空桑王朝的深惡痛絕？

巫謝不明白地暗自搖頭，等走開遠了，才對著吟唱古老歌曲的老人輕聲提醒：「太傅，巫咸大人還未宣布結束，您就離席了，這不大好吧？」

「巫謝……」鬚髮花白的巫即微笑起來，停下腳步看著年輕的弟子，忽然轉頭指著天空說：「你來看，這是什麼？」

天空中居然有一顆星，白色而無芒，宛如白靈飄忽不定，忽上忽下。

「昭明星！」研讀過天文書籍的巫謝脫口驚呼，臉色發白，回頭看太傅。「這是……」

「這是比天狼更不祥的戰星。」巫即淡淡回答，看著那幾不可見的微弱白光。

「凡是昭明星出現的地方，相應的分野內必然有大亂。巫謝，你算算它如今對應的分野在哪裡？」

巫謝在剛才脫口驚呼的時候已經明白了昭明星出現的含意，轉頭定定地看著太傅，斗篷下的臉色發白。「在……就在伽藍城。」

「嗯……內亂將起。」巫即摸著花白的鬍子，顯然默認弟子的演算正確，然後帶著書卷走下塔頂，低聲囑咐：「所以，千萬莫要捲入其中啊。」

巫謝呆住，回頭看了看猶自爭執不休的其餘八位長老，又回頭看看底下沉睡中的城市。東方吹來的明庶風溫暖濕潤，從塔上看下去，作為雲荒中心的伽藍帝都一片靜謐。然而在這樣的靜謐中，又有多少驚濤駭浪、戰雲暗湧？

第十章 分離

那一架風隼在空中連著打轉，然而終究無法再度掠起，最終直直地一頭栽到地上。巨大的衝擊力和攪起的颶風，讓幾十丈外的那笙和炎汐都連帶著滾翻出去。風隼折翅落地，木鳥的頭部忽然打開，幾個人影從裡面如跳丸般彈出，迅速四散。

「唰」的一聲，天空中另外一架風隼俯衝過來，接近地面時，有一道長索凌空拋下，兔起鶻落，那幾個滄流帝國戰士迅速拉住繩梯，隨著掠起的風隼離去，消失在黑色的夜幕裡。

「啊……謝天謝地，幸虧他們逃了……」那笙跌倒在長草中，看著離去的風隼喃喃自語。右手臂彷彿震裂了一般疼痛，半身麻木，根本不能動彈。她完全不知道方才是怎麼了，只記得自己揮了揮手，那一架巨大的東西就忽然從半空中掉下來。

更可怕的是，方才揮出手臂的，似乎不是自己。

「妳……妳手上的東西，到底是什麼？」炎汐的聲音從耳邊傳來，他跌倒在地，勉力伸過手來，忽然低呼一聲：「皇天！」

那笙揮了揮手，發現包紮手的布條已經被燃為灰燼，那枚戒指在暗夜裡發出熠熠光輝，再也難以掩飾。她轉頭看了看炎汐，發現他的眼神變得極其奇怪，竟隱含敵意。那一瞬間，她有一種想要拔腿就跑的感覺。

然而剛一動身，她忽然便被再次重重按壓下去，耳邊聽得炎汐一聲厲喝：「別動！趴下！」

傷重如此，炎汐居然還有那麼大的力氣？同一瞬間，驚天動地的轟響震裂了她的耳膜。臉已經貼著地面，眼角的餘光裡，她震驚地看到幾十丈外一朵巨大的煙火綻放開來，映紅了天空。

碎片和著熾熱的風吹到身上臉上，割破她的肌膚，然而那笙目瞪口呆地看著這種奇景，感覺如同夢幻。直到炎汐放開壓住她的手，苗人少女都懵懂不覺。

「天啊……這、這是什麼？」那笙看著騰起的火光雲煙，睜大了眼睛喃喃自語：「我不是在作夢吧？炎汐！喂，炎汐？」

她用還能動的左手撐著地，掙扎著起來，四顧卻發現炎汐不在了，不禁大呼。前方映紅天空的大火裡，映出了那個鮫人戰士的影子，長髮獵獵、滿身是血的炎汐奔向那架還在燃燒的風隼，毫不遲疑地逕自投入火中。

「你幹嘛？」那笙大吃一驚，顧不得自己身上的疼痛，緊追過去。

迎面的熱氣逼得她無法喘息，鋁片融化了，木質的飛鳥劈劈啪啪散了架。然而在這樣岌岌可危的殘骸中，炎汐拖著重傷的身體衝入風隼中，探下身子，從打開的木鳥頭部天窗裡，想要用力拉出什麼。然而重傷之下體力已經不能支撐，他沒有拉動，整個人反而被拉倒在燃燒的風隼上。

「炎汐！」那笙跑了上去，顧不得問怎麼回事，同時探手下去，拉住風隼中的那個東西。感覺手中的東西冰冷而柔軟，似乎是死人的肌膚。她咬著牙，配合著炎汐同時使力。

啪！彷彿什麼東西忽然斷裂，手上的重量猛地輕了，兩個人一起踉蹌後退。

「快逃！」炎汐大喊，一把從她手中奪過那東西，拉著她轉頭飛奔。

似乎燒到了什麼易燃的部分，火勢轟然變大，舔到兩人的衣角。那笙根本看不清楚方向了，只是跟著炎汐拚命地奔逃，遠離即將爆炸的風隼。

「跳！」那笙跑得不知道方向，眼睛被煙火熏得落淚，耳邊忽然聽到一聲厲喝。模模糊糊中，她也不知道面前是什麼，來不及多想，用盡了力氣往前一躍，耳邊只聽「嘩啦」一聲，水淹沒了她的頭頂。

轟然的爆炸聲中，無數的碎屑如同利劍割過頭頂的水面。

不知道過了多久，沒有再聽到炎汐的聲音。她終於憋不住氣，浮出水面呼吸，外面已經完全安靜下來，只隱約聽見木料燃燒的「劈啪」聲。青水靜靜地流過，暗淡的星光下，她看到了炎汐坐在河岸上的身影。

「哎，你自己浮出來也不叫我，是想讓我淹……」濕淋淋地爬出來，發現褡褳全濕透了，她沒好氣地罵。然而剛說了一句，忽然間覺得氣氛不對，她猛地住了口，不敢再說話。

炎汐全身是血，背對著她坐在河岸邊，低頭看著什麼，肩膀微微顫抖。

「炎汐？」她猛然間感到了氣氛的沉重，不敢大聲，輕輕走過去。

「別過來。」忽然間，炎汐出聲，抬手制止。

然而那笙已經走到他的身側，低頭一看，陡然脫口尖叫。

「別看！」炎汐拉過破碎的衣袍，掩住他懷裡那一具支離破碎的屍體。他右手拿著斷劍，劍尖挑著一顆挖出來的心臟，那笙嚇得跌坐在河岸上，雙手都軟了，喃喃道：「你，你……」

那一具屍體的頭髮從衣袍下露出，竟是一樣的深藍色，宛如長長的水藻貼著河水，無聲無息地拂動。

炎汐沒有看她，微微閉著眼，口唇翕動，彷彿念著什麼，卻沒有出聲。片刻後，他睜開眼睛，逕自將那顆挖出的心臟遠遠扔入水中，低下頭，用手輕輕覆上屍體同樣深碧色的雙眼，低聲道：「我的兄弟姊妹，回家吧。」

那笙直直瞪著看，嘴巴因為震驚而張大，卻喊不出聲來。鮫人！那個被他們硬生生從風隼裡拉出來的，居然是個死去的鮫人！

衣袍下，那個死去的鮫人肢體已經不全，雙足齊膝而斷，胸腔被破碎的鋁片刺穿，全身上下因為最後爆炸的衝擊而沒有完整的肌膚。然而奇異的是，那張蒼白的臉上居然沒有一絲一毫的痛苦表情，而是近乎空白。那樣反常的平靜，反倒讓人看了不寒而慄。

看著炎汐將那個死去的鮫人推到青水邊，她連忙脫下身上破碎的羽衣遞給他。炎汐看了她一眼，默不作聲地接過來，裹住鮫人的屍體，然後推入水中。

屍體緩緩隨波載浮載沉，漸漸沉沒。最後，那一頭深藍色的頭髮也沉下去了。大群的桃花水母圍上去，宛如花瓣簇擁著屍體，沉沒。

「走吧。」炎汐注視了片刻，淡淡道，用斷劍支撐著站了起來。

那笙一時間不敢開口問任何事，只是默不作聲地跟在他後面。過了很久，她終於忍不住很小聲地問一句：「那個人……也是鮫人？」

「嗯。」炎汐應了一聲，繼續走路。

「你們不是同胞嗎？」她忍不住詢問，聲音有些發抖。「他、他為什麼會幫著滄流帝國殺你們？」

「妳以為他願意嗎？」炎汐猛然站定，回頭看著那笙，眼裡彷彿有火光燃燒，語氣也嚴厲起來。「妳以為他們願意嗎？他們被十巫用傀儡蟲控制，用來殺他們的同類！」

「啊……」想起方才那個死去的鮫人臉上毫無痛苦的詭異神色，那笙一個寒顫。「傀儡蟲是什麼？是類似我們苗疆那種用來操縱別人的蠱蟲嗎？」

「是的。」炎汐緩緩點頭。「風隼非常難操控，而且一旦從伽藍白塔上出發，滑翔而下，就必須在去勢未竭之前折返。如果無法按時回到白塔，便會墜地。為了不讓風隼落到敵方手裡，必須要有人放棄逃生機會，銷毀風隼。」說到這裡，炎汐看著沉入水中的屍體，眼裡有沉痛的光。「我們鮫人在力量上天生不足，但是靈敏和速度卻是無與倫比，非常適合操縱機械。於是，滄流帝國在每一架風隼上，都配備了一名鮫人傀儡來駕馭。那些鮫人被傀儡蟲操縱著，他們不會思考，不怕疼痛和死亡，到最後一刻便用生命和風隼同歸於盡。」

怪不得方才那些滄流帝國的戰士走得那麼乾脆，原來是沒有任何後顧之憂。那笙怔怔看著炎汐，喃喃道：「那麼，就是說……你們、你們必須和同類相互殘殺？」

「這是沒有辦法的事。其實要和風隼那樣的機械抗衡，唯一的方法，就是趁著它飛低的時候，首先射死操縱機械的鮫人傀儡……」炎汐轉過頭，不再看死去的同類，淡淡道：「即使如此，他們依然是我們的兄弟姊妹。他們是無罪的。因為冰族把傀儡蟲種在他們心裡，所以死時，必須挖出他們的心，才能讓他們好好地回到大海中安睡……」

炎汐走在路上，滿身是血，然而他將身子挺得筆直，抬頭看著天上的星光，語氣堅忍而平靜。

「我們海國的傳說裡，所有鮫人死去後都會回歸那一片無盡的蔚藍之中。脫離所有的桎梏，變成大海裡升騰的水汽，向著天界升上去，升上去……一直升到閃耀的星星上。」走在路上，那笙聽到炎汐的聲音緩緩傳來，平靜如夢。「如果碰到了雲，就在瞬間化成雨，落回到地面和大海。大海、長風、浮雲、星光，風的自由和水的綿延，那就是我們鮫人的輪迴和宿命。」

那笙抬頭看著黑沉沉的天，每一顆星星都耀眼奪目，彷彿是人的眼睛，在夜裡對著她微笑——忽然間，淚水盈滿了她的眼睛。

她轉頭看向炎汐，然而這個鮫人戰士的面容依然平靜，沒有一絲悲戚。『抱歉，我從來沒有哭過』——片刻前，面對她的要求，他那樣淡淡笑著回絕。怎麼能夠不流淚呢？若是經歷了這樣幾千年的災難和迫害，若是戰鬥到連同胞都是對手，要怎麼才能做到不流淚呢？

「人們都說，魚看不見水就像人看不見空氣，但是說話的那些人，並不知道遠離故國、在千里之外的陸地上世代被奴役，是多麼殘酷的事情。」炎汐靜靜沿著路走往桃源郡，抬頭看著星光。「都已經七千年了……無論是空桑人，還是後來的冰族，都把我們鮫人看成非人的東西、會說話的畜類，可以畜養來牟取暴利……妳說，這究竟是為什麼？」

那笙無法回答，只能訥訥道：「我……我不知道。我來到雲荒之前，還不知道這個地方有『鮫人』這樣的人。」

「我曾說要跟妳解釋這片土地上關於鮫人的事。其實很簡單。」

炎汐靜靜看著星光，不知道上面一共有多少鮫人靈魂化成的星星，對身側聽得出神的少女解釋。

「《六合書》上有那麼一段記載：『海國，去雲荒十萬里，散作大小島嶼三千。海四面繞島，水色皆青碧，鮫人名之碧落海也。國中有鮫人，人首魚尾，貌美善歌，織水為綃，墜淚成珠，性情柔順溫和，以蛟龍為守護之神。雲荒人圖其寶而捕之，破其尾為腿，集其淚為珠，以其聲色娛人，售以獲利。然往往為龍神所阻。七千載前，毗陵王朝星尊大帝滅海國，合六部之力擒回蛟龍，鎮於九嶷山下蒼梧之淵。鮫人失其庇護，束手世代為空桑人奴。』」

那麼長的一段古語，讓那笙聽得迷糊。炎汐走在路上，忽然回頭淡淡笑了一下。「也許妳覺得我和你們人類沒有什麼不同，但其實現在妳看到的鮫人，都不是我們本來的樣子。」

「是嗎？」她陡然好奇起來。「那……那你們在海裡的樣子，又是怎樣的？」

炎汐笑了一笑道：「我們鮫人出生在海裡，有著魚一樣的尾鰭。每當我們被捕捉上岸以後，便被陸上的人用刀子硬生生剖開尾椎骨，分出了腿，獲得了和你們一樣的外形。」

那笙倒抽一口冷氣。「啊？那……那很痛吧？」

「當然。很多鮫人沒有挺過那一關，在破身分腿的時候就死了。」炎汐點頭，深碧色眼睛裡卻是平靜的。「而活下來的也是場惡夢，因為活著一天就會痛一天。用那樣的腿每走一步，都像踩在刀尖上一樣。」

那笙驚呼：「但是你、你剛才還和他們打架！」

炎汐轉過頭，不作聲地走得飛快，許久才道：「鮫人如果自己不抗爭，就不能指望有獲得自由的一天。沒有人能夠幫我們，我們必須自己戰鬥。」

「可是，那什麼滄流帝國好厲害啊……你們怎麼贏得過他們？」想起方才的風隼，那笙打了個寒顫，搖頭道：「那樣的東西，簡直不是人能抵擋的。」

「是很難。如果是百年前腐朽的空桑王朝，我們也許還有獲勝的可能，但如今……呵，滄流帝國有著鐵一般的軍隊。」炎汐頓了頓，黯然搖頭，眼神卻是堅定的。「二十年前我們發動了第一次起義，想要回歸碧落海。然而，被巫彭鎮壓了。很多鮫人死去，更多被俘虜的兄弟姊妹被賣為奴。後來，我們又重新謀劃復國。不料，他們那邊又出現一個雲煥，比當年的巫彭還善於用兵打仗。」他的笑容有一絲苦澀。「也許……只能和他們比時間吧。畢竟我們鮫人的壽命是人類的十倍——無論怎樣都要活下去，到時候看誰能笑到最後。」

星光淡淡照在這個鮫人戰士身上，蒼白清秀的臉有介於男女之間的奇異美麗，然而那樣的目光，讓他過於精緻的五官看起來毫無柔弱的感覺，堅忍凝定，宛如出鞘的利劍。

「我幫你們！」胸口一熱，那笙大聲回答：「他們不該這樣！我來幫你們！」

炎汐猛然站住了，轉身看著個子小小的苗人少女，疲倦的臉上忽然浮起一絲笑意。然而他只是緩緩搖頭說：「不行。」

「為什麼不行？」那笙不服，用力揮著右手。「別看不起人。雖然我也不知道怎麼回事，但是你也看到了，剛才我揮揮手，那架風隼就掉下來了呀。」

「那不是妳的力量，只是皇天回應了妳的願望。」炎汐看著她的右手，淡然回答。「何況，妳能一揮手就獲得成功，也是對方的風隼毫無防備的緣故。」

那笙嚇了一跳，頗為意外。「你、你也知道皇天？」

「雲荒大地上沒有人不知道吧……雖然沒有人見過。」炎汐回答，忽然抬起手握住她右手，低頭看著她中指上的戒指，神色複雜莫測。「這是前朝空桑人最高等的神物，我也是第一次見到。」

那笙點頭，得意道：「你看，我大約可以幫上忙是不是？」

炎汐卻是緩緩搖了搖頭，眼神複雜，忽地苦笑。「不，正是因為這樣，注定了我們必然無法並肩戰鬥，成為朋友。」

「為什麼？」那笙詫異。

「因為幾千年的血仇！復國軍中規定，所有空桑人都是鮫人的敵人，遇到一個殺一個！」鮫人戰士的眼睛陡然冷銳起來，看著那笙。「所以，我們鮫人如何會求助於皇天的力量？而皇天想必也不會回應妳這樣的願望。妳戴著這枚戒指，自然是和空桑王室有某種聯繫，所以……」

「所以你要殺我嗎？」那笙嚇了一跳，往後退了一步。

「不，我們鮫人怎麼會傷害有恩於自己的人？」炎汐也看著她，苦笑搖頭。「但是，非常遺憾，我們終究無法成為朋友——我不能陪妳走下去了，我們該分道揚鑣。」

那笙看著他轉過身去，忽然間感到說不出地難過。雖然不過是認識半日，卻幾次出生入死，到頭來就這樣敵我兩立、分道揚鑣，想想就很傷心。

「後會有期！」看著他獨自前行的背影，她忍不住喊。

炎汐停了一下，轉過頭淡淡笑說：「還是不要見了吧。我怕下次若再見，便是非要妳死我活不可。畢竟妳是戴著皇天的人啊。」

「呸，胡說八道！」那笙不服，揮著手，手上戒指閃出璀璨的光芒。「絕對不會！你等著看好了，我要那枚戒指聽我的話，我要幫你們！」

「真是孩子……幾千年來空桑和鮫人間的血仇，妳以為真的能一笑置之？」炎汐苦笑，彷彿忽然留意到什麼，回到她身邊，撕下衣袍包紮她的手。「妳太粗心了，千萬莫要讓人看見它啊，不然麻煩可大了。」

「炎汐……」那笙低頭看著他包起自己的戒指，忽然鼻子一酸，咕噥：「我要跟你去郡城。」

「不行，下面我有要事要辦，不能帶著妳。」炎汐毫不遲疑地拒絕。「而且跟著一個鮫人結伴進城，妳和我都會有麻煩。反正郡城就在前頭，妳再笨也不會迷路吧？」

那笙看到前頭的萬家燈火，頓時語塞，卻只是纏著他不想讓他走。「萬一進城又迷路呢？那不是耽誤時間嗎？」

「笨蛋，妳這樣磨蹭難道不是更耽誤時間嗎？」炎汐苦笑搖頭。「妳應該也有妳的事要辦吧？」

「呃……糟糕，慕容修！」那笙猛然清醒，大叫一聲。一路的出生入死讓她幾乎忘記此行的目的，被炎汐一提醒，忽然省悟過來。已經半夜了，不知慕容修生死如何，她大驚：「完了，我來晚了！糟糕！」

顧不上再和炎汐磨蹭，她一聲驚呼，揹著褡褳向著桃源郡城飛快奔去。

重重疊疊的羅幕低垂，金鼎中瑞腦的香氣縈繞，甜美而腐爛。沒有一絲風。

帶子一勾就解開了，絲綢的衣衫窸窸窣窣地掉落到腳面，女子的雙腿筆直修長，皮膚光滑緊緻如同緞子。燭火下女人的眼睛裡有一種勾人的風情，她的手搭上了站在鏡子前的男子雙肩，緩緩褪下他披在肩頭的長衣，低聲道：「蘇摩公子，很晚了，意娘服侍您睡吧。」

羅幕下的燭火暗淡而曖昧，然而那個男子沒有說話，似乎還在看著鏡子。女子有些好笑，明明是看不見東西的瞎子，偏要裝模作樣地點著蠟燭照鏡子，快要就寢了也一本正經。這回如意夫人安排她服侍的客人真是奇怪……

然而，很快她的笑容就凝結了。衣衫從客人的肩上褪下，寬肩窄腰，肌骨勻挺，完全是令女人銷魂的健壯身體——但在寬闊的肩背上，赫然有一條龍騰挪而起。那是一個巨大的黑色紋身，覆蓋了整個背。在昏暗的光下看來，栩栩如生的龍張牙舞爪，幾乎要破空而去。

「呀！這是……」女子脫口低低驚呼，然而立刻知道那是對客人的不敬，連忙住口，用手指輕輕撫摸那個紋身，堆起笑誇獎道：「好神氣漂亮的龍……和公子好配呢。」頓了頓，感覺到手指下肌膚的溫度，她驚住了。「公子，你身子怎麼這麼冷？快來睡吧。」

「抱著我。」忽然間，那個客人將手從鏡面上放下，低低吩咐。

「啊？」意娘吃了一驚，然而不敢違抗客人的吩咐，只好將赤裸的身體貼上去，伸出雙臂從背後抱著他，陡然間冷得一顫。

「抱緊一點……再緊一點。」客人忽然嘆了一口氣，喃喃吩咐：「好冷啊。」

意娘伸出手緊抱著他，將頭擱在他肩上，嗤嗤笑著，一口口熱氣噴在他耳後。沒有一絲風，燭火一動不動，映著昏暗的羅幕，影影綽綽。痴纏挑逗間，她無意抬頭，看見鏡中客人的臉，陡然吃驚：居然是這樣英俊的男人？

即使她閱人無數，仍從未看過如此好看的男人，甚至是……讓身為女性的她都一時自慚容色。而且他身上帶著一種說不出來的魔性誘惑，令她不由得情動，赤裸的身子緊貼他的後背，軟軟央求：「很晚了……讓意娘上床好好服侍公子吧。」

一邊說，她一邊揮手去拂滅唯一亮著的蠟燭。

「別滅！」

不知道為何，客人陡然阻止——然而，已經來不及了。

完全的黑暗籠罩下來。房裡沒有一絲風，灼熱的感覺迅速上升。急促的呼吸，窸窣的動作，纏繞的肢體倒向鬆軟的衾枕。她緊緊抱著客人，貼緊他結實的胸腹呻吟：「怎麼……這麼冷啊……」然而愉悅的潮水瞬間吞沒了她，她完全顧不上別的，手指痙攣地抓著他背後的龍形圖騰。

完全的黑暗，沒有一絲風，所以她看不到床頭上小小偶人嘴角露出的詭異笑容，以及埋首於自己身上的客人臉上奇異的表情。

不要熄燈……不要熄燈！

在沒有風、沒有光的黑夜裡，他將慢慢地腐爛，慢慢地……變成另外一種可怕的模樣。他是不是早就死了……是不是早就已經腐爛了？

她的身體溫暖而柔軟，頭髮被汗打濕了，一縷縷緊貼他的胸膛和手臂。人的身體是那樣溫暖……那種他畢生渴望，卻抓不住、得不到的溫暖。

暗夜裡，蘇摩抬起頭，長長呼出一口氣，宛如夢遊一般，手移向女子的咽喉，指間一根透明的絲線若有若無。

淡淡的星光照進來，床頭上的暗角裡，人偶冷冷俯視著，嘴巴緩緩咧開。

「少主。」

絲線緩緩勒緊床上女子的咽喉，然而，門外忽然傳來一個低低的聲音。雖然低，卻彷彿一根針刺入神經，讓他的動作猛然停下來。

「少主，抱歉打擾。」門外女人的聲音低低地稟告：「左權使炎汐已經到了，有急事稟告。」

門推開的一剎那，外面的微風和星光一起透入這個漆黑如死的房間。

蘇摩深深吸了一口氣，感覺胸腔中那種淹沒一切的欲望依然掙扎著不肯退卻。他勉強起身，低下頭，看見了外面廊下的如意夫人和她身側的鮫人戰士。那名遠道前來的復國軍領袖單膝下跪，迎接他的到來，此刻正抬眼注視著鮫人們百年來眾口相傳的救世英雄。

門無聲地打開，門內的空氣腐爛而香甜，隱約還有女人斷斷續續的呻吟，不知是痛苦還是歡樂。黑暗中浮凸出那個人的半張臉，宛如最完美的大理石雕像，然而深碧色的眼睛看起來居然是說不出的暗淡，接近暗夜的黑。那個瞬間，炎汐忽然有種窒息的感覺。

怎麼……怎麼會是這樣的人呢？

這就是多少年來，鮫人們指望能扭轉命運的人？如此頹廢而妖豔，帶著糜爛的死亡氣息，如同暗夜裡的罌粟，哪裡像是能帶領大家劈開烏雲、斬開血路的復國領袖？

復國軍左權使呆住了，一時間忘了直視是多麼無禮的舉動。戰士的視線穿過了蘇摩的肩，看到漆黑一片的房內——完全的黑……最黑的角落裡，有什麼東西驀然咧開嘴，無聲地笑得正歡。

那是什麼？那是什麼？那是完全的「惡」！

那個瞬間，連日來支撐他的力量彷彿猛地瓦解。連一句回稟的話都沒有出口，力量完全從炎汐身體裡消失，他再也支撐不住，整個人往地下倒了下去。

如意夫人連忙扶住他，回稟：「左權使來桃源郡的路上碰到雲煥駕駛的風隼，被一路追擊，好不容易才死裡逃生，來見少主。」

蘇摩深深吸著空氣，手指在門扇上用力握緊，竭力克制內心的情緒，平穩了呼吸，走出門來低頭查看眼前人的傷勢。看到背後那個可怖的傷口，他皺眉道：「很厲害的毒……是用雪罌子解掉的嗎？」傀儡師的手指停在炎汐背後，拔出夾在肩胛骨裡的斷箭箭頭。看到那些大大小小、深得見骨的傷口，再度皺眉。「原來不只受了一次傷……難為他還能趕來。」

如意夫人倒抽一口冷氣。「少主，左權使他、他還能活嗎？」

「有我在。」蘇摩淡淡回答，手指輕彈，右手的戒指忽然全數彈出，打入炎汐血肉模糊的後背傷口，嵌入血肉。他的手指輕輕比劃，似乎在空氣中布了一個符咒，一瞬間，炎汐身體裡似有看不見的黑氣沿著透明引線，從血肉裡通過戒指一分分匯出。

桌上，小偶人緊閉著嘴坐在那裡，眼色陰沉。

「雲煥是誰？」蘇摩讓傀儡在一旁汲取著毒素，放開了手問道。

「是滄流軍隊裡的破軍少將。」如意夫人低聲回答：「也是眼下帝國年輕一輩軍人中最厲害的一個，據說劍技無人可比。巫彭一手提拔他上來，如今二十幾歲已經是少將軍了。」

「哦……那麼派他來桃源郡，是為了追查皇天吧。」蘇摩喝了一口茶，沉思許久後，目光落到一旁養傷的炎汐身上。「左權使幾歲了？」

「比少主年長幾十歲，快兩百八十了吧。」如意夫人回答。

「不年輕了。」傀儡師垂下眼睛，眼裡有詫異。「如何尚未變身？」

如意夫人看著炎汐背後的傷口在看不見的力量下一分分恢復，嘆了口氣說：「這是左權使自己選擇的。他自幼從東市人口販子那裡逃出來，投身軍中，發誓為鮫人復國捨棄一切，包括自身的性別。左權使百年來歷經無數的大小戰役，心中只有復國一念，從未想過要成為任何一類人。」

「哦……真是幸福的人。」蘇摩怔了一下，忽然嘴角浮出一個奇異的笑容。「信念堅定，心地純粹，是個很優秀的戰士啊……和我正好相反呢。」

「呃？」如意夫人吃了一驚，不解地抬頭。

然而蘇摩已不再說下去，彷彿聽到外面的什麼動靜，猛然站起，將戒指收回手中，空茫的眼裡霍然閃出銳氣。

「怎麼回事？有一股力量在逼近這裡……是什麼？」他閉上眼睛默默遙感著，忽然開口：「皇天就在附近！」

另一邊，在問過無數路人之後，那笙終於找到目的地。她一頭衝進了如意賭坊，焦急地四顧尋找那個叫「西京」的人。

「這位可是那笙姑娘？」在她焦急的時候，忽然聽到頭頂有人輕聲問。她驚訝地抬頭，看到一名絕色少女從梁上躍下，拉起了她的手，微笑道：「我叫『汀』，我的主人西京大人要我來這裡等妳。」

奇怪，西京怎麼知道自己的名字？可那笙來不及反應，便被她拉著走，穿過熙熙攘攘的大堂。

「妳不用擔心，慕容公子已經安全和主人見面了。」汀微笑著，邊走邊對她解釋。「公子說妳落單了，他很擔心，不知道妳什麼時候到這裡來，所以主人要我來大堂等著妳。幸虧姑娘能平安到這裡。」

「啊……」那笙聽她不急不緩地交代，張口結舌。還以為慕容修命在旦夕，不料自己拚命跑來這裡，事情已經雨過天晴，不由得一陣輕鬆又一陣沮喪。

那笙身不由己地被她拉著，走了一段路，猛然看到少女深藍色的長髮，脫口而出：「妳、妳也是鮫人嗎？」

「是啊。」汀不以為忤，微微一笑，拉著她來到一扇門前，敲了敲門，清脆地稟告：「主人，慕容公子，那笙姑娘來了。」

「那笙？快進來！」慕容修的聲音透出驚喜，門「吱呀」一聲打開。

看到開門出來的人，那笙一聲歡呼，跳了進去，不由分說地抱住慕容修的肩膀，大笑說：「哎呀！你沒被那群強盜殺了？真的嚇死我了！」

「輕一點、輕一點。」被那樣迎面擁抱，慕容修有些不好意思，只是痛得皺眉。那笙放開手，才注意到他身上傷痕累累，顯然吃了頗多苦頭，不由得憤怒。「那些強盜欺負你？太可惡了……我替你出氣！」

她揮著包住的右手，心想再也不能隱瞞慕容修皇天的事。然而慕容修只是苦笑，搖頭道：「算了，其實說起來是場誤會罷了……」

「誤會？差點害死我們！」那笙不服，繼續揮動右手，卻沒有注意到旁邊一個抱著酒壺醉醺醺的中年漢子猛然睜開了一線眼睛，盯著她的手上下打量，眼裡冷光閃動。

「好了好了……妳看，現在我已經找到西京大人，不會再有事了。」慕容修生怕她不知好歹真的去惹事，連忙安撫，拉著她進門。「妳怎麼這麼晚才來？」

那笙不好意思地低頭說：「人家……人家不認得路……」

「啊？」慕容修哭笑不得。「天啊，少交代一句都不行。笨ㄚ頭，我留給妳的那本《異域記》裡不是寫著路徑嗎？妳沒有順手翻翻？」

「《異域記》？」那笙詫異，猛然大叫一聲，想了起來。「完了！」

「怎麼？」慕容修被她嚇了一跳，卻見她急急把褡褳扔給他，從懷裡七手八腳拿出一本泡得濕淋淋的書來，一擠，水滴滴答答落下來。那笙幾乎要哭了。「我、我忘了把它拿出來……掉到了水裡……完了！完了！」

慕容修看著她，真是不知道說什麼才好，掂掂褡褳，發現瑤草也已經吃飽了水，泡得發脹。

「好、好，妳別哭，一哭我更頭痛……」在她撇嘴要哭之前，慕容修及時阻止。「沒關係，那本《異域記》我從小看，都背熟了，有工夫再默寫一本就是。妳快來見過西京大人吧。」

「西京？在哪裡？」那笙茫然四顧，慕容修拉著她轉身，指點給她看。她好不容易才看見躺在椅子裡抱著酒壺酣睡的男子，不由得詫異地問：「什麼？就是這位鬍子邋遢的大叔？醉鬼一個，真有那麼厲害嗎？你沒找錯人吧？」

「我家主人是劍聖尊淵的第一弟子。」雖然在一旁看得有趣，但是聽到那笙居然敢藐視西京，汀不能不挺身維護。「百年來，這片土地上還沒有比主人更強的劍客呢！」

「哦？真的？」那笙對汀頗有好感，倒不好反駁，只好撇撇嘴。

「我母親也是這樣說的。西京大人是很厲害的劍客，堪稱雲荒第一。」慕容修拍拍她腦袋，安慰道：「好了，妳也別亂跑。有西京大人在，我們以後行走雲荒就不用擔心。」

那笙還沒回答，忽然間那個爛醉如泥的人醉醺醺地開口了，斜眼看著慕容修說：「小子……我、我可沒答應……還要帶著這個丫頭……」

「西京大人。」慕容修愣了一下，詫異地轉頭看著醉漢。

「叫我『大叔』！紅珊的兒子。」西京眼睛都沒睜開，抱著酒壺繼續喝。

「是，大叔。」慕容修順著他的意思，拉過那笙，好聲好氣說道：「這位姑娘是我半途認識的，也答應了鬼姬要照顧她，大叔你能不能……」

「呵呵……」不等他說完，醉醺醺的西京猛然笑了，睜開眼睛看了那笙一眼。那笙猛然只覺得宛如利刃過體，全身一震。西京把酒壺一放，大笑起來。「小子，你這是哪門子英雄救美？也不看看人家戴著皇天，哪裡要你保護？」

酒壺放下，白光騰起，迅雷不及掩耳絞向那笙右手。那笙一聲驚呼，而眼睛看到，腦子剛反應過來，還來不及動作，右手包著的布已經片片碎裂。

白光一掠即收，銀色劍光在醉漢手指間快速轉動，落回袖口。房內的空氣忽然凝滯了，所有人都不說話，定定地看著苗人少女抬起的右手。

那笙的手在收劍後才舉起，然而舉到半空的時候頓住了。劍光完全沒有傷及她的肌膚，包紮的布片片落地，她的手凝定在半空，暴露在所有人的視線裡。

中指上，那一枚銀白色的寶石戒指閃耀著無上尊貴的光芒。

「皇天？」汀的呼吸在一瞬間停止，怔怔看著空桑人的至寶，眼神複雜。

「皇天！」慕容修也愣住了。他多次猜測那笠辛苦掩藏的右手上究竟是什麼寶物，然而，從未想過居然會是皇天。

曾統治雲荒大陸七千年的空桑人以血統為尊，相信神力。相傳星尊帝嫡系後裔靠著血緣，代代傳承無上力量，被稱為「帝王之血」，是為統治雲荒六合的力量之源。標誌這種嫡系血統身分的，便是這枚據說當年由星尊帝和皇后兩人親手打造的指環。

指環本來有一對，「皇天」由星尊帝本人佩戴，另外一枚「后土」給予他的皇后——白族的白薇郡主，並立下規矩：空桑歷代皇后，必須從白之一族中遴選，才能保證血統的純正。這兩枚戒指，一枚的力量是「征」，另一枚的力量則是相反的「護」。它們見證著空桑歷史上最偉大的帝王和他的伴侶，曾經並肩征服四方、建國守民的光輝歲月。

這一對戒指不但是空桑歷代帝后身分的標誌，還能和帝后的力量相互呼應，成為「帝王之血」的「鑰匙」，在空桑歷史上地位無比尊崇，是上古傳說中的神物。

此刻，那枚神話般的戒指就在苗人少女的手指間閃耀，那種光芒彷彿穿越歷史，刺痛了每一個人的眼睛。

「皇天……」許久許久，慕容修終於緩緩嘆息一聲，看著那笙，臉上浮起複雜的苦笑，微微搖頭。「原來妳根本不需要人幫忙……那麼，何必裝得那樣可憐兮兮地跟著我呢？」

「我……」那笙想解釋自己為何隱瞞，但又不知道如何說起，只急得跺腳。「那隻臭手要我別跟人說嘛！而且它有時靈光有時不靈，我也不知道它啥時抽風……」

她說得語無倫次，急得要命，卻解釋不清。

西京喝了一口酒，斜眼看著那笙說：「呃……不管妳戴著皇天到底是怎麼回事，反正……反正我只答應紅珊照顧這小子，可不打算帶上其他的……」

「誰、誰要你帶了？」那笙看到慕容修在一旁搖頭，眼光雖然平淡，但是隱隱有了拒人千里的神色，不由得氣苦，賭氣道：「我自己會走！」

「那麼，立刻給我從這裡滾出去。」

忽然間，一個聲音冷冷響起，來自門外的黑暗中。

那笙隱約間覺得有些熟稔，下意識循聲看去，猛然嚇得往後一跳。

「蘇、蘇摩？」看著從外面黑夜裡走來的人，苗人少女陡然口吃起來，眼睛裡有懼怕的光，下意識退到了慕容修身後。「哎呀，你、你……你怎麼會在這裡？」

「這句話該我問妳才對。」傀儡師空茫的眼睛「看」著她，再「看看」慕容修，嘴角忽然露出一絲冷笑。「啊，原來都是一路上的熟人……難得，居然還能碰見。」

慕容修看到傀儡師那樣的笑容，心頭陡然也是一寒，往後退了一步。只有西京還在喝酒，顯然對蘇摩的到來毫不在意。

雖然看不見，不過慕容修剛一後退，蘇摩便笑了起來，對他抬了抬手。「不必驚慌。原來你便是紅珊的兒子，那就不關你的事……」他的笑容漸漸冷卻，轉頭看著一邊的那笙，淡淡道：「雖然很佩服妳居然能活著到這裡，但是，那笙姑娘，請立刻從這裡給我滾出去。」

那笙打了個寒顫。不知為何，她對這個傀儡師從一開始就感到說不出的恐懼，然而她嘴硬：「這裡又不是你的地方！你、你憑什麼……憑什麼趕我走？」

「哦，這樣啊。」蘇摩微微冷笑，轉頭吩咐身後的人：「那麼妳來轉述一下吧。」

「是。」身後跟來的女子恭謹地回答，走到燈光照到的地方，抬頭看著那笙，有禮然而堅決地重複一遍傀儡師的指令：「這位姑娘，這是我的地方，我請妳立刻離開如意賭坊……我是這裡的老闆娘如意。」

那笙怔住了，看著那位滿頭珠翠的美婦人，然後看看蘇摩，再看看西京。

所有人都漠然地看著她，不說話。

「為什麼要我走？這麼晚了，我能去哪裡？」那樣的氣氛下，她忽然感到委屈，頓足叫了起來：「我又不會吃人，為什麼要趕我走？」

「因為妳戴著皇天，很容易引來滄流帝國的人。」蘇摩冷冷道，忽然懶得多解釋，眼裡閃現殺機。「誰都不想和妳做同伴。妳不走，難道要我動手？」

那笙聽得他那樣的語氣，嚇得縮了一下脖子。

「少主，屬下送她走。」忽然間，外面有人恭聲回答。

「很好，左權使，你送她出去，不許她再回到附近——死也要給我死在外頭。」蘇摩沒有回頭，漠然吩咐，轉過身離開。

看著外面走進來的人，那笙又呆了，頭腦忽然混亂起來，感覺這一天遇到的事情簡直奇奇怪怪、目不暇給。她睜大了眼睛，半晌，才結結巴巴地開口：「炎、炎汐？你怎麼會在這裡？」

「那笙姑娘，請立即跟我離開。」似乎是傷勢剛剛恢復，炎汐的臉色還是慘白的，卻是和如意夫人一樣，面無表情地重複方才蘇摩的命令。「否則別怪在下對妳拔劍。」

「你……」那笙擦擦眼睛，看清面前這樣說話的人的確是炎汐，忍不住驚叫起來。「你、你也在這裡？這究竟都是怎麼回事？你聽那個蘇摩的話？那傢伙不是好人……不，那傢伙簡直不是人啊！你怎麼也聽他的話？」

「那笙姑娘。」炎汐沒有如同白日裡那樣對她說話，只是漠然看著她，錚然拔出劍。「請立刻跟在下出去。」

「都瘋了！你們、你們個個都瘋了！」那笙糊塗了，看看炎汐，看看慕容修，再看看西京，然而每一個人的眼神都是淡漠的，拒人於千里之外。她只看了一眼，心裡就猛然一涼，咬牙跺腳。「走就走！誰稀罕這個破地方！」

「等一下。」她跺腳轉頭的時候，忽然聽到背後有人挽留，卻是慕容修的聲音。怎麼？終於有人挽留她了嗎？那笙驚喜地轉頭，卻看到慕容修遞給她一枝瑤草，淡淡道：「帶著路上用吧。妳雖然有大本事，但是只怕還是沒錢花。雪罌子妳也自己留著，我不要了。」

那笙不去接那枝瑤草，帶著哭腔說：「你、你也不管我？」

慕容修看著她，卻看不懂面前這個少女到底是個怎麼樣的人。出於商人的謹慎，他只是搖頭說：「妳那麼厲害，又戴著皇天，自然有妳的目的……沒有必要跟著我了。我又能幫妳什麼？」

「可惡！」那笙狠狠把瑤草甩到他臉上，轉身頭也不回地跑出去。

她跑得雖快，然而奇怪的是炎汐居然一直走在她前面，為她引路，讓她毫無阻礙地穿過一扇扇門，避開那些賭客，往如意賭坊的後門跑去。

「請。」一手推開最後的側門，炎汐淡淡對她說道。

「哼，本姑娘自己會走！」那笙滿肚子火氣，一跺腳，一步跨了出去。

「保重。」那笙正要氣呼呼地走開，忽然身後傳來低低的囑咐。她驚詫地轉過身去，看到鮫人戰士微微躬身，向她告別——炎汐看著她，那一剎那，眼睛裡的光是溫暖而關切的。

那笙忽然鼻子一酸，忍不住滿腔的委屈，終於大哭起來：「炎汐！你說，為什麼大家都要趕我走？難道就因為我戴著這枚戒指？我又不是壞人！」

「那笙姑娘……」炎汐本來要關門離去，但是看到孤零零站在街上的少女，覺得不忍，站住了身嘆息說：「妳當然是個很好的女孩子，可是以妳這樣的性格，戴著皇天，卻未必是很好的事。沒有人願意做妳的同伴，妳要自己保重。」

「炎汐……」那笙怔怔看著他，做最後的努力。「我沒地方住……我在這裡也沒有認識的人。」

炎汐垂下眼睛，那個瞬間他的表情是凝固的，淡淡回答：「抱歉，讓妳離開這裡是少主的命令。作為復國軍的戰士，不能違抗少主的任何旨意。」

「少主？你說蘇摩？」那笙驚詫地跳了起來。「他是個壞人！你怎麼能聽他的？」

然而，聽到她那樣直截了當的評語，炎汐非但沒有反駁，反而微微笑了起來。那樣複雜的笑容，讓他一直堅定寧靜的眼眸有了某種奇異的光芒。「即使是惡魔，那又如何？只要他有力量，只要他能帶領所有鮫人脫離奴役、回歸碧落海——即使是『惡』的力量，他也是我們的少主，我仍會效忠於他。」

「你們……你們簡直都是莫名其妙的瘋子……」那笙張口結舌，卻想不出什麼話反駁，只是喃喃道：「我才不待在這裡……」

「是，或許我們都瘋了吧。每個人都活得不容易。」炎汐驀地笑了，關門。「妳這樣的人實在不該來雲荒……這是個魑魅橫行的世界啊。」

那笙怔怔地看著那扇門合起，將她在雲荒唯一的熟悉和依靠隔斷。她愣住了，握著戴有皇天戒指的手，獨自站在午夜空無一人的大街上。

「回去休息吧，左權使。」關上了門，他卻不忍離去，站在門後對著眼前黑色的門扇出神，忽然聽到身後女子的聲音。

詫然回頭，看到如意夫人挑著燈籠站在院子裡看著他，眼裡有一種淡淡的悲涼和哀憫——那樣的眼光，忽然讓他感到沉重和窒息。

「嗯。」炎汐放下按著門的手，不去看她的眼睛。「少主回去睡了？」

「睡了。」如意夫人點著燈為他引路。

「夫人還不休息？」

「得再去看一圈場子，招呼一下客人，四更後才能睡呢。」

「這些年來，夫人為復國軍操勞了。」

「哪裡……比起左權使你們，不過是躲在安全的地方苟且偷生罷了。」

這些聽來都是場面話，然而說的雙方卻是真心誠意。多年的艱辛，已經讓許多鮫人放棄希望和反抗，而剩下來堅持著信念的戰士之間，卻積累起了無須言語的默契。都是為了復國和自由可以犧牲一切的人，彼此之間倒不必再客氣什麼。

那個苗人少女離開後，慕容修回房休息，西京依然在榻上喝著如意賭坊釀的美酒。

「主人，不要再喝了。你看都被你喝光了！」汀憤憤回答：「你今天都喝三壺了，不能再喝！」

「再去、去向如意夫人要酒，汀……」西京陷在軟榻裡，意猶未盡地咂嘴。「我還沒喝夠……睡、睡不著啊……」
「主人是因為剛才的事情睡不著吧？」汀一言戳破。「趕走那個姑娘，主人心裡很不安吧？」
「嘿，嘿……哪裡的話！」西京搖頭，醉醺醺地否認。「她、她有皇天，還怕什麼？我是、我是不想再和什麼興亡鬥爭扯上關係……我累了，只想喝酒……」
「嗯……是嗎？」聽到劍客否認，汀忽然眨眨眼睛，微笑道：「那麼主人一定是因為想念慕容公子而睡不著吧？」
「什麼？」西京嚇了一跳，差點把酒瓶摔碎在地上。「我幹嘛為他睡不著？」
「如果當年紅珊不離開，主人的兒子說不定也有這麼大了呢。」汀微笑，少女的容顏裡有不相稱的風霜，眼神卻有些頑皮，看著西京尷尬的臉。「現在紅珊跟別人生了兒子，還來拜託主人照顧，主人心裡覺得不是滋味吧？」
「嘖嘖，什麼話……我這種人怎配有那樣出色的兒子。」劍客苦笑，揚了揚空酒瓶。「我只想喝酒……汀，去要酒來。」
汀無可奈何地嘆氣道：「主人，你不要喝了呀！再喝下去，你連劍都要握不穩了。」
「乖乖的汀……我睡不著啊，替我再去要點酒來……求妳了。」西京覥著臉拉著鮫人少女的手搖晃，語氣近乎無賴，完全不像劍聖一門的傳人。「否則，我真的睡不著啊……乖。」

「已經午夜了，這麼晚了，如意夫人一定休息啦，怎麼好再把她叫起來？」汀無可奈何地搖著頭站起來，披上斗篷。「算了，我替你去城東一帶的酒家看看吧。」

漆黑一片的午夜，沒有一絲風。

「啊，公子你大半夜的去哪裡了？」聽到門扇輕響，床上裸身的女子歡喜地撐起身來，去拉黑暗中歸來的客人，嬌媚地痴笑。「就這樣扔下意娘獨守空床嗎？」

她伸手，拉住歸來之人冰冷的手，絲毫不知自己是重新將死神拉回懷抱。

「哎呀，這麼冷……快，快點上來。」女人笑著將他的手拉向自己溫暖柔軟的胸口，催促道：「讓意娘替你暖暖身子。」

歸來的人沒有說話，直到他的手按上熾熱柔軟的肌膚，全身才忽然一震。

啪！黑暗中，彷彿他懷中有什麼東西跌落在床頭。在女人熱情的引導下，他慢慢俯下身將床上那具溫熱的軀體緊緊地壓住，彷彿要將她揉碎在自己冰冷的懷裡。那種溫暖……那種他終其一生也無法觸摸到的溫暖……

暗淡得沒有一絲星光的房間裡，熏香的氣息甜美而腐爛。

跌落床頭的小偶人，四腳朝天地躺在被褥堆中，隨著床的震動，嘴角無聲無息地咧開。

（下集待續）

國家圖書館出版品預行編目資料

鏡.雙城/滄月作. -- 初版. -- 臺北市：臺灣角川股份有限公司, 2021.12

冊； 公分. -- (Kadokawa fantastic novels DX)

ISBN 978-626-321-038-7(上冊：平裝).

857.7 110017675

Kadokawa
Fantastic
Novels
DX

鏡·雙城（上）

（原著名：镜·双城）

2021年12月6日　初版第1刷發行

作　　者：滄月
封面插圖：君翎
封面題字：廖學隆

發 行 人：岩崎剛人
總 編 輯：蔡佩芬
編　　輯：溫佩蓉
美術設計：吳佳昀
印　　務：李明修（主任）、張加恩（主任）、張凱棋

發 行 所：台灣角川股份有限公司
地　　址：104台北市中山區松江路223號3樓
電　　話：（02）2515-3000
傳　　真：（02）2515-0033
網　　址：www.kadokawa.com.tw
劃撥帳戶：台灣角川股份有限公司
劃撥帳號：19487412
法律顧問：有澤法律事務所
製　　版：巨茂科技印刷有限公司
ＩＳＢＮ：978-626-321-038-7